연민선생과 나

허경진

許敬震 吳弟

甲寅七夕書

洌

民

보고사

　나는 1971년 3월, 연세대학교 학관(지금의 본관, 언더우드홀) 지하 강의실에서 고급한문 시간에 2학년 학생으로 연민선생을 처음 만났다. 고등학생 시절 청송대에서 열렸던 연세대 주최 전국백일장에서 입상했었기에 시를 쓰려고 국문과에 입학했는데, 정작 시인의 강의보다 한시인의 강의를 먼저 들었던 셈이다. 당시 연대 국문과에는 박목월 선생이 시를 가르치다가 조병화 선생이 가르치고 있었으며, 박두진 선생은 그 다음 해에야 들어오셨으니, 마음껏 시를 배울 분위기가 아니었다.

　나는 고등학교 1학년 때에 경희대학교 백일장에서도 장원하여 조병화선생을 만난 적이 있었으므로, 이번에 잡히게 되면 정말 평생 시를 써야 할 것 같아서 적당히 피해 다녔다. 그래서 연세문학회에도 들어가지 않았기에, 자연스럽게 연민선생의 한시 강독에 빠져들었다. 『시경』의 〈관저(關雎)〉 장이라든가 석북 신광수의 〈등악양루탄관산융마(登岳陽樓歎關山戎馬)〉 같은 시를 고저청탁에 맞게 따라 읽으면서, 내가 시를 짓는 것보다 이런 시를 번역해보는 것이 더 재미있겠다는 생각이 얼핏 들었다.

　4학년 졸업하면서 새로 생긴 연세문화상을 받는 바람에 현대문학 전공으로 대학원에 입학했지만, 박사학위를 받을 때까지 매 학기 박두진 선생의 현대시 강의를 들으면서도 전공은 한문학으로 바꿨다. 연민선생 옆에서 따라 읽어보고, 번역해보고 싶은 한시가 너무 많았기 때문이다.

　국문과 선후배들이 대부분 연민선생을 무서워해서 옆에 붙어 있지를 않았는데, 무슨 이유에선지 나는 한 번도 야단맞은 기억이 없다. 석사과정생이 겁도 없이 『옥류산장시화』를 번역하겠다 해도 격려해주셨고, 박사과정 때에 기말레포트를 책으로 내겠다 해도 머리말을 써주셨다. 그러다보니 선생님께서 내 책에 써주신 머리말과 내가 선생님의 책 뒤에 써드린 발문이 20여 편이나 되었다.

연민선생 탄신 백주년을 맞으면서, 선생님께서 내게 써주신 글과 글씨를 한 권의 책으로 편집해 영전에 바치려다보니, 선생님께서 나를 얼마나 사랑하셨는지 새삼 깨닫게 되었다. 내가 23세 되던 1974년부터 49세 되던 2000년까지, 20여 점의 글씨와 10여 편의 글을 써주셨다. 말로는 선생님의 백주년 기념문집을 만든다고 시작했던 일인데, 결국에는 정년을 앞둔 나의 자서전이 된 셈이다.

내 책상 위에 세워져 있는 박사학위논문 심사서를 보면, 지금도 눈시울이 뜨겁다. 내가 선생님의 정년을 한 학기 남겨두고 박사논문을 제출하자 나를 아끼던 많은 분들이 지도교수를 바꾸라고 권했지만, 나에게는 다른 선생님이 있을 수 없었다. 수긍할 수 없는 이유로 심사를 두 학기나 끌다가 결국 마무리되자, 선생님께서는 다른 말씀 하지 않으시고 심사서를 두 가지로 쓰셨다. 하나는 숫자로 점수를 써서 학과에 제출한 프린트 용지였고, 다른 하나는 선생님의 청매자주관(靑梅煮酒館) 전용원고지에 두 장이나 쓰시고 도장을 찍어서 말없이 내게 주신 심사서이다. 나도 이제 박사 제자를 열 명 넘게 배출했지만, 이렇게 정성껏 써본 적이 없어서 새삼 부끄럽다.

미국에서 연구년을 지내다가 새벽 전화를 받고 선생님의 서거 소식을 들었을 때에는 아무런 느낌도 없이 비행기를 타고 병원으로 달려갔는데, 1년 2년 지나면서 책을 읽다가 이제는 여쭤볼 선생님이 안 계시다는 외로움에 선생님의 부재가 하루하루 절실해졌다. 그 뒤부터는 선생님 생각이 날 때마다 선생님께서 생전에 써주셨던 글과 글씨를 펼쳐보았다.

이제 40년 학자 생활을 일차로 마무리하면서, 내가 제대로 가르치지 못했던 나의 제자들에게 이 책을 통해 연민선생의 가르침을 대신 전달하고 싶다. 연민선생께서 정년 뒤에 많은 글을 쓰셨던 것처럼, 나도 이제부터는 좋은 글을 맘껏 쓰고 싶다.

2017년 4월
제자 허경진 삼가 절하며

좋은 우리 고전

李家源·허경진 공찬

풀어쓴 古典 ③

詩經新譯

그 은혜 갚으려 해도 하늘이 무정하셔라.
드나들적마다 되돌아보시며
감싸주셨네. 돌아보시고 되돌아보시며
쓰다듬으며 길러주시고 키워주시고
아버님 날 낳으시고 어머님 날 기르시니
나를 낳아 기르시느라 여위셨다네.
슬프고 슬프구나 부모님께서
새발쑥이 아니라 제비쑥이네.
커다랗게 자란 저게 새발쑥인가

나를 낳아 기르시느라 고생하셨네.
슬프고 슬프구나 부모님께서
새발쑥이 아니라 다북쑥이네.
커다랗게 자란 저게 새발쑥인가

청아출판사

▲ 淵民 李家源

▲ 허경진

《詩經》은 중국 고대의 북방민족이 낳은 하나의 가장 오래된 중국 시가의 총집이다. 이에 수록된 작품은 비록 3백여 편에 지나지 않으나, 西周의 초기로부터 東周의 중엽에 이르기까지 5백년 사이를 대표할 만한 작품들인 동시에 《中國文學史》상에 처한 위치는 자못 중요하였다.

—역자 論攷中에서—

내가 연민선생과 처음 함께 번역한
『시경신역』(청아출판사, 1991)의 표지와 역자 사진

한글세대를 위한 우리 옛글

연암 박지원 소설집

리가원 · 허경진 옮김

한양고전산책
③

한양출판

리가원 (李家源)

1917년 경북 안동에서 태어났으며
아호는 연민이다. 명륜전문학교를 졸업하고
성균관대학교 중문과 교수 및 연세대학교
국문과 교수를 역임했다.
《연암소설연구》로 문학박사학위를 받았으며,
저서로는 한문 문집 다수와 《한문학연구 (韓文學硏究)》,
《형하일기》 번역을 비롯하여 백여 권의 책을 내었다.
《연민 리가원 전집》 23권을 출판하여
세계 각 도서관에 기증하였으며, 지금도 계속
간행중이다. 도산서원과 퇴계학연구원의 원장을 지냈고,
현재 단국대 대우교수로 있다.

허경진

1952년 전남 목포에서 태어났다.
연세대학교 국문과와 같은 대학원을 졸업하였으며,
시 《요나서》로 연세문학상을,
《허균 시 연구》로 문학박사학위를 받았다.
저서로는 《허균》평전과 《허균 시 연구》가 있고,
역서로는 《역대한국한시화》, 《허균의 시화》,
《평민열전》, 《한국의 한시》 25권 등이 있다.
현재 목원대 국어교육과 교수로 있다.

표지 / 박상순

가장 널리 알려진 『연암 박지원 소설집』(한양출판, 1994)의 표지와 역자 사진.
지금은 서해문집에서 15쇄를 찍었다.

一然
三國遺事

GB
한길그레이트북스

삼국유사

일연 ● 이가원 · 허경진 옮김

한길사

『삼국유사』 공역본도 한양출판(1996)을 거쳐
한길사에서 꾸준히 찍고 있다.

차례

제3부 연민선생의 학덕을 기리며

제1부

연민선생께서
내게 써 주신 글과 글씨

1

내게 써 주신 글씨

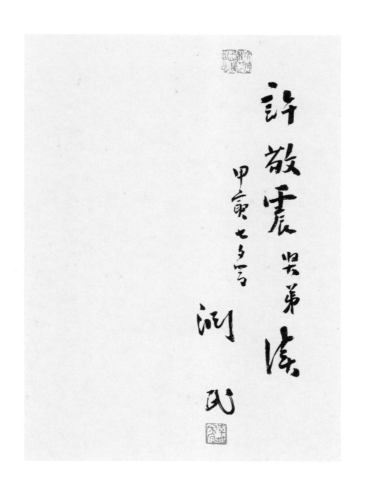

『옥류산장시화』첫 페이지에 써 주신 내 이름, 1974

1973년 2학기에 혜산 박두진 교수 지도로 〈윤동주 연구〉를 학사논문으로 쓰고 학부를 졸업했
으므로, 나는 당연히 현대시를 전공할 생각으로 연세대학교 대학원에 진학하였다. 그러나 입
학과정에서 용재장학금을 받으면서, 고전 연구로 마음이 기울어졌다. 1974년 2학기에 연민선
생 강의를 신청했는데, 학생은 나 하나였다. 무슨 글을 읽고 싶은가 물으시기에 한시(漢詩)를
읽고 싶다고 말씀드렸더니, "그러면 우선 시화(詩話)부터 읽어보자" 하시면서 『옥류산장시화
(玉溜山莊詩話)』를 한 권 주셨다. 내 이름을 한자로 물어보시더니, 첫 페이지 여백에 이름을 써
주셨다. 내가 연민선생에게서 받은 첫 번째 글씨이다.

内作色荒外作禽荒

甘酒嗜音峻宇彫墙

有一于此未或不亡

此書録五子之歌中六句詰余當以為座右之銘
許君敬霆顧得余志堂堂誓服膺其其志忘
拉涂雅属應此甲寅歳中秋初吉 湘珊

오자지가 五子之歌, 1974

1974년 2학기를 맞으면서 연민선생 연구실에 찾아가 한문학을 전공하고 싶다고 말씀드렸더니, 흔쾌히 받아주셨다. 연구실에는 작은 칠판이 걸려 있었는데, 4언 6구의 한문이 백묵 글씨로 쓰여 있었다. 연민선생께서 그 글을 읽어주시더니, 우리말로 번역해 주셨다.

> 內作色荒。外作禽荒。
> 甘酒嗜音、峻宇彫牆。
> 有一於此、未或不亡。
> 안으로 여색을 너무 좋아하거나
> 밖으로 사냥질을 너무 좋아하거나
> 술을 달게 마시고 음악을 즐기거나
> 큰 집과 아로새긴 담을 두르거나
> 이 가운데 어느 한 가지만 있다 해도
> 망하지 않을 자는 하나도 없으리라.

『서경(書經)』「하서(夏書)」에 실린 노래로, 계왕의 맏아들 태강이 왕위를 계승하고도 올바르게 행동하지 않고 사냥만 즐겼으므로, 계왕의 다섯 아들이 낙수에서 태강을 기다리며 탄식하다가 이 노래를 불렀다고 설명해 주셨다. 임금된 사람이 가져야 할 마음가짐을 노래한 것이지만, 학자의 마음가짐이기도 하다고 당부하셨다.

한 달쯤 연구실에서 책을 읽다가 연민선생의 제자가 되기로 마음을 굳히자, 추석 무렵에 선생님께서 이 글을 써주시면서, "이 글이 지금까지는 나의 좌우명이었지만, 이제부터는 자네도 이 좌우명을 지키라"고 당부하셨다. 오른쪽에 찍은 '금문지가(今文之家)'와 '한묵연(翰墨緣)'은 추사(秋史)가 즐겨 찍던 인장이었는데, 선생님께서 가지고 계셨으므로 찍어주셨다.

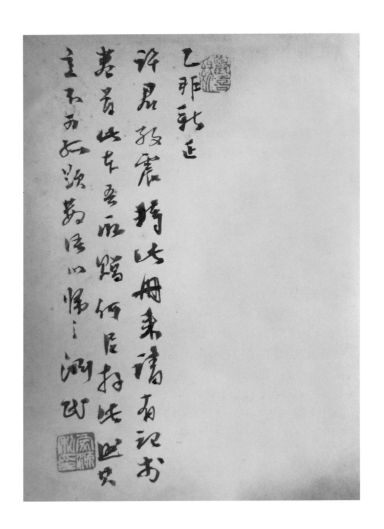

『연암소설연구』, 1975, 추기

_____

연민선생께 한 학기 강의를 듣고나서, 며칠 선생님을 뵙지 못했더니 몇 가지 질문이 쌓였다.
당시는 국가시책에 따라 설날 대신에 1월 1일을 신정(新正)이라는 이름으로 쉬었으므로, 잠시
연구실에서 나와 선생님 댁으로 세배를 드리러 갔다. 한문학 전공자의 필독서였던 『연암소설
연구』를 방학 동안에 읽고 있었으므로 손에 들고 갔는데, 그 책을 보시더니 신정 덕담을 한 마
디 써 주셨다.

『아Q정전』, 1975

연민선생께서 성균관대학 시절의 제자 김철수 선생의 도움을 받아 중국 소설가 노신(魯迅)의 단편집 『아Q정전』을 1962년 정연사에서 간행하셨다. 1946년에 김광주·이용규 공역의 『노신단편소설집』이 나온 적이 있지만, 『아Q정전』이라는 제목으로는 처음 10편을 뽑아 번역하고 출판하신 것이다. 이 책의 독자가 많았으므로 연민선생께서 1970년에 동서문화사에서 『아Q정전·광인일기』라는 제목으로 다시 간행하셨다. 내가 석사 시절에 이 책을 구했기에 선생님께 보여 드렸더니 "미리 주지 못해 부끄럽다" 하시면서 초록색 잉크가 나오는 만년필로 사연을 써 주시고, 수결을 하여 주셨다.

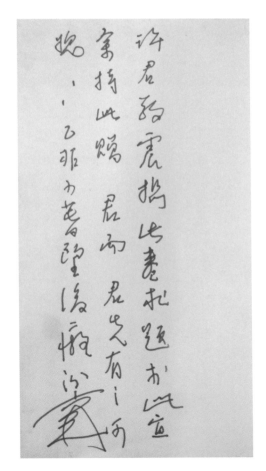

문천지실 文泉之室, 1976

1976년에 석사논문으로 『성수시화 연구』를 제출하고 육군 중위로 임관하여 육군제3사관학교 교수부 한문 교관으로 부임하게 되자, 숙소에 걸어 놓으라고 「문천지실(文泉之室)」 편액을 써 주셨다. "이제 영남에 종군한다기에 이 글을 써 준다"는 구절에 그 사연이 담겨 있다. 오른쪽에 찍은 '금문지가(今文之家)'는 선생님이 아끼시던 추사(秋史)의 인장이다.

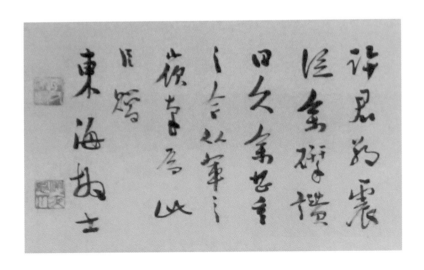

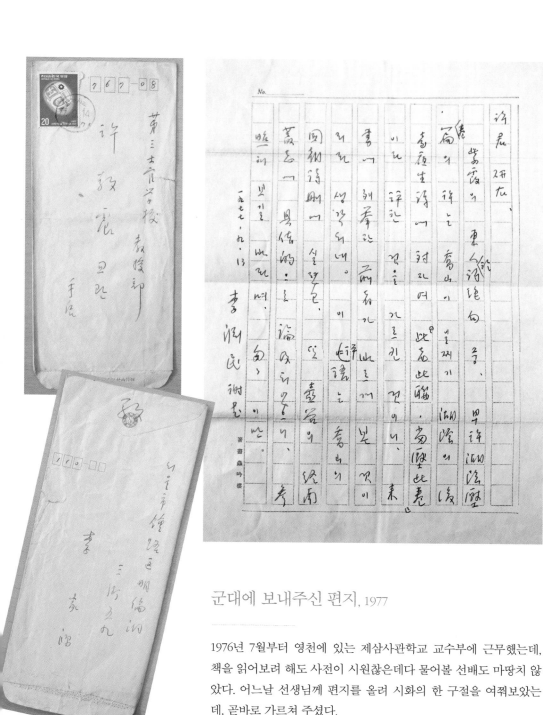

군대에 보내주신 편지, 1977

1976년 7월부터 영천에 있는 제삼사관학교 교수부에 근무했는데,
책을 읽어보려 해도 사전이 시원찮은데다 물어볼 선배도 마땅치 않
았다. 어느날 선생님께 편지를 올려 시화의 한 구절을 여쭤보았는
데, 곧바로 가르쳐 주셨다.

『한국문학연구소고』, 1980

연민선생께서 『한문학연구(韓文學研究)』 이후 학술지에 게재한 논문이 10편 모였으므로, 1980년 6월 연세대학교출판부에서 『한국문학연구소고』라는 제목으로 간행하셨다. 책이 연구실로 전달되자, 교정보았던 나에게 가장 먼저 책을 주시면서 첫 장에 글씨를 써 주셨다. 경신년 유두절은 이 책이 나온 1980년 6월이다.

『옥류산장시화』 표지, 1980

연민선생께서는 한글 전용을 강조하던 연세대 국문과의 교수가 되셨는데, 승진 논문도 한문으로 쓰셨다. 중국 학자들에게 한국한문학의 성과를 알리시기 위한 작업이었다. 연세대학교 대학원 논문집에 두 차례 게재된 「옥류산장시화(玉溜山莊詩話)」를 1972년 을유문화사에서 100부 한정판으로 출판했지만 국내 독자는 여전히 적었으므로, 내가 1974년 가을부터 선생님의 연구실에 들어와 시화를 강독하면서 번역하기 시작하였다. 번역작업은 군대에 가 있던 3년 동안에 주로 이뤄져, 박사과정에 입학한 1979년 가을부터 연세대학교출판부에서 편집이 시작되었다. 1980년에 번역본이 나오게 되자, 선생님께서 표지에 제목과 저자, 역자 이름을 써 주셨다.

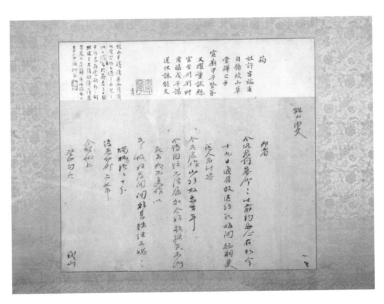

허균의 글씨, 1980

선생님의 한문 저서 『옥류산장시화』 번역본을 연세대학교출판부에서 내어드리자, 선생님께서 나를 명륜동 댁으로 부르셔서 오래된 글씨를 하나 꺼내 주셨다. 허균의 편지라고 하셨다. 1976년에 허균의 『성수시화』를 석사논문으로 쓰자 선물로 주시려 했지만, 좀 더 공부가 이뤄지기를 기다렸다고 하시면서, 이제는 주인에게 돌려주신다고 하셨다. 가장 친하던 친구 권필이 풍자시를 지었다고 매맞아 죽자, 허균이 다시는 시를 짓지 않겠다고 다짐하는 편지였는데, 금산군수였던 이안눌에게 보내는 편지이다. 당시 문단에서 가장 이름난 시인으로 석주 권필, 동악 이안눌, 교산 허균을 꼽았는데, 이 편지 한 장에 그 사연이 모두 실려 있다. 400년 된 허균의 편지 위에는 남희로의 배관기가 적혀 있었고, 그 옆의 여백에 선생님께서 허균의 글씨를 내게 주는 사연을 적어 주셨다.

위문약천 爲文若泉, 1980

내가 평소에 말이 너무 없자, 선생님께서 글이라도 샘처럼 솟으라고 문천(文泉)이라 호를 지어
주셨는데, 이날 갑골문자로 위문약천(爲文若泉)이라 그 뜻을 풀어 써 주셨다.

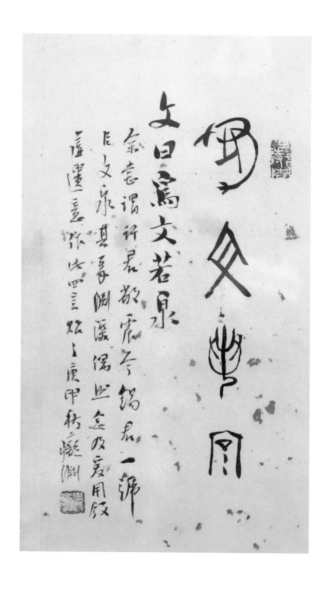

『묵선첩』, 1980

연민선생께서 안동대학 한문학과 장학금을 조성하기 위해 1977년 봄에 서울 동산방에서 제1
회 서전(書展)을 열었는데, 그때 작품을 구하지 못한 지방 유지들이 부산으로 초청하여 1980년
12월 국제신문사 화랑에서 제2회 서전을 열게 되었다. 53점을 영인하여 도록을 출판했는데, 내
가 전시회를 보러 부산에 갔더니 연민선생께서 반가워하시면서 서집『묵선첩(墨禪帖)』첫 장
에 글씨를 써 주셨다 "문천(文泉)이 나의 서전을 보러 멀리 바다 끝까지 달려왔기에, 이 책을
준다"고 하셨는데, 경신년은 서전을 열었던 1980년이다. 객지라서 도장이 없다고 수결을 해주
셨는데, 나에게는 도장보다 더 귀한 선물이 되었다.

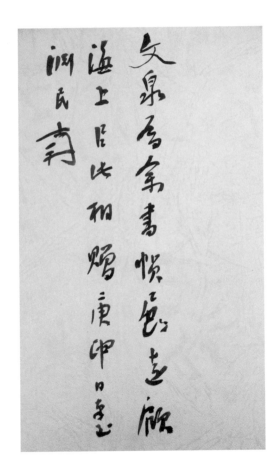

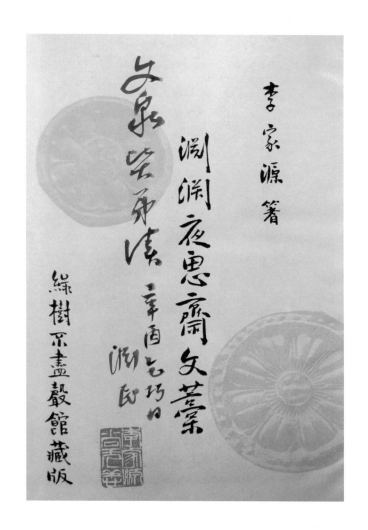

『연연야사재문고』, 1980, 추기

『연연야사재문고(淵淵夜思齋文藁)』는 연민선생께서 13세부터 50세까지 지으신 시문을 편집하여 1967년 통문관에서 출판하신 문집인데, 이 시기에 서점에서는 구하기 힘들게 되었다. 1981년 칠석날 1학기 강의를 마치고 명륜동 선생님댁으로 찾아뵈었더니, 서고에서 이 책을 꺼내어 속표지에 내 이름을 써 주셨다. 이 책을 다 읽고 찾아오면 다음번 문집을 주겠다고 하셨다.

『시가점등』, 1981

연민선생께선 『옥류산장시화』를 집필하시면서 이덕무의 『청비록(淸脾錄)』을 즐겨 인용하셨는데, 그의 손자 이규경의 『오주연문장전산고(五洲衍文長箋散稿)』를 늘 칭찬하시면서 "이 정도의 대학자라면 시문집이나 시화가 있을텐데 보지 못해 아쉽다"고 탄식하셨다. 그러다가 친구 노촌(老村) 이구영(李九榮) 선생이 선대부터 전해 내려오던 문헌을 연구자료로 제공하자, 오사란(烏絲欄)에 쌍행(雙行)으로 채워진 시화집 『시가점등(詩家點燈)』을 발견하시고, 허균의 『학산초담』과 『성수시화』이후에 가장 먼저 손꼽을 만한 명저라고 칭찬하시면서 아세아문화사에서 영인본을 내셨다. 발행일이 1981년 6월 30일이었는데, 며칠 뒤에 책이 전달되자 저자 증정본에 이 글씨를 써 주셨다. 그래서 연민선생의 도장 옆에 '납본(納本)'이라는 푸른 도장도 함께 찍혀 있다. 신유년은 이 책이 출판된 1981년이다.

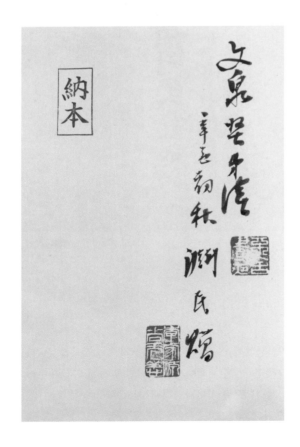

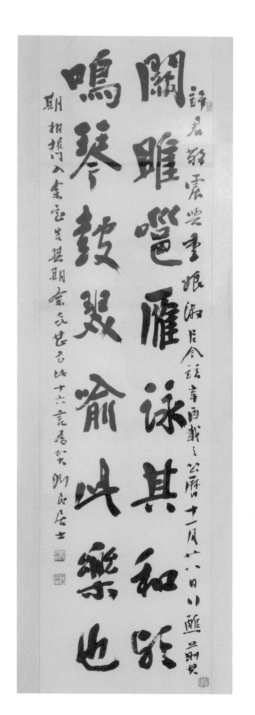

결혼 축하, 1981

박사과정 시절에 같은 과 석사과정에 재학중
이던 후배 이숙과 결혼하게 되자, 선생님께서
『시경』의 여러 구절을 가져다가 4언4구의 축
시를 지어 주셨다.

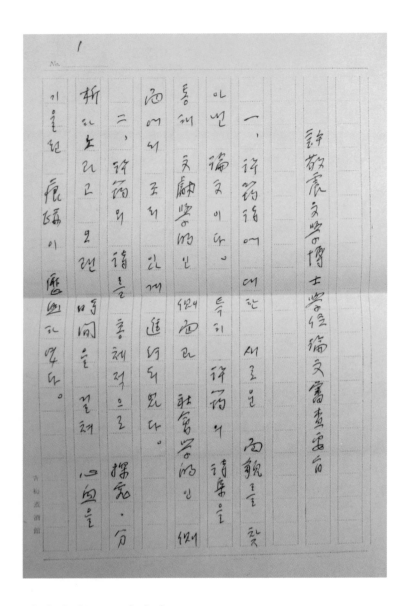

박사학위논문 심사서, 1984

박사논문 심사서는 학교에서 정해준 양식에 몇 글자를 쓰고, 점수를 쓰면 끝난다. 연민선생께
서는 연세대에 25년 계시는 동안에 박사 제자를 나 하나 지도하셨는데, 1984년 6월 13일에 최

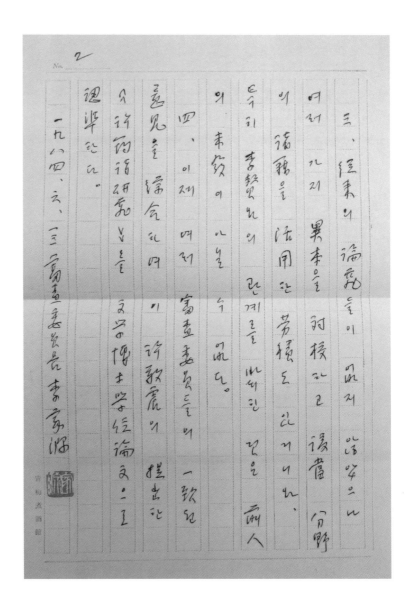

종심을 마치자 학교에 제출하는 서류 이외에 별도로 선생님의 원고지(青梅煮酒館 전용지)에 만년필로 네 항목의 요지를 쓰시고 도장을 찍어 주셨다. 삼십년이 지난 지금도 내 책상에 걸어놓고 학생시절의 초심을 돌아보게 하는 심사서이다.

1984년 8월에 『허균 시 연구(許筠詩研究)』로 연세대학교 대학원에서 문학박사 학위를 받고, 9월부터 목원대학교 교수로 부임하게 되자, 연민선생께서 연구실에 걸어 놓으라고 '문천(文泉)' 두 글자를 크게 써 주셨다. 문천(文泉)이라는 호는 석사 시절에 이미 지어주셨는데, 이때 큰 글씨 두 자와 함께 그 사연을 써 주셨다. "글 짓는 생각이 샘처럼 솟아오른다[文思泉涌]"고 하여 문천(文泉)이라는 호를 지어 주었으니, 크게 이뤄질 날이 있으리라고 기대하신 것이다.

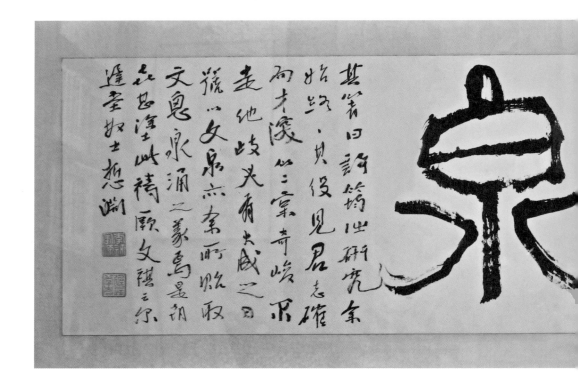

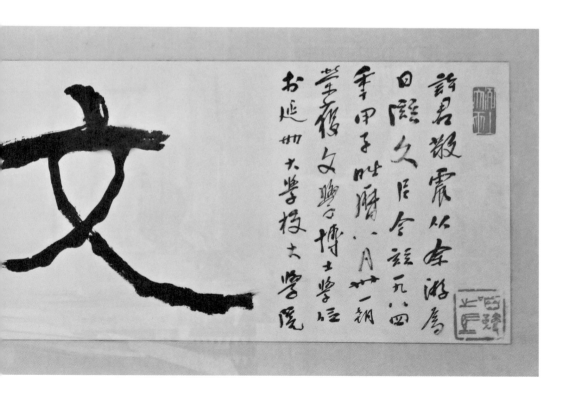

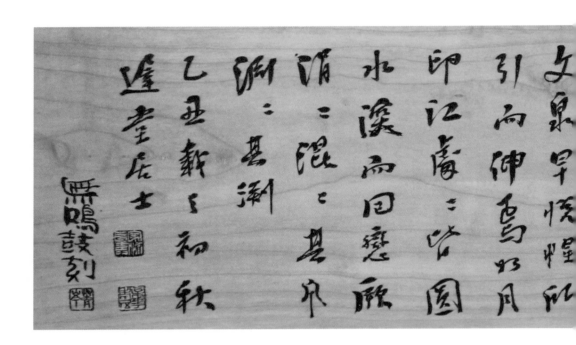

文泉書室銘

維余有三綱乎
其文竹觀抵察
苟儀人拳焉慈
瞳雲腊心源細
求分牢肉于歧
唯學最術意經
霜裳中府許君
蓬惠泉誦字圧
文泉罕悅惺所
引向紳鳥好月
印江眷誉管園
水溪而回憑歟
涓二混二甚所
渭二甚淵
乙丑戴き初秋
逢臺居士

無鳴鼓刻

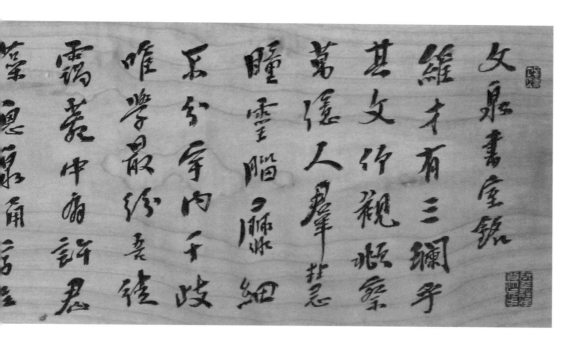

문천서실명文泉書室銘, 1985

연민선생의 칠질(七秩)을 맞아 정음사에서 『이가원전집』을 준비하게 되자, 선생님께서 문천서실(文泉書室)의 명(銘)을 지어 주셨다. 허균처럼 글 짓는 생각이 샘처럼 솟으라[藻思泉涌]고 빌어 주셨다. 당시 연민선생 서재에 찾아오던 이기현 선생이 나무에 새겨 주었다.

拙著 書家源全集과 總目錄索引

一套 廿三冊을 贈呈하오니 册으로 玩賞

하시 工으로 써주시고 笑領하여 주시고 別幅

小邦을 春首에 納付하오며 그사이 丁을

이렇게하고. 旬,

書家源 鞠躬

一九八六年 丙寅 歲暮

『이가원전집』 첫 장, 1986

1년 동안 편집하던 『이가원전집』이 한정판으로 출판되자, 46호를 내게 써 주셨다.
전집 첫 장에 선생님의 편지도 한 장 복사해 넣어 주셨는데, 이 편지를 책머리에 잘 붙여 달라
고 당부하셨다.

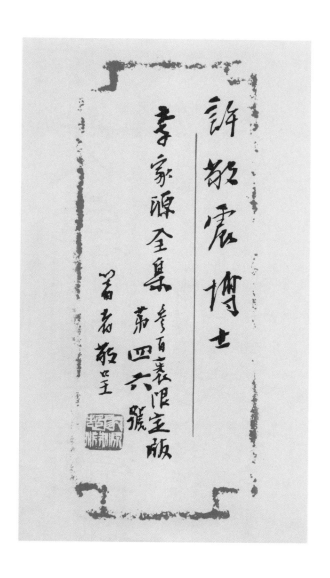

문천시경文泉詩境, 1986

추사가 시경(詩境)이라 쓴 글씨가 마음에 와 닿는다고 말씀드리자, 개천절 아침에 "판화가 찍힌 예쁜 종이가 생겼다"고 부르셨다. 시를 지으라고 써 주셨지만, 여지껏 제대로 짓지 못해 부끄럽다.

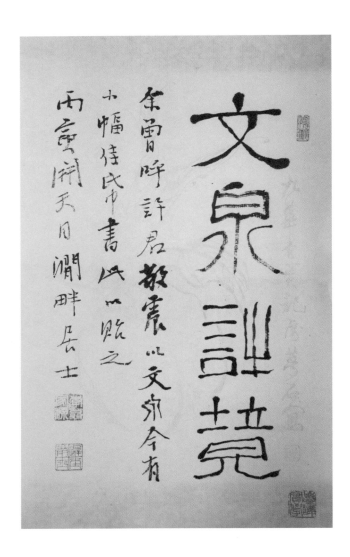

정덕득붕 貞德得朋, 1989

연세대학에서 가까운 연희동으로 이사하여 선생님과 열상고전연구회 회원 몇 사람을 집으로
초청하였다. 선생님께서 너무 좋아하시면서 갑골문자로 "바른 덕으로 벗들을 얻고, 글과 술로
잔치한다[貞德得朋, 文酒爲燕]"는 사연을 써 주셨다. 선생님께서 늘 실학(實學)을 말씀하시면서
『서경』에 나오는 "정덕(貞德)·이용(利用)·후생(厚生)"을 강조하셨는데, 새 집에서 이용 후생보
다 정덕에 먼저 힘쓰라고 당부하신 것이다.

1982.3

연민선생 초상화, 1986, 추기

연민선생 댁에는 다양한 손님들이 찾아오셨기에, 그분들의 말씀을 옆에서 듣는 것만으로도 많은 공부가 되었다. 그 가운데 여성 화가 소원(少園) 문은 희(文銀姬) 선생은 수묵 누드화로 유명한 분이었다. 한 동안은 감나무를 즐겨 그리셔서 나도 무슨 인연에선지 한 점 얻은 적이 있었는데, 팔십년대에는 수묵 그로키로 이름을 널리 알리고 계셨다. 소원 화백이 1982년 어느날 서재에서 잠시 낮잠을 주무시는 연민선생의 모습을 그리셨는데, 낮잠 자는 모습의 초상화는 처음 보아서 너무 재미있었다. 연민선생도 이 초상화를 아끼셨는데, 연민선생께서 70세가 되던 1987년에 제자들이 기념논문집을 봉정하면서 소원 화백이 「연옹칠십세상(淵翁七十歲像)」을 정식으로 그려드 렸다.

1990년 가을에 연민선생께서 『삼국유사』 번역을 시작하셨는데, 어느 주 말에 교정을 도와드리러 댁에 들렀더니 '고생이 많다'면서 글씨를 써 주시 겠다고 하셨다. 마침 아무도 없는 날이기에, 나는 용기를 내어 '소원 화백의 낮잠 자는 선생님 초상을 내게 주십사' 하고 부탁드렸다. 선생께서 웃으시 면서 곧바로 "소원득의지작(少園得意之作)"이라고 써 주셨다. 작은 글씨로 「연옹상(淵翁像)」이라는 제목도 써 주셨으니, 왼쪽에 "1982 文"이라는 서명 만 있던 수묵화 오른쪽에 제목과 화제가 쓰여지면서 하나의 작품이 완성되 었다. "백마국추(白馬菊秋) 연옹기(淵翁記)"는 1990년 음력 9월에 연민선생 이 썼다는 뜻이다. 연민선생의 초상은 이후에도 프랑스 몽마르뜨르 언덕의 프랑스 무명화가라든가 일랑(一浪) 이종상(李鍾祥) 화백이 그렸지만, 나에게 는 이 초상화가 가장 소중하다.

병풍 「허문천경진병명許文泉敬震屛銘」, 1993

1993년 초가을에 연민선생께서 병원에 입원하셨는데, 기력이 쇠진해 보였다. 용기를 내시라는 뜻에서 "마지막으로 국문학사는 쓰셔야 한다"고 말씀드렸더니, 거짓말처럼 기운을 얻으시어 일어나셨다. 그 다음날부터 원고를 정리하시면서, 내게 이 병풍을 써 주셨다. 교산 허균과 관련된 내용이었는데, 선생님 필생의 역작이 될 『조선문학사』가 완간될 때까지 도와달라는 무언의 당부가 담겨 있었다.

교산 허균은 연민선생과 내가 함께 좋아하던 문장가인데, 선생님은 나에게 그의 문장과 재주는 닮는 것이 좋지만 이탁오처럼 기이한 점은 배우지 말라고 당부하셨다. 허균은 당대 명나라 문장가들의 문집을 곧바로 구해 읽으며 왕세정(王世貞)·이반룡(李攀龍)의 복고주의와 서위(徐渭)·원매(袁枚)의 성령설(性靈說)을 모두 받아들였는데, 연민선생은 10폭 80자의 병명(屛銘)에서 내가 좋아하는 허균 문학의 정수를 모두 설파하셨다. 그래서 허권수 교수도 『연민 이가원 평전』에서 "이 잠(箴)은 한 편의 『허균론(許筠論)』으로서도 문학적 가치가 높아, 한문학사(漢文學史)의 자료가 될 수 있겠다"고 평가하였다.

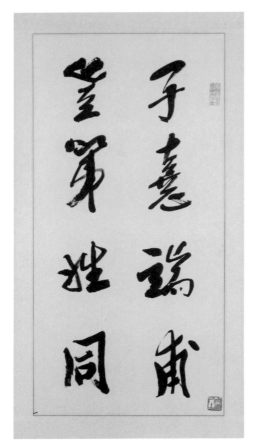

子憙端甫、豈第姓同。

자네가 단보를 좋아하니
어찌 성씨만 같을 뿐이겠는가.

文辭璀璨、才慧靈通。

문장이 찬란한데다
재주와 지혜가 신령스레 뚫렸네.

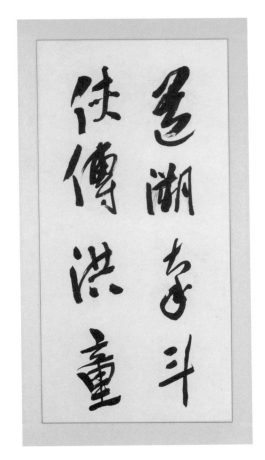

道溯南斗、俠傳洪童。

도술은 남궁두에 거슬러 올라가고
협기는 홍길동을 전하였네.

余謂筠也、蜃樓彩虹。

내 생각에 허균은
신기루와 채색 무지개라

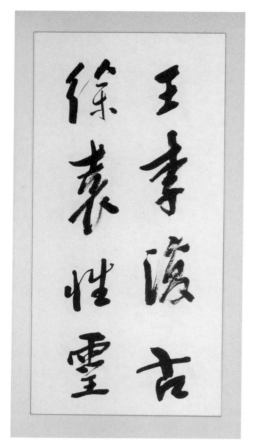

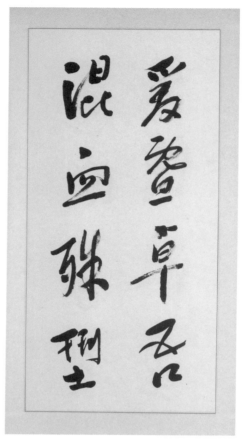

王李復古、徐袁性靈。

왕세정과 이반룡은 복고를 주도했고
서위(徐渭)와 원매(袁枚)는 성령설을
내세웠지.

爰曁卓吾、混血殊型。

이에 이탁오에 이르러서는
혼혈종이라 모습을 달리했네.

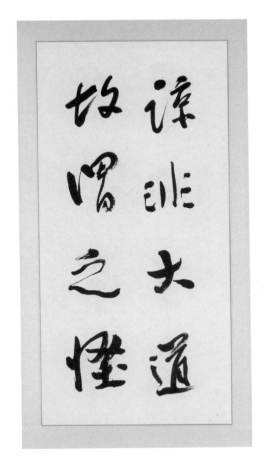

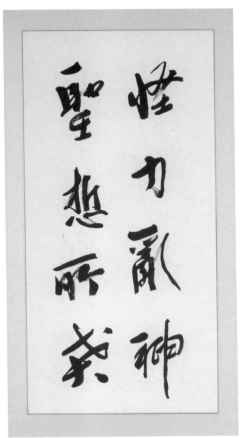

諒非大道、故謂之怪。

이는 참으로 큰 도(道)가 아니기에
그를 두고 괴이하다 하였지.

怪力亂神、聖悲所戒。

괴이한 것, 힘에 관한 것, 어지러운 것,
귀신에 관해서는
성인 공자께서 경계하셨으니,

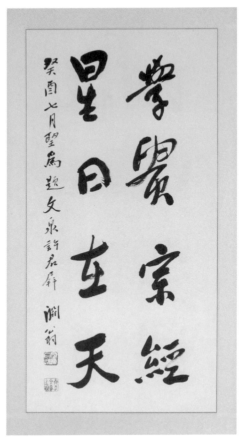

期君斯遠、勿蘄於邇。

자네는 이를 멀리하여
옮기는 것을 아끼지 말게나.

學貴宗經、星月在天。

학문은 경전을 으뜸으로 여겨야 하니
별과 달이 하늘에 있다네.

편주片舟, 1994

1994년 여름에 목원대학에서 연구년을 얻어 1년 동안 미국 하버드대학 동아시아학과에 가게 되었다. 연민선생께 인사를 드리러 찾아뵈었더니, 태평양을 잘 건너가라고 "편주(片舟)" 두 글자를 크게 써 주시고, 그 사연을 잔 글씨로 써 주셨다. 나는 비행기를 타고 가지만, 선생님께선 일엽편주를 생각하신 것이다. 아래 쪽에 "내가 이 글을 써서 평안히 갔다가 평안히 돌아오기를 빈다"고 하신 구절을 보고 저절로 눈시울이 뜨거워졌다.

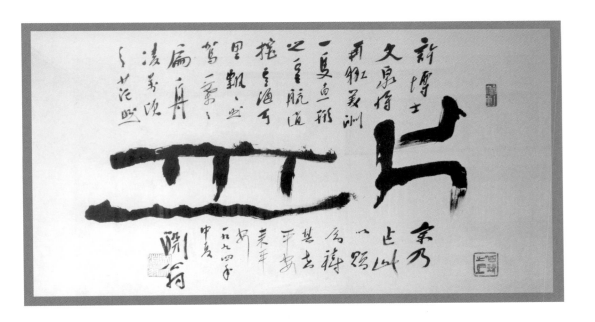

『조선문학사』, 1995

연민선생께서는 자유당 독재에 항거하다가 파면 당하신 뒤에 국립중앙도서관에 거의 날마다 찾아가 문헌을 독파하셨는데, 뒷날 문학사를 쓰실 자료를 미리 정리하신 것이다. 1993년에 선생님께서 병원에 입원하셨는데, 마치 세상을 다 사신 것처럼 기운이 없으셨다. 내가 외람되게도 "아직 국문학사를 쓰지 않으셨으니, 이제 일어나셔서 마지막 작업을 하십시오."라고 말씀드렸더니, 정말 거짓말처럼 용기를 얻어 일어나셨다. 그 다음 날부터 시작하신 『조선문학사』 집필과 교정이 마무리되어 제1권이 1995년 2월에 나왔다. 나는 1994년 여름에 미국에 연구차 출국했으므로 교정에 참여치 못했는데, 마침 제1권을 출간되던 무렵에 잠시 서울에 들릴 일이 생겨 한 권을 받았다. 그래서 "1995년 새봄"이라는 날짜가 나에게는 더욱 뜻 깊다.

『만화제소집』 첫 장, 1998

『만화제소집(萬花齊笑集)』은 1998년에 출판된 연민선생의 마지막 문집이다. 1997년에 『조선문학사』를 완간하고 지은 시에 "萬花齊笑坐淵翁"이라는 구절이 있었으므로 네 글자를 따서 책 제목을 정하신 것이다. 이 책은 권오영선생이 교정을 보았는데, 책이 나오자마자 내게도 한 권을 주시면서 잘 읽어보라고 권면하셨다.

李家源 著
허경진 譯注

儒教叛徒 許筠

李家源全集 第三十六册

연세대학교출판부

『유교반도 허균』, 2000

연민선생께서는 평생 허균과 연암을 좋아하셨으므로 "성전연벽(惺顚燕癖, 성수 허균에게 엎어지고, 연암 박지원에게 골병 들었다)"는 표현을 즐겨 쓰셨는데, 연암에 관한 저서는 여러 권 내셨지만 허균에 관한 저술은 차일피일 미루시다가 1980년 대만 중앙연구원 국제학술대회에서 「허균의 사상과 문학 연구(許筠的思想及其文學研究)」라는 장편의 한문 논문을 발표하신 것이 전부였다. 1997년에 『조선문학사』 3권을 완간하고 기력이 쇠하신 듯하여, 내가 이 논문을 번역하고 허균에 관한 연구자료를 덧붙여 『유교반도 허균(儒敎叛徒許筠)』이라는 제목으로 연세대학교출판부에서 출판해 드렸다. 선생님께선 너무 좋아하시면서 표지를 써 주셨는데, 내가 한글전용자라는 사실을 아셨기 때문에 "허경진 옮김"이라고 굳이 한글로 써 주셨다. 평생 한문만 쓰셨던 선생님의 한글 글씨가 내게는 더욱 귀중한 선물이 되었다.

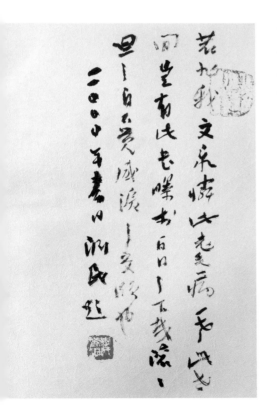

지금 선생님께서 이 책에 쓰신 머리말을 보니 "때마침 3년 동안 투병하면서 『조선문학사』를 완간한 끝에 극도로 기력이 쇠진하여 다시금 집필하기 어려운 경지에 이르렀다. 이러한 정경을 딱하게 여긴 문천 허경진 박사가 이를 맡아 지난해 겨울 방가(放暇)중에 미국에 머물면서 번역을 완료하여 연세대학교 출판부에서 간행하기에 이르렀다"고 사연을 밝히셨다.

간행일자는 2000년 2월 25일인데, 내가 겨울방학을 마치고 서울로 돌아오자 첫 장에 사연을 써 주셨다. "우리 문천이 이 늙고 병든 이를 가엾게 여겨 … 나도 모르게 눈물이 두 뺨으로 흘러내다"고 하셔서 정작 나의 눈시울이 뜨거워졌는데, 이때 써주신 머리말과 이 글씨가 연민선생께서 내게 써주신 마지막 글이 되었다. 그해 여름에 나는 다시 연구년을 얻어 미국으로 떠났다가, 11월 9일 잠결에 "연민선생께서 세상을 떠나셨다"는 윤덕진교수의 전화를 받고 불이나케 서울로 돌아왔기 때문이다. 기력이 쇠잔해지신 듯한 이 글씨를 볼 때마다 선생님의 마지막 모습을 뵙는 것 같아 눈시울이 뜨거워진다.

2

내게 써 주신 글

1) 허경진 박사학위논문 심사서

許敬震文學博士學位請求論文『許筠詩研究』審査要旨

一. 許筠詩에 대한 새로운 面貌를 찾아낸 論文이다. 특히 許筠의 詩集을 통해 文獻學的 側面과 社會學的 側面에서 조리있게 進行되었다.

二. 許筠의 詩를 총체적으로 探究分析하노라고 오랜 時間을 걸쳐 心血을 기우린 痕迹이 歷然하였다.

三. 從來의 論究들이 없지 않았으나 여러 가지 異本을 對校하고 該當 分野의 諸籍을 活用한 勞績도 있거니와, 특히 李贄와의 관계를 밝힌 것은 前人의 未發이 아닐 수 없다.

四. 이제 여러 審査委員의 一致된 意見을 綜合하여 이 許敬震이 提出한『許筠詩研究』를 文學博士學位論文으로 認準한다.

一九八四. 六. 一三
審査委員長

2) 연민선생이 나의 책에 써 주신 글

『玉溜山莊詩話』 譯刊序

李家源 著·許敬震 譯
『玉溜山莊詩話』
연세대학교출판부, 1980년 6월 15일

文泉 허경진군이 나의 졸저 『옥류산장시화』의 한문 원전을 우리말로 옮겨 간행하기에 이르렀다. 그래서 몇 마딧 말을 그 머리에 붙여 줄 것을 나에게 청하였다.

"번역이란 창작보다 어렵다"는 말이 있다. 참 그러함을 새삼 느끼곤 하였다. 만일 그렇지 않다면, 나는 애당초에 우리말로 썼을 것이 아니겠는가. 그 당시 국어학의 중진인 허웅 교수도 이 책이 우리말로 꾸며지지 못한 것에 대하여 유감의 뜻을 표하였음도 결코 숨겨 버리지 못할 사실이다.

그러나 내가 그 당시 순한문으로 이 책을 썼을 때에는 물론 내 나름대로는 의도한 바 없지 않았다. 이는 다만 국내 학자들을 대상으로 하였을 뿐 아니라, 주로 중국이나 일본의 한문학 연구가들에게 우리의 것을 널리 알리려는 생각에서이기도 하려니와, 또는 나의 경우에 있어서는 우리말로 풀어 쓰는 것보다는 순한문으로 쓰는 것이 한결 쉬웠기 때문이기도 하다.

이러한 몇 가지의 사정을 돌이켜 생각해 볼 때에 허군의 이 창작보다 어려운 번역에는 남모를 고충이 많았을 것은 짐작하고도 남음이 있게 된다.

더욱이 두께가 적지도 않은 一,二一五페이지에 달하는 방대한 분량을 조금도 빠뜨림이 없이 一七四題 七八七款으로 나누어 정리한 그 업적은 실로 大規

模에 細心法을 구사한 勞作이 아닐 수 없으리라.

이제 변변치 못한 나의 원전이 비록 도배지나 약주머니로 변신해 버리는 한이 있더라도, 이 번역본이 널리 읽혀진다면 이는 저 속세의 티끌과 穢物 속에서 환골·탈태한 매미와 다름없이 조촐한 이슬을 마시면서 길이 읊은 그 맑은 소리는 능히 여러 사람의 귀언저리에 사라지지 않을 것이다.

이와 때를 맞추어 나의 또 하나의 졸저인 『한국한문학사』가 대만 정치대학 陳祝三 군에 의하여 중국말로 번역되었다. 나는 이제 허군의 노고를 감사하는 동시에 아울러 두 졸저가 각기 다른 말로 옮겨짐에 자축의 기쁨을 표하지 않을 수 없겠다.

경신년 청명날

『여섯 사람의 옛시인』의 첫머리에

허경진 지음
『여섯 사람의 옛시인』
청아출판사, 1980년 12월 30일

올해 가을에 『옥류산장시화』의 번역본을 내어 이 학계에 화제를 일으킨 문천 허경진군이 그 뒤를 이어 이 『여섯 사람의 옛시인』이란 책을 지어 펴내게 되었다. 이 책은 비록 두께가 과히 두텁진 않으나, 그 알찬 내용과 유려한 문장과 아담한 체제가 갖추어졌는바, 또 하나 사계에 화제가 던져질 것을 의심치 않는다.

저자 자체로는 비록 이렇게 겸손하고도 진솔한 命題를 붙였으나, 누구에게도 손색이 없는 한 편의 評傳임에 나는 또 의심치 않는다. 뿐만 아니라, 저자가 시를 평함에 있어서, 또는 시인을 고름에 있어서 이미 밝은 안광과 맑은 藻鑑을 지녔으므로 이는 選學的인 경지에서도 허술한 곳을 발견하지 못할 만큼 되었다.

시가 아름답기 전에 인격이 먼저 고결하여야 하고, 시가 悲壯하기 전에 붉은 정성이 먼저 응결되어야 함은 다시금 말할 나위도 없는 하나의 진리이다. "采菊東籬下"를 奇奴가 썼다거나, "誓海魚龍動"을 元均이 읊었다면 이는 진실이 아닌 기만이기 때문이다.

또 이에 뽑힌 여섯 시인은 재래의 評家들의 붓 끝에 오르내리지 않은 것은 결코 아니었으나, 그 흰 눈송이처럼 많은 시인들 중에 근소하게 가려 뽑힌 여섯 시인의 그 藝魂이 오늘도 이 대우주 사이를 翩旋한다면 응당히 머리를 돌려 知音의 미소를 지을 것이리라.

아아! 고운 최치원, 매월 김시습, 손곡 리달, 난설 허초희, 석주 권필, 석북 신광수 여섯 시인이시여.

一九八〇년 歲暮

『우리 옛시』 첫머리에

허경진 엮음
『우리 옛시』
청아출판사, 1981년

오늘 새벽에 미국의 우주왕복선 콜럼비아호가 무사히 돌아왔다. 세속에서 이른바 우주시대가 눈부시게 전개되고 있다.

이러한 광경이 눈앞에 펼쳐지는 이 찰라에 세계 인류들은 모두 경탄을 금치 못하곤 한다. 그럼에도 불구하고 비좁은 한 연구실 안에 푸른 등불을 밝히고 묵묵히 앉아 우리 고전 중 특히 읽기도 어렵고 풀기도 쉽지 않은 한시를 평이·단백하게 누구든지 읽기도 쉽고 풀기도 어렵지 않게 하는 작업에 매진하는 선비가 있으니 그는 곧 나의 젊은 벗 허경진 군이요, 그 공작물이 한 권의 책으로 꾸며졌으니 그 이름은 『우리 옛시』라 일컫는다.

허군은 이미 이에 앞서 『옥류산장시화』의 번역본과 『여섯 사람의 옛시인』을 펴내어 모두 화제의 출판물로 인기를 끌었다. 이제 이 『우리 옛시』가 생생한 활자로 꾸며진다면 또 하나의 화제로 등장될 것은 거의 의심쩍은 일이 아니리라 예측된다.

이제 이 『우리 옛시』에 실린 한시는 230편에 지나지 않으나, 그 실에 있어서는 몇천 편 중에서 가려 뽑은 것을 또 다시금 추려낸 작품들이다. 그 기준은 원전의 어려운 한자를 일일이 대조해 보지 않아도 쉽게 읽을 수 있고, 거치장스러운 주석과 해설을 군데군데 붙이지 않아도 어렵지 않게 풀이될 수 있는 것들만을 수용함에 역점을 두었다.

그렇다 해서 한갓 읽기에 쉽고 풀이하기에 어렵지 않음에 그친 것은 결코 아니다. 허군의 〈자서〉 중에 말한 바와 같이 "손으로 쓴 시나 머리로 쓴 시가 아닌 가슴으로 쓴 시"가 아닌 것이라면 조금도 아낌없이 끊어 버렸다.

그리고 보면 이는 벌써 일반 사람들이 걸핏하면 "너무나 어렵고 쉽지 않다"는 종래의 한시관과는 달리, 오히려 쉬운 한글로 쓰인 현대시에 비겨 그 어떤 것이 쉽고 또 어떤 것이 어려운 것인가를 분간할 수 있을 것이다.

나는 아득한 옛날의 『시경』·『초사』로부터 두보·이제현의 작품에 이르기까지도 거의 독파할 능력을 지닌 바 없지 않으나, 도리어 현대시에 대해서는 가끔 풀이하기 어려운 곳을 발견하고는, 직접 그 작가에게 물었을 때에 그들의 대답은 대체로 "시란 원래 잘 알기가 어려운 것이다" 한다.

나는 그러한 일을 당할 때엔 문득 "나의 머리는 참으로 이상하구료. 어렵다는 한시는 읽을 줄 알면서 쉬운 현대시를 풀이하지 못하다니." 하고 내 스스로 의문을 일으키곤 하였다. 그러나 이러한 일은 뜻밖에도 현대 시인이 아닌 나에게만 국한된 것은 아니다. 몇 해 전의 일이다. 어떤 문학지에 실린 두 편의 현대시가 편집자의 착오로 그 원고의 절반이 서로 바뀌었으나, 수많은 독자 중에서 어느 한 사람도 이를 발견하지 못하고 다만 작자 두 사람이 알았을 뿐이라 한다.

대체 시문을 쓰는데 있어서는 첫째 쉽고 어렵지 않은 것으로서 주를 삼아야 할 것이다. 아무리 어렵지 않고 쉬운 글을 썼다고 하더라도 한 세대를 지나고 보면 벌써 옛글이 되곤 마는 것이다. 그러므로 위에서 열거한 『시경』이나 『초사』 역시 당시의 항용어로 씌어졌음에 지나지 않은 것임을 알아야 한다.

이러한 의미에서 이 『우리 옛시』의 엮음은 새 시대의 한시연구가 허군으로서 오랫동안 고민하던 나머지에 창안해낸 하나의 업적이 아닐 수 없다. 우리 동방 철인들은 유구 몇 천 년 전에 이미 정신적으로 우주여행을 끝내었으나, 오히려 과학적인 실험을 수행하지 못했던 것을 이제 콜럼비아호가 수행하였음과 다름없이 종전의 "어렵기만 하고 쉽지 않다"는 한시관을 이렇게 바꾸어 놓은 허군의 의도에 대하여 기리지 않을 수 없으리라.

一九八一. 四. 一五

『허균의 시화』 첫머리에

허경진 엮음
『許筠의 詩話』
민음사, 1982년 3월 3일

　내 일찍이 허균에게 매료를 당하여 그의 한문소설 〈장생전〉·〈남궁선생전〉 등 몇 편을 번역한 일이 있었으나 그의 한시 내지 시화에 대해서는 손을 미치지 못하였다. 그러면서도 "이것들이 언젠가는 누구에 의해 반드시 번역이 이루어질 것이리라" 하고 기대하는 마음만은 자못 간절하였다.

　이제 허경진 군이 〈학산초담〉과 〈성수시화〉를 전역하여 그 초고를 활자로 바꾸기에 이르렀다. 몇 해 전만 해도 현대시를 전공하던 경진이 균의 작품에 대하여 나에게 비겨 못지않게 매료되어 그의 작품을 하나의 연구대상으로 삼는 한편, 이 두 시화를 애독하는 나머지에 번역에까지 손을 뻗치게 된 것은 참으로 갸륵한 일이 아닐 수 없다.

　"번역이 창작보다 어렵다"는 것은 결코 헛된 말이 아니다. 남의 창작품을 같지 않은 글로 옮길 때에는 그의 작품연구는 물론이요, 그 사람됨과 일생의 행위에 관한 정통한 견식이 없고서는 함부로 손을 대는 것은 가장 위험한 일이리라 생각된다.

　이제 이 경진의 번역은 저 방간에 넘쳐흐르는 직업적인 번역물과는 달리 믿음직한 학문적인 본령에서 벗어나지 않는 의법을 굳게 지켰음에는 틀림이 없다. 내가 미처 못했던 부분을 맡아 거뜬히 해내는 경진의 앞을 향해 끈기있게 매진하는 그 의력에 대하여 고맙고도 감명해 마지않는다.

　그러나 이는 오히려 경진에게 있어서는 『허균시 연구』에 따르는 하나의 부산물에 지나지 않는다는 생각이 든다. 이는 나의 지나친 욕망일지도 모른다.

멀지 않은 앞날에 아름답고도 알찬 본격적인 논고가 이룩되기를 기대하면서
몇 글자를 적어 경진의 성간에 답하는 바이다.

一九八一년 초여름

『시경신역(詩經新譯)』을 펴내면서

李家源·허경진 공찬
『詩經新譯』
청아출판사, 1991년 5월 16일

한 덩어리 지구가 구르기 시작한 뒤에 곧 인문(人文)이 형성되었다. 그 삼라만상(森羅萬象)을 읊고 노래한 문자(文字) 그 어느 것이 진귀(珍貴)하지 않으리오마는, 특히 유운문(有韻文)인 시(詩)가 가장 싱그러웠다.

저 어린아이가 겨우 모태(母胎)에서 떨어지자 곧 으아! 하고 울지 않던가. 이것이 곧 하나의 짧은 시이다. 이렇게 보면 이 광막한 우주 사이에 꽉 차 있는 상형(象形) 그 어떤 것이 시가 아니겠는가.

후세 사람들이 편의에 의하여 운문(韻文)과 산문(散文)의 분류(分類)를 시도하였으나 궁극에 이르러서는 구별짓기 어려울 것이다.

당초 시가 아닌 오경(五經)이나 자(子)의 『맹(孟)』·『순(荀)』과 사(史)의 마씨(馬氏) 『사기(史記)』 등이 모두 하나의 대하(大河) 서사시(敍事詩)에 지나지 않는 것이다.

우리 동방(東方)에서는 선비의 집안이라면 반드시 사서(四書)·육경(六經)을 필수적(必須的)인 과업으로 삼았고, 필자의 경우에는 특히 이 『시경』을 애송하여 이미 십여 세 때에 『시경』을 두 차례나 읽었다.

처음에는 하나의 일과(日課)로서 꿇어앉아 서산(書算)을 꼽으면서 목청을 높여 읽되 반드시 외우곤 하였으나, 그 다음에는 오로지 진의(眞義)만을 탐구하면서 이백편(二百遍)을 읽었다.

나는 실로 이 『시경』에서 커다란 감명을 느꼈다. 그 삼백편(三百篇) 중에 어떤 장(章), 어떤 글귀가 아름답지 않은 것이 있으리오마는, 가장 감명 깊었던

곳은 오래 갈수록 잘 뇌리(腦裏)에서 사라지지 않는다. 이제 몇 군데를 들기로
한다.

산에는 개암나무	山有榛、
습지에는 감초(甘草).	隰有苓。
그 누구를 생각턴고?	云誰之思?
서녘 나라 고운님.	西方美人!
저기 고운님이시여	彼美人兮、
서방에 계신 분이로다.	西方之人兮! ―패풍(邶風)〈간혜(簡兮)〉

　여기에서 이른바 미인(美人)은 임금을 이름이다. 정오(正午)가 되면 공무(公
務)를 끝낸 뒤에 무대에 올라 멋있게 춤을 추는 그 순간에도 인민을 위하여
수고하는 어진 임금을 잊지 못하는 애국 충정을 담은 작품이다. 이는 비록 짧
은 한 장(章)에 지나지 않으나, 굴평(屈平)의 "회미인(懷美人)", 소동파(蘇東坡)의
"망미인(望美人)", 퇴계(退溪)의 "피미일인(彼美一人)", 정송강(鄭松江)의 〈사미인
곡(思美人曲)〉 등이 모두 이에서 연원(淵源)되었다.

이 마음의 슬픔이여!	心之憂矣、
어찌 이제 뿐이리오.	寧自今矣?
나의 앞에도 아니되며	不自我先、
나의 뒤에도 아니되리!	不自我後。 ―대아(大雅)〈첨앙(瞻卬)〉

　이 시는 인민들이 난정(亂政)을 만나서 비탄(悲歎)하는 중에도 오히려 이러
한 난리가 자기 선조(先祖)에게 있어서도 아니되고, 자기 자손에게 미쳐도 아
니될 것을 기원하였다. 이 모든 어려움은 자기 자신이 다 겪는 것을 오히려
감수할 수 있다는 의미이다. 그 얼마나 비측(悱惻)한 구절이겠는가? 나와 같이

전고(前古)에 없는 외적의 침략과 동란을 겪은 이로서 뼈저리게 동감하지 않을 수 없었다.

아름다운 쑥이 되라더니,	蓼蓼者莪、
쑥 아닌 다북이로다.	非莪伊蒿。
슬프도다 우리 부모님	哀哀父母、
나를 낳으시고 얼마나 수고했소!	生我劬勞。 —소아(小雅) 〈육아(蓼莪)〉

'아(莪)'는 아름다운 풀이요, '호(蒿)'는 천박한 풀이다. 부모가 아들을 길러 아름다운 인재가 되기를 원했던 것이 천박한 인간이 되어 효양(孝養)을 못했음을 자책하는 시이다. 왕포(王裒)는 이 편(篇)을 차마 읽지 못하여 폐기하였다 한다. 나는 비록 이 시를 폐기하지는 않았으나 읽을 때마다 저절로 흐느끼곤 하였다.

나는 이 『시경』을 스스로 애송하였을 뿐 아니라, 나의 서재에서나 강단에서 제생(諸生)들과 여러 차례 강연(講筵)을 열되, 낭독(朗讀)·강의(講義)·답문(答問)·녹음(錄音) 등의 과정으로 진행하였다.

올해 봄에 열상고전연구회(洌上古典研究會)에서 다시금 강독회를 열어 강독을 마친 뒤에 그 녹음한 것과 전일에 녹음해 두었던 것 두 테이프를 허경진(許敬震) 노제(老弟)에게 주어 쉬운 우리글로 옮겨 드디어 『시경신역(詩經新譯)』이라 명제하고 이내 공찬(共撰)으로 출간하기에 이르렀다.

돌이켜 생각컨대, 내가 『시경』을 애송한 지 어언 60년의 광음이 흘렀다. 육의(六義)가 황망(荒亡)한 오늘에, 또 시대 흐름에 알맞지 않은 한시(漢詩) 몇천 수를 읊은 것은 백락천(白樂天)이 이른바 '시마(詩魔)'가 아니면 '시선(詩仙)'일는지도 모른다. 어떻든 『시경』을 혹기(惑嗜)했던 부산품(副産品)임에는 틀림이 없으리라.

또 〈독시천지(讀詩淺知)〉·〈시경과 우리 문학〉·〈개암나무〉 등 논고(論考)가 있었으므로 이제 부록으로 뒤에 붙이며, 그 중에서 언급하지 못했던 몇 마디 말이 기억되기에 이에 적어 둔다.

공자(孔子)가 이 시를 산정(刪定)하였을 때 대다수를 점유한 민중시(民衆詩)인 이남(二南)·국풍(國風)·이아(二雅)를 먼저하고, 왕가(王家)를 예찬한 송(頌)을 뒤에 둔 것은 실로 민본사상(民本思想)의 구현임을 특기하지 않을 수 없다. 후세 무슨 시화(詩話)니, 시평(詩評)이니 하는 저술에는 제왕(帝王)에 관한 점을 벽두(劈頭)에 실어 아유적(阿諛的)인 기록을 남긴 것이 일색이다. 이는 실로 공자의 의법(義法)에 위배되는 일이 아닐 수 없다.

실에 있어서는 『시경』 첫머리에 실린 〈관저(關雎)〉도 하나의 민중시로서, 이른바 남녀상열지사(男女相悅之辭)에 지나지 않는 것이다. 그럼에도 불구하고 주자(朱子)가 특히 이 편을 어진 후비(后妃)의 일이라 주장하였음은 과연 무슨 까닭인가? 이는 역대 국가의 흥망·성쇠가 주로 후비와 외척(外戚)들에 매어 있었으므로, 그들을 경계하기 위하여 창안(創案)하였던 것이다. 이는 곧 본시(本詩)의 원의(原義)에 관계치 않고 인비연류적(引譬連類的)인 하나의 응용법(應用法)임을 알아야 한다. 이와 같은 응용법은 공자에서 이미 있었던 것이다. 하나의 예를 들면 자하(子夏)가 "소이위현(素以爲絢)"을 물었을 제, 공자는 "회사후소(繪事後素)"로 제시하였고, 자하는 또 "예후호(禮後乎)"로 거듭 확증(確證)하지 않았던가?

一九九〇년 경오(庚午) 九月 초길(初吉)
이가원 연옹(淵翁)

『儒敎叛徒 許筠』 序

李家源 著·허경진 옮김
『儒敎叛徒 許筠』
연세대학교출판부, 2000년 2월 25일

중국 사람들은 李贄 卓吾를 가리켜 '儒敎叛徒'라 한다. 한편 나는 일찍이 우리나라 許筠 端甫를 가리켜 '朝鮮의 李卓吾'라 하였다. 이 두 사람은 비록 國籍이 다르나 그 時代가 서로 멀지 않고, 思想·行爲가 서로 酷肖했기 때문이다. 卓吾가 분명히 陽明左派면 端甫는 花潭·退溪의 左派로 보아야 할 것이다.

나는 지난 1980년 10월 台灣中央研究院에서 召開한 國際漢學會議에서 "許筠的思想及其文學研究"라는 論攷를 發表한 바 있었다. 그 原著는 該研究院에서 刊行한 『中央研究院國際漢學會議論文集』과 延世大學校 『東方學志』에 실렸다. 그러나 그 原典이 純漢綴이어서 벌써 읽기 어려우므로 우리말로 옮길 것을 뜻하였지만, 때마침 三年 동안 鬪病하면서 『朝鮮文學史』를 完刊한 끝에 극도로 기력이 衰盡하여 다시금 執筆하기 어려운 경지에 이르렀다. 이러한 情景을 딱하게 여긴 文泉 許敬震 박사가 이를 맡아 지난해 겨울 放暇 중에 美國에 머물면서 번역을 완료하여 延世大學校 出版部에서 간행하기에 이르렀다.

文泉은 이미 1980년에 拙著 『玉溜山莊詩話』를 譯刊하여 널리 流通시킨 바 있음에도 불구하고 이제 또 이와 같은 勞苦를 아끼지 않음을 생각할 때 느껴운 눈물이 눈시울을 적시곤 한다. 老眼을 부비면서 몇 글자를 적으며 아울러 出版을 맡아 준 延世大學校 出版部에 대하여 깊은 감사의 뜻을 표한다.

나는 일찍부터 이런 생각을 해본 적이 있었다. "우리 民族이 낳은 人物 중에 玲瓏한 才華, 雄俊한 學識을 지녔음에도 불구하고 마침내 大志를 이루지 못한 채 塵土에 埋沒된 文人·學者가 너무 많지만, 특히 蛟山과 聖岩 金台俊

二家에 대하여 痛惜의 情을 금할 길이 없다. 蛟山이 당시 宵小輩의 政治的 誘惑에 빠지지 않고 그가 이른바 前·後五子와 그의 弟子 李生과 함께 學問과 著書에 專心했더라면 수많은 名著를 내었을 것이요, 聖岩 역시 일찌감치 政治的 소용돌이 속에서 헤쳐나와 李家源·丁駿燮 등과 學問과 著書에 專心하였더라면 『燕巖小說研究』와 『朝鮮文學史』 등이 李家源의 손을 기다리기 전에 이미 이루어지지 않았을까?" 하면서 홀로 슬퍼하곤 한다.

一九九九年 한가윗날

洌陽外史 李家源 自志

3) 내게 써 주신 편지

答許文泉敬震 육군보병학교 학생연대 특간중대 교번 二三

君의 정성 어린 글월 받아 읽고 자못 感銘 깊었네 그려.

군의 생활에 있어서 가르침을 맡은 것은 실로 용이한 일이 아닌 만큼 아무쪼록 삼가하고도 씩씩하여 모범군인이 되길 바라 마지않은 바일세.

君이 그夫하던 책상에는 金美蘭이 와서 있고 諸君들과 가끔 君에 대한 이야기를 하고 있으며, 學期末의 考查가 곧 끝나고 放學으로 들어가게 되었으니, 짬을 얻어 未整理件을 整理해 보려 하네. 오늘도 총총 이만 줄이네.

一九七六. 六. 一五

석사논문을 쓰고 제삼사관학교 교수부 교관 시험에 합격하자, 육군 중위로 임관하는 교육을 받기 위해 광주 육군보병학교 특간중대에 배속되었다. 14명의 동기들과 교육받는 동안 선생님께 문안편지를 올리자, 자상한 답장을 보내주셨다. 이 편지를 통해, 당시 나의 교번이 23번이었던 것이 새삼 생각났다.

答許文泉 제삼사관학교 교수부

紫霞의 〈東人論詩絶句〉 중, 『早許湖陰壓卷篇』의 『許』는 喬山이 일찌기 湖陰의 〈淸臺夜坐詩〉에 對하여 『此老此聯, 當壓此卷』이라 評한 것을 가리킨 것이니, 來書에 列擧한 前者가 바르게 본 것이리라 생각되네。 이 評話는 喬山의 《國朝詩刪》에 실렸고, 또 壺谷의 《終南叢志》에 具體的으로 論及되었으니, 參照해 보길 바라며, 총총 이만。

一九七七. 九. 一三

제삼사관학교에서 강의시간 틈틈이 『옥류산장시화』를 번역했는데, 해결하지 못한 구절을 여쭤보자 자상한 답장을 보내주셨다.

제2부

내가 연민선생 책에

써 드린 글

『옥류산장시화』를 우리 글로 옮기면서

李家源 著·許敬震 譯
『玉溜山莊詩話』
연세대학교출판부, 1980년 6월 20일

아무것도 모르는 제가 이런 책을 내게 된 것이 기쁘면서도, 그보다 먼저 걱정이 앞섭니다.

처음부터 책을 내고자 한 것이 아니었고, 우리나라의 옛시를 알기 위해서 이 책을 한 줄 한 줄 읽기 시작했었습니다. 그러던 가운데 어려운 속에서도 차츰 차츰 즐거움을 느끼게 되었습니다. 현대문학을 전공한다던 제가 끝내는 고전문학 가운데서도 가장 어렵다는 한국한문학에 관심을 가지고 새로운 공부를 시작하게까지 되었습니다.

연민 이가원 선생님은 이 책을 지으셨을 뿐만 아니라 제게 권해주셨고, 모르는 것이 나올 때마다 쉽게 가르쳐 주셨습니다. 공부삼아 보던 제게 아예 번역을 해보라고 권면도 해주셨고, 출판의 길까지도 열어주셨습니다. 만약 이 책에서 볼만한 것이 있다면, 그것은 모두가 선생님의 가르침과 도움으로 이루어진 것입니다.

한문으로 엮어졌던 이 책을 한글로 옮기는 일은 제가 사관학교에 있는 동안 틈틈이 하였습니다. 다른 곳처럼 시간도 넉넉지 못했고, 더구나 볼 만한 책도 없는 시골에서, 조그만 사전 한 권만 가지고 일을 하였습니다. 제가 예전에 읽었던 몇 권의 시와 시화를 더듬으면서, 삼천사백 장의 원고를 겨우 끝냈습니다.

이 안에 실린 천여 편의 시가 아름답게 옮겨지지 못하였고, 가다금 틀린 것이 많으리라 생각되어서 부끄러울 뿐입니다. 다만 제가 앞으로 계속 공부를 하는 길에 한 받침돌이 될 것이라고 생각하면서 내어 놓습니다. 여러분들의 꾸지람과 가르침을 달게 받겠습니다.

이 책을 내는 동안 원고를 정리해준 허미례 양과 출판을 허락해주신 출판부장 이봉국 교수님, 그리고 끊임없이 기도하며 도와주신 부모님께 감사드립니다.

경신년 새해를 맞으면서
허경진

『이가원전집』 색인 정리를 마치면서

洌上古典研究會 編
『李家源全集·總目錄索引』
정음사, 1986년 9월 18일

연민 스승님께서 저에게 색인 작업을 맡기신 지가 벌써 4년이나 되었습니다. 그때만 해도 작업 분량이 지금처럼 많지가 않았고, 구체적인 방법도 정해지지 않았습니다.

우선 문집들의 목차만 복사를 했습니다. 시가와 서간을 비롯해 수많은 작품들이 문집에 실려 있기 때문이었습니다. 그러나 저의 작업은 더 이상 진행을 할 수 없었습니다. 스승님께선 노익장(老益壯)이란 말 그대로, 노숙한 경지에 들어서시면서 더 많은 글들을 의욕적으로 지으셨기 때문입니다.

올해에 전집의 윤곽이 분명해지면서, 이 작업의 윤곽도 잡히기 시작했습니다. 스승님께서 한평생 지으신 글이 어찌나 많던지, 저희들은 그 제목만 차례대로 정리하는 데도 한 주일 넘게 걸렸습니다. 예전에 읽어본 글들이 많았기에, 그 제목 하나 하나를 대할 때마다 그 시절의 스승님 모습이 떠오르고, 그 무렵의 가르치심이 생각나서, 너무나도 새롭고 보람찬 한 주일이었습니다.

스승님께선 연세대학교를 그만 두신 뒤에도 여러 대학원의 강의를 하셨지만 올해엔 그러한 일들을 다 그만 두시고, 저희들 옛 제자만 불러주셔서 강독을 하셨습니다. 그동안도 스승님의 강의를 얼마나 듣고 싶었던지요. 저 혼자 맡았던 색인 작업도 우리 모임의 회원들이 스스로 나서서 도왔습니다. 그랬기에 이 커다란 작업이 한 주일 만에 끝날 수 있었습니다. 모든 회원들이 하루씩은 참여했고, 김영·윤덕진·최우영·황정수·이강엽·김성희 회원이 며칠씩 도와주었습니다.

이번 전집에는 실리지 못했지만, 연민 스승님과 관계되는 책들이 몇 권 더 있습니다. 그 책들을 이번 전집의 부록으로 편집해보니, 이 색인은 『李家源全集』 부록 제5권이 됩니다. 스승님을 기리는 사업이 계속되는 한, 이 부록도 앞으로 더욱 많이 늘어날 것입니다.

이 색인이 연민 스승님의 전집을 보시는 분들께 도움이 된다면 다행이겠습니다. 스승님께서 앞으로도 많은 글들을 쓰셔서, 십년 뒤에, 또 이십년 뒤에 새로 색인을 내게 되면 저로서는 더 바랄 것이 없겠습니다.

스승님. 부디 건강하시고 오래 오래 복을 누리며 사시옵소서.

1986년 7월 28일
열상고전연구회
허경진 삼가 절하며

『시경』 녹음테이프를 정리하고서

李家源·허경진 공찬
『詩經新譯』
청아출판사, 1991년 5월 16일

이 책의 옮긴이로 연민(淵民)선생님과 제 이름이 함께 실렸지만, 실제로는 선생님께서 혼자 번역하신 것입니다. 다만 강술하신 것을 녹음하였다가, 나중에 제가 원고지에다 옮겨 썼을 뿐입니다. 원고를 정리하였을 뿐인 저의 이름까지도 함께 겉표지에다 내주신 것이 고마우면서도 죄송스럽습니다. 선생님의 말씀을 제대로 옮겨 적었는지 자신이 없기 때문입니다.

우리 열상고전연구회 회원들이 선생님을 모시고 『시경』을 공부한 것은 1988년부터였습니다. 『한국의 서(韓國의 序)』 강독을 끝내고 2차로 『시경』을 공부하게 되었던 것입니다. 『한국의 서』를 정리할 때에는 여러 회원들이 돌아가면서 몇 편씩 원고지에다 옮겨 썼지만, 이번 『시경』의 원고는 저에게 정리하라고 맡기셨습니다. 전체를 한 사람의 글투로 정리하는 것이 좋았기 때문입니다.

선생님께서 강의하실 때에는 쉽게 넘어간 구절들, 특히 꽃이나 나무, 새, 물고기, 짐승들의 이름을 우리말로 옮기는 일이 가장 어려웠습니다. 선생님께서 한문투로만 번역하시거나 옛 시골에서 쓰던 사투리투의 이름들도 많았거니와, 연꽃의 종류만 예를 들더라도 『시경』에서 열댓 가지 되는 것이 우리말로는 한두 가지 밖에 없었기 때문입니다.

선생님께선 전통적인 독법(讀法)으로 백여 차례나 『시경』을 읽고 외우셨지만, 현대적인 해석까지도 배려하셨습니다. 주자(朱子)의 집전(集傳)을 교재로 쓰셨지만, 중국 굴만리(屈萬里) 교수의 『시경전석(詩經詮釋)』을 제게 주시면서, 보다 설득력이 있는 해석을 따르라고 하셨습니다. 민요조인 국풍에서는 선생님의 말씀을 그대로 옮겼지만, 역사적 배경이 고려되어야 하는 아(雅)·송(頌)으로 내려오면서는 굴만리 교수의 해석에 많은 도움을 얻었습니다. 선생님께서 일일이 역사적 배경을 확인하면서 설명하신 것이 아니어서 보완이 필요하였기 때문입니다. 물론 이러한 과정에서 생긴 잘못이 있다면 모두가 제 책임입니다.

선생님의 『시경』 해석은 직접 들어야만 맛이 납니다. 고저청탁(高低淸濁)에 맞게 읽어주시는 것을 저희들이 따라 읽는 과정에서 예습이 되었고, 녹음테이프를 정리하는 과정에서 복습이 되었습니다. 간간이 들려주시는 중국과 우리나라의 옛날 이야기, 특히 역사책에는 실려 있지 않은 우리 선비들의 일화들은 다른 곳에서는 들을 수 없는 이야기들이었습니다. 그런 이야기들을 그대로 실을 수 없는 것이 무척 아쉬웠습니다. 토는 전통적인 토와 다르게 "하시고, 하시니" 등의 존대어는 "하고, 하니"로 붙였으며, "하야, 호대, 호리라" 등은 옛 말투를 그대로 썼습니다. 이따금 통일되지 못한 구절이 있으면 제가 잘못 들은 곳입니다.

요즘 여러 곳에서 중한사전(中韓辭典)이 간행되고 있습니다. 커다란 우리말 사전도 편집되고 있습니다. 이러한 사전이 제대로 갖추어지면 이 책은 쓸 모 없게 될 것입니다. 수백에 이르는 꽃·나무·새·물고기·짐승의 이름부터 제대로 고쳐야 하기 때문입니다. 그때쯤이면 『시경』의 역사적 자료들도 더 확실하게 밝혀질 것입니다. 그러한 때가 오면 선생님의 강의 테이프를 가지고 다시 한 번 정리하여 보다 완벽한 『시경신역』을 내도록 하겠습니다.

1990년 11월

허경진 삼가 절하며

『韓國의 序跋』 초고를 정리하면서

열상고전연구회 편
『韓國의 序跋』
바른글방, 1992년 5월 17일

지난 1년 동안 연민(淵民)선생님 댁에서 회원들이 강독하였던 한국의 대표적인 서(序)·발(跋) 편을 엮어 『韓國의 序跋』이란 제목으로 내놓는다. 지난번 태학사에서 『한국서발전집(韓國序跋全集)』8권을 자료집으로 영인하여 내놓은 바 있었거니와, 이번의 책은 그 가운데서도 대표적인 내용만 골라서 연민선생님의 강술을 회원들이 정리한 것이다.

여러 회원들이 정리한 초고를 두어 번씩 돌려 읽으면서 고쳤지만, 편마다 처음 정리한 회원의 이름만 밝혔다. 106편의 서(序)를 10가지 종류로 나누어 엮었으며, 그 원전이 지어진 시대를 가늠하여 배열하였다.

완벽한 편집은 아니지만 접하기 어려운 여러 고전의 해제를 겸한데다 그 가운데는 이미 없어진 책들도 있는 만큼, 연구자들에게 조그만 도움이라도 되면 기쁘겠다. 귀한 시간을 내어 강술해주신 연민선생님과 회원 여러분께 감사드린다.

고려시대와 조선시대의 서(序)는 한문으로 지어진 것을 한글로 번역하였지만, 그 뒤 한글시대가 되면서 자연히 저술도 한글로 하게 되었다. 20세기에 지어진 몇 분의 논저에서 참고삼아 머리말을 옮겨 싣는다. 원문의 분위기를 맛보기 위해, 국한문 혼용을 그대로 조판하여 덧붙인다.

열상고전연구회 회장
허경진

『연암 박지원 소설집』 책머리에

이가원 · 허경진 옮김
『연암 박지원 소설집』
한양출판, 1994년 3월 22일

조선후기의 사회적 병폐를 고치려고 수많은 실학자들이 처방을 내렸지만, 그들의 글 가운데 가장 문학적인 글은 역시 연암 박지원과 다산 정약용의 글들이다. 같은 시대에 살았던 이들은 여러 가지 면에서 대조적이다. 학문에 임하는 태도도 달랐고, 제자를 대하는 태도도 달랐다. 다산은 남인이었고, 연암은 노론이었다. 다산이 시인이라면, 연암은 소설가다.

요즘 연암과 다산에 관한 연구가 유행하고 있고, 이들의 이름을 따서 지은 역사소설까지 유행하고 있다. 이러한 유행을 거슬러 올라가서 살펴보면, 연민 이가원 선생께서 1946년에 〈허생〉과 〈호질〉을 번역하신 데서 시작되었음을 알 수 있다. 연민선생께서는 1965년에 『연암소설연구』를 간행하시고, 1968년에 『열하일기』를 번역하셨으며, 그 이후로도 연암의 한문 단편소설들을 계속 번역하셨다.

연민선생께서 이토록 연암을 좋아하게 된 까닭은 주권을 잃은 식민지 백성으로 태어나 나라 없는 선비의 설움을 온몸으로 겪으면서, 우리 겨레가 이러한 지경에 이르게 된 원인을 생각해보았기 때문이다. 정치인이 제 구실을 하지 못하고 학자들이 성리학의 말폐에 얽매였을 때에 학문의 이용 후생(利用厚生)을 주장했던 학자가 바로 연암이었던 것을 알게 되면서, 연암 같은 선각자의 주장에 공감하게 되셨다고 한다. 그때부터 연민선생께서는 『연암집』을 열심히 읽으시고, 연암소설을 연구하셨다. 『연암소설연구』로 박사학위를 받았다는 기사가 신문에 실리자, 연암의 후손인 박영범 옹이 집안에 보존해 오던 연암의 문집 62책을 기증하여 감사의 뜻을 표시하기도 하였다. 이번에 간행하는 『연암 박지원 소설집』도 이 문집을 바탕으로 하여 엮어진 것이다. 그래서 일제 강점기에 간행된 『연암집』과는 군데군데 다른 구절들이 있다.

처음 한양출판으로부터 연암소설을 번역해 달라는 청탁을 받고 한동안 망설였다. 연민선생께서 사십여 년 전부터 번역해오신 글들이 있어서, 다시 번역할 필요가 없기 때문이었다. 그러나 삼십년이 지나면 말이 바뀌기 때문에 어차피 요즘 사람이 새롭게 번역할 필요가 있었다. 그래야만 새 세대의 독자층에게 읽힐 수 있기 때문이다. 그래서 선생님의 허락을 받고 다시 번역하기로 하였다.

그렇지만 완전히 새로 번역하지는 않았다. 예전에 번역하셨던 글들을 요즘의 말투로 바꾸는 정도의 작업일 뿐이었다. 어떻게 보면 예전 선생님께서 번역하셨던 말투의 예스러움도 잃어버리고 새로운 맛도 지니지 못한 글이 되었을까봐 걱정된다. 만약 이번의 번역에서 잘못된 부분이 있다면, 그것은 오로지 나의 잘못이다.

대학에 입학하던 스무 살 때에 연민선생을 처음 뵈었는데, 어느새 스무 해가 훨씬 지났다. 대학원에 다닐 무렵에는 선생님의 연구실에서 책을 읽었는데, 그때 선생님께서는 연구실에다 '성전연벽(惺顚燕癖)'이라고 써 놓으셨다. "성수(惺叟)에게 엎어지고, 연암에게 고질병이 들었다"는 뜻이다. 나는 자연히 허균에게 관심을 가졌으며, 이십년 동안 그의 책에 매달렸다. 그러다가 이십년이 지난 이제야 연암의 글맛을 알게 되어, 연암소설을 한 권의 책으로 엮어내게 되었다. 아무쪼록 이 책이 새 세대 독자들에게 널리 읽혀져서, 학교 수업시간에 이름만 듣던 〈양반전〉·〈허생〉·〈호질〉 등의 글들을 함께 즐길 수 있으면 좋겠다. 공역(共譯)으로 이름을 올리게 해주신 선생님께 다시금 감사드린다.

1994년 3월
허경진

『연암 박지원 산문집』 책머리에

이가원·허경진 옮김
『연암 박지원 산문집』
한양출판, 1994년 3월 22일

연암의 글이 모두 시대를 앞서간 글이었지만, 연암 자신은 특히『열하일기』
가 후세에도 남을 것이라고 자부하였다. 그러나 당시의 많은 젊은이들이 연암
의 사상과 문체를 따르던 끝에 과거 시험장의 답안지에서도 그의 영향이 나타나
자, 정조 임금은 정권 유지의 차원에서 그의 문체를 비판하고 문체반정을 시도
하였다. 그 뒤에 연암을 따르던 후배들 사이에서도 갈등이 일어났는데, 남공철
은 〈박산여묘지명(朴山如墓誌銘)〉을 지으면서 이러한 일화를 소개하였다.

"내가 예전에 연암 박지원과 함께 박남수의 벽오동관(碧梧桐館)을 찾아간 적
이 있었는데, 청장관 이덕무와 정유 박제가가 모두 한자리에 있었다. 마침 달
빛이 밝기에, 연암이 긴 목소리로 자기가 지은『열하일기』를 읽어 주었다. 이
덕무와 박제가는 둘러앉아서 들을 뿐이었지만, 박남수는 연암의 글을 비판하
였다.

'선생의 문장이 비록 잘되긴 했지만, 패관 기서(稗官奇書)를 좋아하였으니,
이제부터는 혹시라도 고문(古文)이 진흥되지 않을까봐 걱정됩니다.'

그러자 연암이 취한 말투로,

'네가 무엇을 안단 말이냐?'

하고는 다시 읽기를 계속하였다. 박남수도 또한 술김에 촛불을 잡고 그 (열하일
기의) 초고를 불살라 버리려고 하였다. 나는 급히 박남수를 말렸다. 연암은 곧
몸을 돌이켜 눕더니 일어나지 않았다."

연암은 이튿날 아침에야 분이 풀려서 박남수를 불러다 앉히고, 자신이『열

하일기』와 같은 글을 지어 불평을 토로하는 심정을 설명해 주었다. 이제 연암이 그『열하일기』를 지은 지도 이백년이 넘었다. 그 동안 많은 선비들에게 읽혀서 정덕(貞德)·이용(利用)·후생(厚生)을 계몽하고 지전설(地轉說)을 소개하였지만, 이제는 시대가 바뀌어 연암의 문장을 한문 그대로 읽어볼 독자들이 많지 않게 되었다. 그래서 이십세기에 들어오면서『열하일기』가 여러 차례 한글로 번역되었다.

그러나 우리 사회에서 쓰는 말이란 삼십년을 단위로 바뀌게 마련이니, 영원히 읽힐 수 있는 번역본은 없는 셈이다. 더구나 최근에는 한글전용 추세에다 맞춤법까지 바뀌게 되어, 예전의 훌륭한 번역들이 독자들로부터 외면당하게 되었다. 이번의『열하일기』번역은 역자가 대학 시절부터 여러 차례 읽으며 공부했던 연민선생의 번역본을 다시 정리해서 요즘의 독자들에게 새로이 소개하는 것이다. 물론 원문을 대본으로 하여 번역했지만, 연민선생의 번역을 그대로 살리기 위해 힘썼다. 다만 말투를 요즘 말로 바꾸었을 뿐이다.

원문의 분량이 너무 많아서, 그 가운데 역자 나름대로 일부를 뽑아서 번역할 수밖에 없었다. 이 책은 일반 독자들을 위한 출판이니만큼, 연암을 보다 더 공부하고 싶은 독자들은 연민선생의 번역본(고전번역원본)이나 한문 원본을 참고하기 바란다.

『연암집』에서는 이십여 편의 글을 골라 번역했는데, 단편소설과 일기를 뺀 나머지 가운데 비교적 한글 세대들이 이해하기 쉬운 글들을 골라 소개하였다;. 그러나 너무 전문적인 글들은 아쉽지만 다음 기회에 소개하겠다.

이 책을 통해서 보다 많은 독자들이 연암 박지원의 문학과 사상에 대해서 관심을 가지게 되면 다행이겠다.

1994년
허경진

『朝鮮文學史』 발문1

李家源 著
『朝鮮文學史·下』
태학사, 1997년 7월 10일

지금까지 우리나라에서 여러 권의 국문학사가 지어졌습니다. 그 책들이 모두 제 나름대로 특징이 있었고, 또 우리 문학사에 기여한 업적도 많았습니다. 그렇지만 연민선생님을 모시고 고전을 배워왔던 저희들은 그 책들에 대해서 몇 가지 아쉬운 점들을 느꼈습니다. 이번에 간행하는『조선문학사』는 그런 아쉬움을 극복하려는 의도에서 시작되었습니다.

지금까지 지어졌던 대부분의 국문학사는 한글작품 위주로 저술되었습니다. 한문학사가 따로 저술되는 것도 그러한 점 때문에 비롯된 것입니다. 최근에 저술된 문학사에서는 구비문학 부문이 많이 보태어졌지만, 아직도 당시의 문학현상을 제대로 보여준다고 생각할 수는 없습니다. 이『조선문학사』가 얼핏 보기에는 한문학 위주로 된 것 같지만, 사실은 당시의 문학 현상을 그대로 보여주는 것입니다. 『훈민정음』이 창제되기 전에는 물론 거의 모든 작품이 한자로 기록되었으며, 그 이후에도 대다수 작품이 한자로 기록되었다는 당대의 문학현상을 아무도 부인할 수는 없을 것입니다. 우리의『조선문학사』는 이러한 당대의 문학현상을 있는 그대로 보여주고 평가하자는 의도에서 시작되었던 것입니다.

그동안 지어졌던 문학사에서는 원전비판이 철저하지 못했습니다. 초창기 선배 학자들의 업적에서 잘못 인용되었던 글자나 출전들이 일이십 년 뒤까지 답습되기도 했었습니다. 이『조선문학사』를 간행하면서 저희들은 우리나라의 원전들은 물론 중국이나 일본의 원전들도 최초의 형태를 찾아서 확인하고 검토한 뒤에 인용하였습니다.

자료 가운데는 작품의 창작시기보다 후대에 정리된 것들도 많았습니다. 『삼국유사』에 실린 향가들이 모두 신라의 노래인가, 『악학궤범』이나 『악장가사』·『시용향악보』 등에 실려서 고려시대의 노래라고 전해지는 작품들이 과연 모두 고려의 노래이며 당대에 불리던 형태인가, 이런 점들도 이번 기회에 검토해 보았습니다. 고려 말부터 불렸다는 시조도 퇴계선생의 〈도산십이곡〉에 와서야 작가의 손길을 거쳐 처음 확인할 수 있었기 때문입니다.

김부식이나 정도전처럼 그동안 우리 문학사에서 잘못 평가되었던 많은 작가와 작품들에 대해서도 이번에 제 자리를 찾아주었고, 정음청의 경우처럼 그릇 평가되었던 부분들도 제대로 밝혀내었습니다.

또 국문학사라는 통속적 명칭도 적당하지 않다고 생각했습니다. 세계 각 나라마다 저들의 문학사가 있기 때문에, 우리나라의 문학사도 문학의 보편성과 특수성을 지닌 하나의 문학사일 뿐입니다. 그래서 국적불명의 국문학사라는 이름을 쓰지 않고, 우리 문학의 주체를 밝힌 『조선문학사』라는 이름을 쓰기로 하였습니다. '조선'은 우리나라를 가장 오래도록 가리켰던 우리 고유의 이름이기 때문입니다. 만주 땅에 건국되었던 우리 민족의 나라인 발해의 문학도 같은 맥락에서 조선문학 집필에 포함하였습니다.

연민선생님께서는 필생의 사업으로 『조선문학사』의 저술을 준비해오셨습니다. 자유당 독재에 맞서 싸우다 성균관대학에서 파면당하신 뒤에 온갖 괴로움과 분함을 참으시며 국립도서관에서 2년 동안 준비하신 자료가 『실학연구지자(實學硏究之資)』 전 10책입니다. 그 뒤로도 많은 자료들을 계속 모아 오셨습니다.

이 많은 자료들을 모아 놓으시고 집필 준비가 다 되어갈 즈음에 선생님께서 갑자기 입원하시자 저희들은 한때 낙심하였습니다. 그 많은 한문원전을 다 이해하고 그 깊고 넓으며 복잡다단한 오천년 조선문학의 갈래와 흐름을 올바르게 분석해 정리하실 분이 선생님 말고는 다시 없다고 생각했기 때문입니다. 그래서 병석에 누워 계신 선생님께 죄송함에도 불구하고 "선생님께서 빨리 일어나셔서 『조선문학사』를 집필하시기 시작해야 한다"고 말씀드렸습니다. 그러자 선생님께서도 "필생의 사업인 『조선문학사』 집필을 더 이상 미룰 수가 없다"고 하시면서 병석에서 분연히 일어나셨습니다. 학문에 대한 선생님의 이 같은 집념이 게을러진 저희들에게 말없는 채찍이 되었습니다. 그 전날까지는 주말마다 선생님 댁에 모여서 고전강독을 해왔지만, 그날부터는 모든 계획을 『조선문학사』 집필 위주로 바꿨습니다. 선생님께서는 매주 일백여 장의 원고를 쓰셔서, 주말에 모인 저희들이 그 원고를 돌려가며 읽고 검토하기에도 시간이 모자랐습니다. 저희들이 미처 자료를 정리해 드리지 못할 정도로, 선생님께서는 팔십 평생 쌓아오신 모든 연구업적과 학문에 대한 정열을 『조선문학사』 한 권에 다 쏟으셨습니다. 이제 집필을 시작하신 지 꼭 일 년이 되어 『조선문학사』 상권의 집필·검토·보완·교정이 모두 끝나게 되자, 그 동안 선생님 옆에서 거들어 드렸던 저희들도 감회가 새롭습니다.

이 책이 모두 간행되면 우리 문학계에 커다란 업적이 되고, 지하에 묻힌 시인과 문장가들도 기뻐할 것입니다. 그러나 저희들은 이번의 간행으로 만족하고 손을 놓지는 않겠습니다. 선생님께서는 그 동안 미숙한 저희들의 학문적 견해를 겸허하게 다 들어주시고, 필요한 경우에는 다 써 놓았던 원고까지도 고치셨습니다. 앞으로도 꾸준히 연구해서 새로운 결과가 나올 때마다 선생님께 전해 드리겠습니다. 앞으로 재판·삼판이 나올 때마다 『조선문학사』가 나날이 새로워지도록 힘쓰겠습니다.

이 『조선문학사』에서는 남북분단 오십년 동안의 작품을 다루지 않았습니다. 머잖아 남북통일의 날이 오게 되면 그 작품들도 아울러 다룰 계획입니다. 선생님께서 더욱 강건하셔서 통일이 된 그날 남북이 함께 볼 수 있는 새로운 『조선문학사』를 완결하시길 빕니다.

1994년 12월 15일
제자 허경진 삼가 절하며

『삼국유사』 머리말

일연 지음, 리가원·허경진 옮김
『삼국유사』
한양출판, 1996년 5월 30일

『삼국유사』는 우리 문학의 가장 오래된 모습을 보여주는 원전이고, 『삼국유사』에 나타난 사람들은 예부터 우리 문학에서 그려지던 인물들의 원형이다. 인간 세상을 널리 이롭게 하고 싶어서 나라를 시작한 환웅부터 선화공주를 아내로 삼고 싶어서 아이들에게 마를 나눠주며 노래를 퍼뜨렸던 맛동, 철쭉꽃을 가지고 싶어하는 수로부인을 위해 가파른 벼랑 위에까지 올라가 꽃을 꺾어다 바쳤던 늙은이, 눈 먼 어머니를 봉양하기 위해 자기 몸을 팔았던 분황사 동쪽 마을의 가난한 처녀, 삼국 통일을 위해 몸과 마음을 바쳤던 김춘추와 김유신에 이르기까지, 이 모든 인물들이 바로 우리의 옛 모습이다.

이 땅에 불교를 퍼뜨리기 위해서 자기 목숨을 바쳤던 이차돈, 스스로 머리를 깎고 법의를 걸쳐 중이 되었던 법흥왕, 눈 덮인 히말라야 산맥을 넘어 인도에까지 가서 불교의 진리를 배우다가 끝내 고국에 돌아오지 못하고 머나먼 이역 땅에서 이름도 없이 세상을 떠났던 유학승들, 이러한 선구자들의 희생이 있었기에 신라가 불국토가 되었고, 민중들이 서방세계에 가기를 염원하며 아름답게 살았다. 경주 남산과 오대산을 비롯한 모든 산들에 부처가 세워졌고, 불국사의 다보탑과 석가탑도 그들의 불심에 의해 세워졌다.

백제와 고구려의 옛 모습도 『삼국유사』 덕분에 우리에게 생생하게 알려졌다. 동명왕과 온조왕의 신화를 통해 민족의 이동 경로가 설명되었고, 백제가 망해가는 과정이 가슴 아프게 그려지기도 했다. 허황옥이 인도에서 가야까지 찾아와 결혼한 이야기는 토착세력과 외입세력이 결합해 새로 세워지는 나라의 권력구조를 이루는 모습을 보여주었는데, 최근에 허황옥의 항해 경로가 추적되면서 『삼국유사』에 실린 이야기가 결코 허황한 이야기가 아님을 입증하기도 했다.

『삼국유사』는 정사에 싣지 않은 이야기들을 일연 스님이 모아서 엮은 야사인데, 글자 그대로 내버려진 이야기들을 모은 유사(遺事)였기에 오늘의 우리에게는 더욱 소중하다. 바로 이 버려졌던 이야기들 속에 『삼국사기』의 뒷모습이 숨겨져 있고, 이 땅에 살았던 옛 사람들의 숨결을 느낄 수 있는 것이다. 만파식적이나 조신의 꿈, 임금님 귀는 당나귀 귀 등의 이야기는 어려서부터 늘상 들어왔던 이야기다.

일연 스님은 문헌자료만 가지고 이 책을 지은 것이 아니라 몇십 년 동안 온 나라를 돌아다니며 보고 들은 이야기를 정리해서 이 책을 지었다. 스님의 공로 가운데 가장 큰 것을 꼽으라면 당연히 향가 14수와 그 노래가 지어지게 된 배경 설화를 기록한 점이다. 이러한 기록이 있기에 신라시대의 문학이 더욱 풍요로워졌고, 고려시대나 조선시대와는 달랐던 그들의 세계관과 서정을 엿볼 수 있게 되었다.

『삼국사기』는 김부식이 왕명을 받들고 10여 명의 편찬위원들과 함께 편찬한 정사였기 때문에, 기전체(紀傳體)의 형식을 취했다. 그러나 『삼국유사』는 일연 자신의 관심에 따라 자유롭게 편찬했으므로, 우리는 『삼국유사』를 통해 다양한 사료를 접할 수 있게 되었다. 제3 〈흥법〉부터 제9 〈효선〉까지는 고승전을 비롯해 수많은 민간 사료를 인용했는데, 그는 기사마다 출전을 분명히 밝혔다. 자신의 견해와 인용자료를 구별해준 것이다. 삼국시대 이야기만 아니라 고려시대 이야기까지 실어, 그 사건, 또는 그 인물이 지니는 당대적 의미를 추구하기도 했다. 그는 시대를 넘나들며 역사를 재구성하기도 했던 것이다.

일연 스님의 문장은 까다로운 편이다. 게다가 불교문자와 틀린 글자가 많아서 쉽게 번역할 수 없다. 십여 년 동안 대학에서 원전강독 시간을 통해 해마다 읽었지만, 어떤 부분들은 여전히 애매했다. 그런 부분들을 해결하기 위해 이 책을 번역하기 시작했다.

이번 번역의 대본은 김완섭 소장 정덕본과 연민선생의 『삼국유사 신역』인데, 연민선생의 국역본에 나타난 불교 관계의 오역을 바로잡으려 노력했다. 연민선생께선 고려의 려(麗)자는 『어정시운(御定詩韻)』에 따라 리(麗)로 읽어야 하고, 인질(人質)·천축(天竺)·사자(使者)도 인지·천독·시자로 읽어야 올바르다고 설명하면서, 지금까지의 오독을 바로잡으셨다. 그러나 이러한 음들이 이미 표준어로 되어 있는 점을 감안해, 이 책에선 일반 독자들이 읽기 쉽도록 고구려·고려·인질·천축·사자로 표기하였다.

향가 해독에 대해선 여러 학자들의 견해가 다양하며 부분적으로 설득력도 있지만, 14수 해독의 일관성을 유지하기 위해 김완진 교수님의 『향가해독법연구』(서울대학교 출판부, 1990) 현대어역을 그대로 인용하였다. 귀한 연구업적을 인용하도록 허락해주신 김완진 교수님께 감사드린다.

1996년 5월
허경진

『유교반도 허균』 번역을 마치면서

李家源 著 · 허경진 옮김
『儒教叛徒許筠』
연세대학교출판부, 2000년 2월 25일

이번에 『유교반도(儒教叛徒) 허균(許筠)』이란 제목으로 나오는 책은 1980년 중국 중앙연구원이 주최한 국제한학회의(國際漢學會議)에 초청받은 연민(淵民) 선생님께서 한문(漢文)으로 발표하신 논문 『허균의 사상과 문학(許筠的思想及其文學)』을 우리 글로 번역한 것입니다. 원래는 연민선생님께서 『허균문학연구』 라는 책을 지으실 계획으로 우선 이 논문을 쓰셨는데, 지난 4,5년 동안 『조선문학사』 3권을 쓰시느라 시간이 없어 제가 번역본을 내게 되었습니다. 제목은 허균의 혁명성을 살리기 위하여 선생님께서 바꾸셨습니다.

연민선생님의 여러 제자들 가운데 제가 이 논문을 번역하게 된 것은 선생님을 지도교수로 모시고서 허균에 관한 학위논문을 썼기 때문입니다. 저는 아무것도 모르던 석사과정에서 우리나라 한문학(漢文學)의 흐름을 파악하기 위해서 허균의 시화 『학산초담(鶴山樵談)』에 관한 논문을 썼고, 박사과정에서는 허균의 시에 대해서 논문을 썼습니다.

그 당시 선생님의 연구실에 걸려 있던 구절 "성전연벽(惺顚燕癖)" 그대로, 선생님께서 좋아하시던 허균을 저도 좋아하게 되었습니다. 그 뒤 허균에 관해서 6,7권의 번역과 저서를 내게 된 것도 모두 선생님을 통해서 허균을 만나게 된 덕분입니다. 선생님께서 우리나라의 시화를 모아서 한문으로 쓰셨던 『옥류산장시화(玉溜山莊詩話)』를 제가 번역하여 연세대학교 출판부에서 출판하던 날, 선생님께서 제게 주셨던 허균의 마지막 글씨는 제가 아직도 보물처럼 간직하고 있습니다.

선생님께서 이 논문을 발표하신 뒤에 제게도 1부를 주시면서, "앞으로 더 연구해서 박사학위논문을 쓰라"라고 하셨습니다. 제가 1983년에 제출한 학위 논문은 이 논문에 많은 힘을 입었습니다. 제가 이 논문에다 몇 개의 역자(譯者) 주(注)를 덧붙인 것도 그 과정에서 지도받은 결과입니다. 선생님께서는 "이지(李贄)와 원굉도(袁宏道)를 그렇게도 좋아한 허균이 왜 그들에 관해서는 아무런 기록도 남기지 않았는지 모르겠다"고 궁금해하시면서 나름대로 그 이유를 밝히셨는데, 제가 그 뒤에 허균의 『한정록(閑情錄)』에서 그들의 글을 찾아내어 학위논문에 쓴 것도 모두 선생님께서 지도해주신 덕분입니다.

허균에 대해서는 사실 아직도 할 말이 많이 있습니다. 저는 올해에 돌베개 출판사로부터 원고청탁을 받아 『허균 평전』을 16년 만에 다시 고쳤습니다만, 좀더 폭넓게 공부한 뒤에 세 번째 평전을 써보고 싶습니다. 그만큼 선생님이나 제가 허균을 좋아했고, 그에 관해서는 아직도 궁금한 점이 많기 때문입니다. 그가 사형장으로 끌려나가면서 "할 말이 있다!"고 외쳤는데, 과연 그가 무슨 말을 하려고 했는지, 그가 세우려고 했던 새 나라는 어떠한 나라인지가 너무 궁금합니다. 지금부터 16년 뒤에 제가 무사히 교수직을 마치게 되면, 새로 나온 자료들을 종합하여 『허균 평전』을 다시 한 번 써보고 싶습니다.

선생님의 논문이 한 권의 분량으로 내기에는 좀 짧아서, 논문을 이해하기 위한 자료들을 몇 편 보충해서 실었습니다. 선생님께서 주로 언급하신 〈장산인전〉·〈남궁선생전〉·〈장생전〉을 비롯한 그의 한문소설 5편과 각주에 소개되었던 시, 그의 연보 및 편저서 목록, 그리고 그의 생애와 문장에 대한 해설을 실었습니다. 이러한 보충 자료는 그 동안 제가 발표한 글들에서 뽑은 것입니다.

이 책이 우리나라의 고전 연구에 한평생을 바치신 선생님께 조그만 선물이라도 되었으면 다행이겠습니다.

선생님, 오래오래 건강하시고, 앞으로도 좋은 글 많이 쓰시길 빕니다.

1999년 9월 26일, 제자 허경진이 삼가 절하며

『연민 이가원 선생의 생애와 학문』을 엮으면서

열상고전연구회 편
『연민 이가원 선생의 생애와 학문』
보고사, 2005년 11월 20일

　　지난 11월 9일은 연민선생님께서 세상을 떠나신 지 5년째 되는 날입니다. 선생님께서 연암 박지원을 평생 연구하시면서 학은(學恩)에 보답하기 위해 명륜동 자택 앞에 수은비(酬恩碑)를 세우셨던 것을 본받아, 오늘 몇몇 제자들이 선생님 묘소 앞에 사은비(謝恩碑)를 세우기로 하였습니다. 그리고 열상고전연구회에서는 선생님에 관한 글들을 모아 『연민 이가원 선생의 생애와 학문』이라는 책을 내고, 비석 제막과 아울러 이 책을 선생님께 바치게 되었습니다.

　　선생님께서는 수많은 제자를 키우셨지만, 연세대학교를 정년으로 떠나신 뒤에도 자택에서 가르침 받았던 제자들은 선생님의 학은에 대한 감회가 남다르게 느껴집니다. 직장으로서의 강의실이 아니라, 학문 그 자체가 좋아 선생님의 서재에서 만났기 때문입니다. 전국 각지에 흩어져 있던 제자들이 주말마다 만나서 선생님의 말씀을 듣던 그 시절이 지금 얼마나 그리운지 모르겠습니다. 제나름대로 선생이 되어 가르치지만, 모르는 부분을 여쭤볼 곳이 어디에도 없기 때문입니다.

　　선생님께서는 모여서 강의만 들을 것이 아니라, 강의 들은 내용을 책으로 정리하고, 논문집도 내자고 하셨습니다. 서재의 제자들이 모여서 열상고전연구회를 조직하고, 선생님께서 첫 번째 회장이 되셨지요. 선생님 서재에서 가르침 받은 내용들이 여러 책으로 출판되었고, 『열상고전연구』는 벌써 제22집을 내게 되었습니다.

　　선생님의 생애와 학문에 관해서는 열상고전연구회에서 『팔질송수기념논문집(八秩頌壽紀念論文集)』을 편찬해 올린 적이 있었지만, 그 뒤에 『조선문학사』 3책을 간행하시어 학문세계가 한층 다양해지셨습니다. 선생님의 생애와 학문에 대해서 새롭게 쓴 글까지 모아, 오늘 이 책을 선생님께 올리게 되었습니다.

선생님!

부족한 제자들을 언제나 너그럽게 받아주시며 가르쳐 주신 은혜를 감사드립니다. 이제는 선생님의 가르침을 받지 못하게 된 제자들에게, 그리고 선생님을 모르는 후속 세대들에게, 이 책이 선생님의 생애와 학문을 아는데 조금이라도 도움이 되면 좋겠습니다. 선생님의 학문이 이 책을 통해서 오래오래 후학들에게 전해지기를 염원합니다.

2005년 11월 20일
열상고전연구회 회장 허경진
묘소 앞에서 삼가 절하며

『녹파잡기』머리말

한재락 지음, 이가원·허경진 옮김
『녹파잡기』
김영사, 2007년 3월 26일

19세기 개성에 살았던 상인 한재락(韓在洛)이 직접 만났던 평양 기생들과 그들 주변에서 활동하던 남자들의 이야기를 기록한 『녹파잡기』는 현재 2종의 필사본만 남아 있는데, 연민(淵民) 이가원(李家源) 선생께서 삼산이수당(三山二水堂) 정정본(訂正本)을 대본으로 1975년에 일부를 번역하여 『세대』 잡지에 처음 발표하셨다. 나는 그 시절 선생님 연구실에서 공부하며 선생님께서 쓰신 원고를 모두 검토해 드렸는데, 이때 처음 수십 명 평양 기생들의 이야기를 읽게 되었다. 재미있게 읽긴 했지만, 분량이 짧아 책으로 낼 생각까지는 못했다.

선생님의 글이 여러 편 모이면 그때마다 책을 만들어드리곤 했는데, 『녹파잡기』를 번역한 그 글은 1983년 우일출판사에서 간행한 『동해산고』에 실렸다. 그로부터 3년 뒤에 선생님의 고희를 맞아 전집을 간행하면서, 『동해산고』를 『이가원전집』 4권에 편집해 드렸다. 나는 몇몇 후배들과 전집의 색인 작업을 맡아 전 작품을 다시 확인했는데, 이때까지도 이 책이 내게 숙제는 아니었다.

연민선생께서 번역한 분량은 65명 가운데 26명의 이야기였는데, 언젠가 나머지 분량도 번역하겠다고 말씀하셨다. 그러나 워낙 할 일이 많으셨던 분이라 끝내 마무리하지 못하시고, 서재 골방에 간직하셨던 책을 꺼내 내게 복사해 주시며 뒷날 완역을 부탁하셨다. 『세대』 잡지에 간단한 해제를 소개하셨던 선생님은 내게 신위(申緯)와 이상적(李尙迪)의 문집을 참조하라고 말씀하셨다. 그리고 공역(共譯)의 인지에 찍으라며, 전각의 대가인 고암(古岩) 정병례(鄭炳例) 선생에게 부탁하여 '李·許'라는 인장까지 새겨 주셨다.

분량이 적은 책자였지만, 진도는 신통치 못했다. '북선원소낙엽두타(北禪院掃落葉頭陀)'라는 호를 신위가 1831년부터 1832년까지 사용했다는 사실을 확인해 복사본 서문에 써놓고, 신위와 이상적의 문집 등을 통해 '우화노인(藕花老人)'이 개성 상인 한재락의 호라는 사실 등을 밝혀냈지만, 변려문으로 쓴 이상적의 서문이 까다로워 완역은 뒷날로 미뤘던 것이다.

평양 기생들의 이야기를 책으로 내기 위해 나는 많은 준비를 했다. 작년 여름 평양에 들렀을 때에는 틈날 때마다 부벽루를 비롯한 정자를 찾아다니며 사진을 찍었고, 참고자료를 여러 권 구해 왔다. 백년 전의 평양 모습이 담긴 그림엽서를 기회가 있을 때마다 구입했고, 우화노인이 본으로 삼았던 여회(余懷)의 『판교잡기(板橋雜記)』도 구입했다. 올해 10월 말에는 중간시험 기간을 이용해 당나라 기생 소소소(蘇小小)가 노닐던 항주(杭州)의 서호(西湖) 일대를 답사하며 소소소의 무덤을 찾아가기도 했다. 평양 연광정에서 사진을 찍어준 박환 교수와 소소소의 무덤에서 사진을 찍어준 김장환 교수에게 감사드린다.

번역이 거의 다 되어갈 무렵, 『녹파잡기』에 관한 논문이 신문에 소개되었다. 아무도 모르는 자료라고 너무 방심했던 나 자신을 탓하며 번역을 서둘렀다. 평양은 손곡(蓀谷) 이달(李達)이 만년을 기생들과 함께 지냈던 곳이기도 하다. 작년에 『손곡집』을 완역 간행하고, 그의 생애를 재조명하는 학술대회를 주관하며 평양 기생들의 공동묘지인 선연동(嬋娟洞)을 꼭 가보고 싶었는데, 이것만은 아직도 숙제로 남아 있다. 평양을 자유롭게 거닐 수 있는 날이 오면 꼭 선연동의 사진을 찍어 녹파잡기 개정판에 싣고 싶다. 지난 학기부터 기생에 관한 석사논문을 지도하면서 많은 자료를 준비했는데, 이번 책을 계기로 두어 권의 책을 더 내어 기생들의 다양한 생활상을 소개하고 싶다.

2006년 11월
허경진

제3부

연민선생의
학덕을 기리며

1

연민 이가원 선생의
생애와 학문세계

1. 머리말

갑오경장 때에 과거가 폐지되고 국한문혼용이 시작되자, 한문에 대한 효용성이 떨어졌다. 유림에서는 여전히 한문을 숭상했지만, 선각자들은 한문공부를 포기하고 한글로 신학문을 배우거나, 영어나 일본어 등의 외국어를 공부하기 시작했다. 1910년에 일본이 국권을 강탈하자, 한문의 효용성은 더욱 떨어져 쓸모없는 학문이 되었다. 경상북도 안동에서 독립운동가의 아들로 태어난 연민(淵民) 이가원(李家源, 1917~2000) 선생은 20대 청년이 될 때까지 신식교육을 받지 않고, 서당과 향리의 스승에게서 전통적인 교육을 받았다. 그래서 한문을 우리 글같이 사용하였다. 당시로서는 전혀 쓸모없이 보였던 한문에 일생을 걸었던 것이다.

연민은 한문으로 자신의 사상과 학문을 저술한 이 시대 마지막 국학자이다. 현대의 국문학자들이 학문으로 국문학에 접근했지만, 연민은 문학으로 국문학에 접근했다. 흔히 '문학한다'고 하면 문학을 창작하는 것으로 이해하고, '국문학한다'고 하면 국문학을 연구하는 것으로 이해한다. 그런 면에서 본다면, 연민은 '문학하는' 의미에서 '국문학을 했던' 마지막 학자이다. 현대 학자들이 받아온 교육으로는 일상생활과 문학생활을 한문으로 할 수가 없기 때문이다.

2. 전통적인 수학과정과 실학 입문

1) 수학과정

연민은 1917년 4월 6일(음력 정사년 윤2월 15일) 경상북도 안동군 도산면 온혜동 353번지에서 통덕랑 이영호(李齡鎬, 1893~1964)와 공인(恭人) 정중순(丁仲順, 1893~1968) 사이에서 3남3녀 가운데 장남으로 태어났다. 퇴계 이황의 14대손인데, 증조부까지는 직계였으며, 첫째와 둘째 아들이 일찍 세상을 떠나자 셋째였던 그의 할아버지 노산(老山) 이중인(李中寅)이 살림을 맡았다. 그가 태어나기 10년 전에 일본인들이 상계에 있는 종가를 불질러 서적을 다 태워버리자, 노산은 전라도로 피난갔다가 만년에 부친이 세운 고계정(古溪亭)으로 돌아와 글을 읽었다. 고계정 편액은 흥선대원군이 직접 써서 준 것이다.

노산은 손자 가원에게 가학을 전수하려고 5세부터 한 방에 데리고 살았다. 가원(家源)이라는 이름도 퇴계로부터 내려오는 가학의 연원을 이으라는 뜻으로 지어주었다. 항일의식이 강했던 노산은 손자를 왜놈의 학교에 보내지 않겠다고, 집안에서 직접 한문을 가르쳤다. 연민은 1921년부터 고계산방(古溪山房) 서당에서『천자문』을 읽으며 글을 배우기 시작했다. 첫날에는 첫 구 "하늘 천(天), 따 지(地), 검을 현(玄), 누를 황(黃)" 넉 자를 배우고, 며칠 뒤부터는 두 구 여덟 자씩 배웠으며, 그 다음부터 진도가 더 나아가, 1년도 채 못되어『천자문』을 다 떼었다. 그날 어머니가 떡을 차려와 책씻이를 하였다.

그런 뒤에는『논어』,『맹자』,『대학』,『중용』순서로 사서를 읽었고,『시경』,『서경』,『역경』순서로 삼경을 읽었다. 서당에서는 글을 읽은 뒤에 반드시 외우게 하였다. 만약 외우지 못하면 하루 일과를 거듭하여 반드시 외운 뒤에야 다음 과제로 넘어갔다. 그러나 연민은 한번도 거듭한 적이 없이, 그날그날 모두 외었다.『사략』을 뗀 뒤에도 책씻이를 하였다.

노산은 외는 것만으로 끝내지 않고, 월강(月講)제도를 시행했다. 수강생들을 한 방에 모아 놓고 보름 동안에 읽은 내용을 고관(考官) 앞에서 외운 뒤에, 고관이 묻는 경의(經義)를 하나하나 대답하게 하였다. 성적은 순(純)·통(通)·불 (不)의 3등으로 매겼는데, 다른 부모들은 아들이나 손자에게 순(純)을 매겨 달 라고 부탁할 정도였지만, 노산은 가장 뛰어난 손자가 아무리 잘해도 통(通)을 매겨 자만하지 않도록 하였다.

한 글자도 막히지 않고 잘 외우며 잘 풀이하면, 음력 4월부터 7월까지는 한문으로 글짓기를 시켰다. 글짓기 공부는 다독(多讀)·다송(多誦)·다작(多作)의 삼다(三多)의 원칙을 세워 가르쳤다. 많이 읽고 많이 외우는 글공부는 박학(博 學)과 강기(强記)를 위해서만이 아니라, 결국은 글짓기를 잘하는 것이 목표였 다. 10년 넘도록 이렇게 글짓기 공부를 하면서 연민의 국학연구는 바탕이 다져 졌다. 한문학 작품을 직접 지을 수 있었기에 우리 선조들의 작품도 깊이 이해 할 수 있었으며, 자신이 지은 문장을 직접 썼기에 직업적인 서예가들의 글씨와 도 다른 특징을 지니게 되었다.

이러한 과정을 거치면서 13세 이전에 『서경』까지 떼었는데, 서산(書算)을 꼽아가면서 100번을 넘기지 않고 다 외웠다. 처음에는 목청을 높여서 낭독했 는데, 성조(聲調)를 청장(淸壯)하기에 힘쓰고, 글뜻을 탐색하기에 힘썼으며, 책 을 덮고 외우기에 힘썼다. 이러한 단계를 지나면서, 글의 참된 뜻을 생각하기 에 힘썼다.

이때부터는 지난날 외우기에 힘썼던 독서법을 지양하고, 글뜻을 탐색하며 사서삼경을 다시 읽기 시작했다. 이때부터 『대학』은 1,000번, 『시경』은 300번 을 읽었고, 그 나머지도 대개 100번씩은 읽었다. 제자백가 가운데 『초사(楚辭)』 의 「이소경(離騷經)」은 1,000번, 『사기(史記)』와 당송팔가문(唐宋八家文) 등은 골 라서 100번을 읽었다.

이러한 글을 읽는 과정에서 연민은 목청이 트이고 졸음을 정복했다. 날마다 저녁식사 뒤에 할아버지 방에 들어가 소리내어 글을 읽어야 했는데, 할아버지는 주무시는 듯 가만히 계시다가도 졸음 때문에 글 읽는 소리가 끊어지면 불호령을 내렸다. 자정까지 글을 읽고 잠을 잔 뒤에 새벽 4시면 어김없이 일어나 글을 읽어야 했다. 노인들은 잠이 없는데다 평생 새벽부터 글을 읽어왔던 선비라서, 손자도 13세부터는 저절로 4시간 잠자는 게 습관이 되었다. 할아버지는 뒷날 손자에게 연민(淵民)이라는 호를 지어 주었다. 겸허하고 깊이있는 사람이 되라는 뜻인데, 백성을 사랑하라[憐民]는 뜻도 있었다.

2) 향리의 스승

11세부터는 도산서원 강 건너 동전(東田) 이중균(李中筠)에게 나아가 한시를 배웠다. 그는 성균관 진사였는데, 성균관 학생들이 명성왕후와 어울려 작란하자 시골로 내려와 글을 읽고 있었다. 연민은 13세부터 시를 즐겨 지었다. 경전은 외가쪽 어른인 외재(畏齋) 정태진(丁泰鎭, 1876~1959)에게 배웠다. 그는 경상북도 영천 줄포에 세거하던 학자였는데, 가학으로 우담(愚潭) 정시한(丁時翰)·해좌(海左) 정범조(丁範祖)·다산 정약용의 학문을 이어받고, 동정(東亭) 이병호(李炳鎬)·면우(俛宇) 곽종석(郭鍾錫)의 교훈을 받아 성리학의 대가가 되었다. 연민은 친가와 외가 쪽으로 전해오던 남인 학풍을 전수받으면서, 자연스럽게 실학에 눈을 떴다.

3) 실학 입문

노산은 연민에게 진부한 선비가 되지 말라고 거듭 강조하였다. "쓸데없이 설월(雪月)이나 풍월(風月)만 읊는 문인보다는 오히려 효행이 돈독한 농사꾼이 더 나으며, 기화(琪花) 요초(瑤草)를 가꾸는 것보다 고추나 배추를 심어서 눈앞의 생리(生利)를 얻는 것이 오히려 낫다"고 가르쳤다. 이때부터 망국의 원인을 생각하며, 가학의 연원에 따라 남인(南人) 학자들의 책을 많이 읽었다.

성호 이익의 『성호문집』과 『사설(僿說)』, 다산 정약용의 『여유당전서』, 담헌 홍대용의 『담헌서』, 연암 박지원의 『연암집』, 『열하일기』 등을 읽었다. 당시 유림들은 아직도 중국의 사서삼경만을 읽던 시대였는데, 연민은 우리나라 실학자의 저서를 읽었던 것이다.

영주에 서주(西洲) 김사진(金思鎭)이라는 성리학자가 상투를 틀고도 세계정세를 파악하고 있었는데, 연민에게 연암을 읽으라고 권했다. 그때부터 "실학자 가운데 화(華)와 실(實)을 겸한 학자는 연암과 다산"이라고 꼽게 되었다.

4) 고소설 독서

노산은 늘 사서삼경을 근본으로 삼고 그 다음으로 주자와 퇴계를 읽었지만, 『구운몽』, 『옥루몽』, 『삼국지연의』 등의 소설도 즐겨 읽었다. 노산이 외출하면 호기심이 많았던 연민은 고소설을 몰래 꺼내와, 뒷산에 숨어 『삼국지』, 『수호지』, 『열국지』 등의 소설을 탐독했다. 성리학을 넘어선 독서가 뒷날 고전소설을 연구하게 된 계기가 되었다.

연민은 소설을 탐독하면서도 이 소설문학이 인류에게 가장 위대하고도 정통적인 책이라고 생각하지는 않았다. 소설문학이 아무리 재미있어도 13경과 같이 높고, 깊고, 웅혼하고, 오묘할 수는 없었다. 그래서 소설문학을 전공하면서도 13경에 근본을 두고 연구했다. 그것이 바로 실학적인 문학의 본령이라고 생각했으며, 할아버지의 가르침을 벗어나지 않으려고 했다.

일제 식민지 치하에서 암담한 생활을 하던 불우한 학도였던 연민은 글을 읽어서 곧바로 직업이나 직위를 얻을 가망이 전혀 없음을 알았다. 그러므로 당시에는 오로지 자신의 수양과 저서의 자료를 찾기 위해서 글을 읽었을 뿐이다.

3. 학교교육

안동 산골에서 시대에 맞지 않는 한문 공부를 하고 있던 연민은 20세가 넘으면서 답답한 생각이 들었다. 처음에는 친구 송지영과 함께 북경으로 가려했지만, 외조모께 얻은 5원은 서울 여비로 다 떨어져 결국 못갔다. 그 당시 명륜전문학원(성균관대학교 전신)이 세워졌는데, 본과는 신학문을 배운 중학교 졸업자들이 입학하고, 연구과는 한문 실력만으로 입학할 수 있었다. 출신 도별로 급비생(장학생)을 뽑았는데, 연민은 1939년에 홍두원(洪斗源)과 함께 경상북도 급비생으로 뽑혔다.

비천당 자리에 도서관이 있었는데, 그곳에 소장된 중국 책을 많이 읽었다. 학생 가운데 정준섭(丁駿燮)과 가깝게 지냈는데, 김태준 선생이 가장 아끼던 제자였다. 그는 김태준 선생의 영향으로 사회주의 사상을 지녀, 연희전문으로 가서 백남운 교수 제자가 되었다. 연민은 이 시절 울적할 때마다 부정풀이를 즐겼다. 왜놈 세상이라 침울하고 답답해서 견딜 수 없으므로, 박종세(朴鍾世), 정준섭 등과 함께 한시를 지어서 울적한 마음을 풀어냈던 것이다.

연구과 3년을 졸업한(졸업증서 제 5호) 뒤에는 명륜전문학원 부설 경학연구원에 들어가 2년을 더 다녔다. 이 시절에 가장 영향을 끼쳤던 스승은 천태산인(天台山人) 김태준(金台俊, 1905~1950)인데, 중국문학을 전공하려던 연민에게 우리 문학을 공부하라고 권유했다. 김태준 선생은 당시 학교에서 광복을 이야기했던 유일한 사람이었다.

김태준 선생은 유물론적인 사상이 있었기에, 문학강의 뿐만 아니라 『순자(荀子)』 원전을 강독했다. 8.15 광복 뒤 연안에서 돌아오자, 당시 좌익의 아지트였던 정판사로 연민을 불렀다. "자네 뒤에는 오백만 유림이라는 대단한 세력이 있네. 곧 사회주의 국가가 수립될 테니, 자네가 오백만 유림을 이끌고 우리에게 협력을 해주게." 연민은 이틀 말미를 청해서 곰곰이 생각하다가 "아무리 생각해봐도 저는 그럴 능력이 없습니다. 저는 천생 학문이나 해서 앞으로 후배들을 양성해야겠습니다." 하고 사양했다. 김태준 선생은 한참 생각하더니, "그 것도 큰 역할이지." 하고 수긍하였다. 그 역할을 대신 받은 친구는 얼마 안 가서 김태준 선생과 함께 죽었다. 연민은 우리 역사상 가장 아까운 인물로 허균과 김태준을 들곤 했다. 뛰어난 업적을 남겼을 천재들이 정쟁에 휘말렸다가 아깝게 죽었기 때문이다.

명륜전문학원 시절에는 산강(山康) 변영만(卞榮晩), 천태산인 김태준에게 배웠고, 대학원 시절에는 심산(心山) 김창숙(金昌淑), 도남(陶南) 조윤제(趙潤濟), 무애(无涯) 양주동(梁柱東) 선생들과 학연을 맺었다. 그는 스승 조윤제의 『국문학사』를 비판하기도 했다. "『국문학사』는 식물의 성장과정으로 시대 구분을 했는데, 외국에도 그러한 경우가 없진 않지만 그 이론이 별로 맞지 않고, 또 한문학 가운데 『호질』 등 몇 편만 간단히 거론했을 뿐이라 실상에 맞지 않다"고 면전에서 비판하자, 조윤제도 수긍하였다.

명륜전문학원에 입학한 1939년부터는 저서를 하기 위하여 독서를 하기로 목표를 정하고, 목청을 크게 높여 독서하기보다 초서(鈔書)와 분류와 카드 작성을 위해 독서하였다. 문(文)·사(史)·철(哲)의 수많은 서적을 열람하여 저술의 자료를 찾아내고 분류하였다. 전통적인 한학자들의 저술방식을 그대로 본받은 것인데, 이러한 작업은 뒷날의 『실학연구지자(實學硏究之資)』로 이어져 평생 국학연구의 바탕이 되었으며, 독서위선(讀書爲善)은 그의 평생 좌우명이 되었다.

4. 사회활동과 학자적 인품

연민은 동래여중 교사로 있다가, 대학 시대가 되는 것을 보고 1948년에 성균관대학에 편입했다. 친구 박지홍에게도 성대 입학을 권유했지만, 그는 "이제 와서 뭐 그럴 게 있느냐?"면서 시험을 치르지 않았다. 당시 비웃음을 사긴 했지만, 그때 선택이 결국은 옳았다. 수많은 한학자들이 있었지만, 뒷날 대학 교수가 되어 많은 제자를 길러낸 사람은 연민을 비롯해 몇 되지 않았다. 성균 관대학교 제1호로 석사학위를 받고, 교수생활을 시작했다.

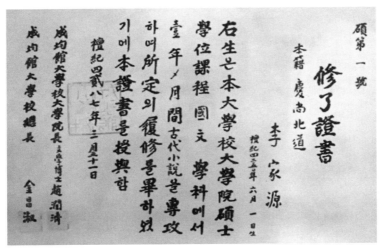

성균관대학교 대학원 제1호 석사 수료증서
대학원장 조윤제. 총장 김창숙의 이름이 보인다.

영주농업고등학교에서 30세에 처음 교사생활을 했는데, 손자뻘의 이상헌 교장이 초빙했다. 십일사건 이후 좌우익 학생들 간에 대립이 심하던 시절이었 는데, 싸움이 터지면 대부분 좌익 학생들이 붙들려 갔다. 연민은 경찰서장하고 아는 처지라서 학생들을 빼내왔는데, 우익학생들로부터 좌익선생으로 몰렸 다. 결국 김천여중으로 좌천되었다가, 그곳에서도 좌익선생, 김태준 제자라는 명목으로 파면되었다. 동래중학교에서도 학생들에게 좌익으로 몰렸으며, 부 산고등학교에 온 뒤까지도 꼬리가 달렸다. 6.25동란이 터지자 부산시민문화 계 전체를 대표하는 환영위원장이라는 죄목으로 잡혀 들어가 몇 달 동안 구류를 살았다.

성균관대학교 교수 시절에도 총장이었던 김창숙 선생이 이승만박사 하야권고문을 발표하자, 학교에서는 파면하고, 경찰서에서는 출두하라는 명령을 내렸다. 권고문을 연민이 썼다고 생각해서 좌익으로 몰고, 파면했던 것이다. 김창숙 선생과 조윤제 선생에게 출두명령이 내리자, 연민이 자진해서 대표로 출두하였다. 주준용 형사가 "당신은 도강도 하지 않았고, 부산에서는 이북군이 들어오자 환영을 주재했다는데…"라고 좌익으로 몰자, "동란 이전에 부산에 취직되어 동래중학, 부산중학, 부산고교에서 가르쳤는데 도강도 하지 않았다니… 도강도 이박사가 '수도를 사수하겠다'고 허위선전해서 일어난 문제 아니냐?"라고 따졌다.

결국 1956년에 성균관대학교에서 파면되자, 건국대학교 전신인 정치대학 야간부에 있으면서 국립도서관 고서실에서 자료를 수집했다. 수많은 문집 잡록을 읽으면서 실학연구의 자료를 공책에 베꼈는데, 이 자료들은 뒷날 『실학연구지자(實學研究之資)』 10권으로 정리되어 평생 학문의 바탕이 되었다. 그가 가장 아끼던 물건이어서 가까운 제자들에게도 보여주지 않았다. 국보 제1호라고 자부하던 양주동 선생까지 "이가원이 겁나는 게 아니라, 『실학연구지자』가 겁난다."라고 고백할 정도였다.

연민은 매사에 순리를 생활철학으로 삼고 지켰다. 언제나 최선을 다했지만, 무리하지는 않았다. 그러나 올바르지 않은 일에는 분연히 일어났으며, 자신에게 손해가 끼쳐지는 것도 사양하지 않았다. 제7회 삼일문화상 수상을 거부한 것이 그 예이다. 『연암소설연구』가 간행되던 1966년에 삼일문화상 심사위원회로부터 수상 결정을 통고받자, '심사가 공정하지 않다'는 이유로 장려상 수상을 거부하였다. 심사위원 5명 가운데 4명이 서울대 문리대 교수라는 것만 보아도 알 수 있듯이 파벌과 정실에 얽힌 심사였으므로, 당시 15만원의 거금을 과감하게 거부한 것이다.

책을 소중하게 여겼던 그는 6.25 동란 중에도 1,000권이 넘는 책들을 난리 통에 끌고 다녔다. 책이 2만권이 넘어서고 골동 서화가 집에 늘어나자, 도둑맞을까봐 집을 비우지 못했다. 지방 출장중에도 곧 돌아왔다. 그러나 연세대학교 교수직에서 정년으로 퇴임하자, "문화재는 사유물이 아니라 공물이며, 민족의 유산"이라면서 살던 집과 함께 단국대학교에 무상으로 기증하였다.

지병으로 세상을 떠나기 사흘 전인 2000년 11월 6일, 제자들을 불러 현금이 들어 있는 통장을 보이면서, 그 기금으로 연민학술상 제정을 부탁했다. 제1회는 한국한문학회, 제2회는 국어국문학회, 제3회는 중국 북경대학 위욱승 교수에게 주라고 유언까지 남겼다. 생전에도 서예전을 할 때마다 수천만원 수입금을 안동대학교 한문학 장학금, 퇴계학연구원 기금, 『이가원전집』 출판비 등으로 쾌척했던 것같이, 세상을 떠나는 순간에도 모든 것을 사회에 환원한 학자였다.

5. 교육 및 학술 활동

1) 성균관대학교 중문과 시절

성균관대학교에 중국문학과가 설립되자, 연민은 1955년에 조교수로 발령받아 학과장 직을 맡았다. 한국 발음으로 중국 문장을 읽으면서 강의하였는데, 이 시절의 강의 노트가 뒷날 『중국문학사조사』로 간행되었다. 중국문학과가 인기없던 그 시절에 제자들을 가르쳐 중국어문학계의 중진들로 키워냈다. 그가 이승만박사 대통령 하야권고문과 재단 문제에 얽혀 성대를 떠나자, 한때 중문과가 폐과되어 동양철학과의 한 전공으로 편입되기까지 했다.

2) 연세대학교 재직 기간과 국학연구

한국의 가장 전형적이며 대표적인 유가의 가문에서 태어나서 그 가학을 이어오던 연민이 서양의 선교사가 세운 기독교대학에서 일생을 봉직한 것은 기이한 인연이었다. 1956년 성균관대학교에서 자유당의 부정 독재에 의연히 항거하다가 파면되자, 2년 남짓 국립중앙도서관 고서실에 날마다 나가서 문집을 독파하며 연구자료를 골라 베껴 모았다. 그러던 중 1957년 정음사에서 간행한 『춘향전 주석』을 본 외솔 최현배 선생(당시 부총장)이 생면부지의 연민을 백낙준 당시 총장에게 추천하였다. 최현배 선생의 자부가 쪽지를 가지고 와서 '이튼날 연대 총장실로 오라'고 해, 백총장과 인사하고 임용되었다. (백낙준 총장은 연희전문 문과 시절의 동료교수였던 정인보 선생의 부인을 통해서 이미 연민의 존재를 알고 있었다.) 연세대학교에서 25년 동안 교육하며 한문학과 고전문학 전공의 많은 제자를 길렀는데, 서당에서 배우던 식으로 고저청탁(高低淸濁)에 맞게 목청을 높여 읽고 학생들더러 따라 읽게 하였다. 교육 이외에는 아래 네 가지 활동이 기억할 만하다.

(가) 1961년에 『한국한문학사』를 저술할 무렵에는 국내 대학에 한문학과가 없고, 국문과에서도 한문학을 중요치 않게 생각했다. 작품으로만 강독되고 연구되던 한문학을 이 책에서 사(史)로 정립하자, 비로소 국문학에서 한문학의 위상이 중요시되었다. 그가 선택한 작품들이 주요 연구의 대상이 되었으니, 연민이 학계의 한문학 연구를 앞당긴 셈이었다.

연민은 우리나라 한문학의 토착화를 강조하였다. 두 민족 사이에 산출된 작품들이 거의 비슷한 형태로 발전해 왔지만, 우리나라의 한문학에는 고유한 특성이 있다. 『훈민정음』을 창제하기 이전인 신라시대의 이두와 향가에서 한자를 이용한 방법이 허신(許愼)의 육서(六書)와는 달랐으며, 고려시대부터 조선시대까지 국가에서 사용한 과시문(科詩文)이나 『한림별곡』 같은 체제의 시가와 공용서식 등이 모두 중국에서는 볼 수 없는 독특한 체계였다. 중국문학에 부속된

존재가 아니라, 민족자주적인 사용법이 있었음을 밝혔다.

중국과의 전쟁에서도 한문학을 오히려 이용하였다. 을지문덕이 수나라 장군 우중문에게 한시를 지어주면서 전투를 승리로 이끈 것이나, 백제·신라가 중국에 보낸 표문(表文), 신라 진덕여왕이 보낸 태평시(太平詩)나 강수가 보낸 표문 등이 모두 외교정책을 승리로 이끌었던 용례들이다. 우리 한문학은 이천년 동안 수많은 저술이 쌓였으니, 동방학의 원천을 깊이 탐구하려면 한문학을 연구하지 않을 수 없다고 했다.

(나) 『실학총서』 5권(탐구당, 1972)을 편찬하여 실학연구의 자료를 널리 퍼뜨렸다. 제1집에는 『징비록』(유성룡 저, 김철수 역)과 『지봉유설』(이수광 저, 지영재 역)을, 제2집에는 『반계수록』(유형원 저, 남만성·이민수 역)을, 제3집에는 『성호사설유선』(이익 저, 안정복 편, 신석초·이민수 역)을, 제4집에는 『담헌집』(홍대용 저, 김영수 역)을, 제5집에는 『열하일기』(박지원 저, 이가원 역)를 실었다.

(다) 연암에 대한 논문들은 『인문과학』과 학교 논문집에 주로 실었다. 『동방학지』에는 「石北文學 研究」(4집), 「萬憤歌 研究」(6집), 「弘齋王의 文學思想」(20집), 「許筠的思想及其文學」(25집), 「朝鮮漢文學의 變遷과 展望」(46~8집) 등 5편의 논문을 실었다.

(라) 한문문집과 시화집이 나오면서 뛰어난 고문 솜씨가 중국 학계에서 인정을 받아, 국학의 연구자를 국외에까지 넓혔다. 국립대만대학과 중앙연구원의 전사량, 굴만리, 대정농, 정건, 장경 교수 같은 북파의 문인 학자들, 정치대학과 사범대학의 정발인, 고명, 임윤, 반종규 같은 남파의 학자들과 두루 교유하였다.

3) 열상고전연구회

연민은 연세대학교에 재직하는 중에도 매화서옥에서 다른 학교 출신의 학자들에게 한문을 가르쳐 교수로 배출했으며, 지방에 있는 유림이나 국학 전공자와는 서신으로 학문을 논하며 사제 관계를 이루었다. 전통적인 방법의 사제가 된 것이다. 연세대학교에서 정년하자 여러 학자들이 1986년 1월 18일부터 매주 토요일 오후에 매화서옥에서 모여서 역시 한문을 강독했다. 열상(洌上)이라는 이름부터가 실학자들이 서울을 가리키는 용어였다.

연민의 독회 방법은 첫째, 목청을 높여 원전을 낭독하고 따라 읽게 한 다음, 둘째, 한 구절씩 뜻을 풀이하며, 셋째, 테이프에 녹음한 다음, 넷째 각기 나누어 원고지에 옮겼다. 이렇게 해서 나온 책이 『한국의 서』, 『시경 역주』 등이다. 회원들은 연민의 지도를 받으며 낙선재 소장본 『홍루몽』을 번역하여 『홍루몽 신역』으로 간행하였다. 『한국서발전집』 8권도 간행하였다. 연민의 『조선문학사』 상·중·하 3권의 원고정리도 이 모임에서 이루어졌다.

1988년부터 회원들의 논문과 자료소개가 실린 학회지가 나오기 시작했으며, 이후 해를 거르지 않고 꾸준히 나와 2017년 2월에 55집이 나왔다. 『연민학지』를 27집까지 간행한 연민학회와 함께 연민의 학풍을 이어받고 있다. 한문학이 국학의 언저리에 있던 1970년대에 벽사 이우성과 함께 결성한 한국한문학회도 연민이 초대 회장을 지낸 이후 『한국한문학연구』를 65집까지 내면서 국학의 중심 학회로 성장하였다.

6. 대표적인 저술

1) 『연암소설연구』

이 책은 박지원(朴趾源, 1737~1805)이 지은 한문소설 12편에 대한 논문을 모은 것이다. 성균관대학교 대학원에 문학박사학위 청구논문으로 제출되었는데, 박종화(심사위원장)·백낙준·양주동·성낙훈·민태식 5명이 심사를 맡았다.

연암의 문장이론을 법고창신(法古創新), 사의위주(寫意爲主), 성색정경(聲色情境), 조직방법(組織方法), 설증취승(設證取勝)의 다섯 가지 방법으로 설명한 이 책은 1965년 을유문화사에서 한국문화총서 제18집으로 간행되었다.

이 책은 연암의 소설에 대한 연구지만 연암 연구라고 불러도 좋을 만큼 폭넓은 내용으로 구성되어 있어서, 최근까지 수행된 연암 연구의 기본적인 방향을 제시했던 선구적인 업적이다. 이 책이 간행되자 이에 대한 논문이 많이 발표되었는데, 가장 대표적인 논문은 이현식이 쓴 「연암소설연구의 성과와 한계」이다. 그는 이 논문에서 이 책에 나타난 연민의 연구 원칙을 두 가지로 들었다. 하나는 작품 외적 사항들을 통해서 작품을 이해하려는 것이며, 또 하나는 연구자가 자신의 직접적인 설명은 자제하고 관련 자료를 제시하여 자료가 스스로 말하도록 하는 방식을 취한다는 것이다. 주변 자료의 집적을 통해서 작품을 이해하려는 방식을 취하고 있는 셈이다. 이러한 주석 고증적인 접근방법에는 몇 가지 문제점이 있다. 전자는 작품 자체의 구조적 미학적 해석에 대해 소홀해지는 것이며, 후자는 자료가 방대하다 보니 작품이 주변 자료에 파묻혀 본래의 방향을 상실해 버리는 것이다. 이는 후대 연구자들이 생각하는 소설연구를 넘어선 국학 전반에 걸친 연구이기 때문에 그러했다.

앞선 연구자들의 관심은 주로 〈허생〉〈호질〉〈양반전〉 등에 국한되었었는데, 연민은 그 범위를 12편으로 대폭 확대했다. 이에 대해서 '그 12편이 과연 다 소설인가?'라는 논란도 있었다. 전(傳)으로 분류하기도 했지만, 아직도 타당한 대안이 없다. 이현식은 위의 논문에서 "10편의 장르적인 성격을 소설, 전, 야담을 함께 아우르는 시각에서 이해하려는 노력이 필요하다."고 주장하였다. 연암의 글은 외형적으로는 인물과 관계된 사실을 기록하는 데 초점을 두는 전(傳)으로 되어 있으나, 소재적인 측면에서는 인물보다 사건을 중시하는 야담적인 요소 또한 적지 않으며, 또한 사건과 인물 자체의 전달이나 기록보다는 연암 자신의 세계관이라는 서술 의식이 크게 작용한 결과로 소설적 허구성이 강한 것 또한 분명하기 때문이다.

『연암집』과『열하일기』자체가 필사로만 전해지다가 1932년 박영철에 의해 처음 활자로 간행되었는데, 여러 이본을 광범위하게 수집한 것은 이 연구가 처음이었다. 체제도 일정치 않은『열하일기』가운데서 소설로 표시되어 있지 않은 문장 가운데 한 부분을 찾아내어 소설의 가치를 부여하고 연구한 것이 바로 「허생」과 「호질」이다.

박지원에 대한 연민의 관심은 실학사상, 민족주의적 요소, 반봉건적인 내용, 풍자성으로 집약할 수 있다. 연민은 북벌론(北伐論)이 사회모순을 심화시키려는 기능을 했다면 북학론(北學論)은 사회 모순을 해결할 수 있는 기능을 하고 있는 것으로 파악했다. 그래서 시대적인 문제 해결의 대안으로 북학론을 높이 평가한 것이다. 이용후생학은 폭넓은 의미에서 학문의 실용성이란 가치를 가지고 있다. 북학은 부국강병과 우국택민(憂國澤民)이라는 당대 문제의 구체적인 대안이다. 또한 서학과의 관련성이 연암 학문의 과학성과 진보성을 함축한다면, 주자학과의 관련성은 연암 학문의 정통성을 함축하는 것이다. 이렇게 정리하고 보면 연암의 실학은 실용성과 당대 문제의 대안이 되는 학문이요, 전통성과 진보성을 아우른 학문이다. 연암소설에서 반봉건적 계급타파의식을 찾아낸 것은 스승 김태준의 영향도 있지만, 지나치게 도식적인 면도 있다. 연민은 일제 식민정치를 겪고, 해방 후의 좌우 이데올로기 갈등을 경험했다. 해방 후의 우리 민족에게는 반외세 민족주의와 반봉건사상, 남북통일의 문제가 한국 현대사의 중요한 사회적 대의로 정리되었다. 연민의 연구태도는 이러한 사회 경험에서 자연스럽게 형성되었을 것이다.

이 책은 후학들에게 큰 영향을 미쳐 한 동안은 연암연구의 대부분이 연암소설에 집중되었으며, 그 연구 내용에 있어서도 봉건사회의 모순에 대한 비판과 선각자적인 사상의 천착에 몰렸다. 연암의 다른 글이나 소설이 가지고 있는 미학적인 탐구를 소홀하게 하는 결과를 가져왔던 것이다. 이는 연민의 문제라

기보다는 후학들의 문제이다.

2) 『조선문학사』

국학에 대한 연민의 의식이 가장 잘 드러난 저술은 만년에 쓴 『조선문학사』(태학사, 1995~7)이다. 상·중·하 3책으로 간행된 이 책은 한문학 작품을 너무 많이 실었다는 비판도 받았지만, 대부분의 문인들이 한문학 작품만 남기고, 한글로 저술한 작가는 별로 많지 않았기 때문에 그렇게 된 것이다. 조동일 선생은 "한문학사가 아닌 총체적인 문학사에서 한문학의 일방적인 우위를 재확인한 것은 진전이라고 평가하기 어렵다"고 비판했지만, 실제로 우위였던 한문학을 과소평가하는 것이 국학연구의 진전은 아니다. 이 책에 대한 서평이나 논문이 20여 편이나 발표되었는데, 그 의의와 한계를 가장 자세하게 분석한 논문은 심경호 선생이 쓴 「조선문학사의 한문학 부분 서술에 관하여」이다. 심경호 선생은 『조선문학사』 한문학 부문의 서술 원칙과 방법을 몇 가지로 정리하였다.

1) 한문학을 민족문학의 중심에 정립시켰다.
2) 이른바 춘추필법과 유가적 민족주의 사관을 고수하였다.
3) 전통 한학의 인문학적 성격에 주목하고, 한학의 방법을 근대 학문에 접목시켰다.
4) 한문학사 서술의 범위를 확대시키고, 문학실천의 시대적 인지를 중시하였다.
5) 각 시기의 문학을 일차 자료를 통해서 제시하고 작품에 대한 평가는 변증과 대가비평의 방식을 겸하였다.
6) 고전적 문체 분류법에 따라 전근대적 시기의 문학갈래를 망라하였다.

연민은 이러한 방법으로 『조선문학사』를 서술하면서 한문학 연구에 새로운 영역을 제시하였다. 이 부분에 대하여 심경호 선생은 후학들이 계승할 숙제를 이렇게 정리하였다.

1) 한국한문학의 문체 실험 사실을 곳곳에서 암시하였다. 다만 그 다양한 변화 양상에 대한 고찰은 후학의 몫으로 남았다.

2) 정통 한문(고문)의 틀을 벗어난 조선식 한문 문체가 발전한 사실에 주목하였다. 하지만 그 발달의 구체적 양상을 서술하고 그 의의를 평가하는 문제는 후학의 몫으로 남았다.

3) 중국문학의 수용이나 시문의 발달이 시대적 상황 및 사조와 관련이 깊다고 논하였다. 하지만 국문학과 역사 현실의 관련 양상에 대한 깊이 있는 고찰은 후학의 몫으로 남았다.

4) 현대의 관점에서 부각될 만한 여러 가지 주제들을 곳곳에서 언급하였다. 그 관점을 발전된 형태로 제시하고 또 새로운 주제를 발굴하는 일은 후학의 몫이다.

5) 민족지성사와 관련된 자료를 단대사(斷代史) 별로 풍부하게 소개하였다. 그것을 체계적으로 서술하는 일은 후학의 몫으로 남았다.

6) 전통 한학을 근대적 학문방법에 접목시켰다. 다만 전통 한학이 타당성을 인정받기 위해서는 방법에 대한 성찰이 새삼 필요하다.

전통 한학은 고증학의 성과를 채용하면서도 독자적인 실증주의 학문을 구축하지 못하여, 기존 문헌을 분석적으로 검토하는 근대적 방법을 수립하지 못하였다. 이러한 방법적 한계가 전통 한학의 방법론을 계승한 연민의 『조선문학사』에서 드러난다. 그러나 방대한 문헌자료를 소개한 것 자체가 한국문학사 정립에 큰 도움이 되었으며, 그가 대담에서 "『조선문학사』에서 애국문학가와 친일파 문제는 분명히 해 두었다"고 밝힌 것같이 춘추필법이라는 전통적 사관을 가지고 문학사를 쓴 것 자체도 의미있는 일이다. "나는 스스로 지로지마(指路之馬)에 불과하다"고 평생 생각한 것같이, 이 책은 후학들에게 길을 가르쳐 주면서 많은 숙제도 남겨 주었다.

3) 한문 문집

5세부터 『천자문』을 배우고 11세부터 이중균 선생에게서 한시를 배웠던 연민은 그 무렵부터 한시를 짓기 시작했다. 13세에 한 차례 원고를 불태우고, 23세에 다시 한 차례 원고를 불태웠다. 그러나 그가 몇 년 동안 서울에서 공부하다가 고향으로 돌아와 보니, 할아버지가 그 원고를 모아 놓았다가 전해 주었다. 연민은 그 뒤에도 해마다 지은 글을 모아서 하나의 고(藁)로 편집하였다. 그래서 38년간의 한시 및 한문 작품 38고(藁)가 모이자 1967년에 『연연야사재문고(淵淵夜思齋文藁)』라는 이름으로 문집을 간행했다. 그 뒤에는 한시를 지을 기회가 더 많아졌으므로, 『연민지문(淵民之文)』(1973)에서 『통고당집(通古堂集)』(1979), 『정암문존(貞盦文存)』(1985), 『유연당집(遊燕堂集)』(1990), 『만화제소집(萬花齊笑集)』(1996)에 이르기까지 5~6년에 한 권씩 문집을 간행하였다. 그는 한문에서도 특히 한시를 잘 지었다.

80세까지 지어 6권의 문집에 실렸던 한시는 모두 68고(藁) 1,306편 2,157수이다. 조선시대에도 이같이 문집에 많이 실렸던 시인은 별로 없었으니, 그의 한시는 양적으로도 일단 국문학사에서 인정받을 만하다. 그가 지은 한시는 이 밖에도 몇 가지 특징이 있는데, 인생역정과 사회상을 그대로 보여주었다는 점, 과시(科詩)에서 팔족시(八足詩)에 이르기까지 여러 가지 체(體)를 다 지었다는 점, 자유당에서 공화당과 민정당에 이르기까지 사회의 부정과 독재에 항거하는 시를 지었다는 점 등이다. 외국 기행시가 많다는 점은 국경 밖을 나가볼 기회가 없었던 예전 시인들과 가장 큰 차이점이라고 볼 수 있다.

『춘향전』은 조선시대에 판소리뿐만 아니라 소설이나 한시 형태로 기록되기도 했었는데, 연민도 한시 형태로『춘향가』를 지어 간행했다. 총 7언 4,860구, 34,020자를 3년 남짓에 지었으니, 유진한(1754)의『춘향가』7언 400구나 윤달선(1852)의『광한루악부』7언 432구에 비해서 열 배나 되는 장편 대서사시였다. 이 역시 새로운 형태의 한시를 시험해본 예라고 볼 수 있다.

그는 한시를 지으면서 화려하게 쓰기보다는 평이하게 쓰려고 노력하였다. 현대문물을 한자로 표현하기에도 힘썼다. 적당한 글자가 떠오르지 않으면 일단 시 짓기를 멈추고 생각했으며, 평소에도 적당한 표현을 찾아내려고 애썼다. 우리가 이 시대에 살아가는 일상적인 이야기를 그대로 쓴 것이다. 그의 시는 애국연민(愛國憐民)과 정덕(正德)·이용(利用)·후생(厚生)이 바탕을 이루고 있으며, 그 시를 통해서 온유돈후한 그의 모습이 잘 나타나 있다. 그가 매화나 난초를 좋아하여 시에서 자주 읊은 것은 온유돈후한 문학적 관심 때문이다.

우리나라 한시에 대한 기록들을 모으고 자신의 평어를 한문으로 덧붙인『옥류산장시화(玉溜山莊詩話)』는 우리나라 마지막 시화인데, 시인 160여명의 시를 평하고 그 배경 기록들을 소개한 저서이다. 허경진의 번역으로 연세대학교 출판부에서 1980년에 출판되었다. 마지막 한문학 대가라는 평가와 함께, 그의 작품들은 국학연구의 대상으로 후대에 다시 평가되어야 할 것이다.

4) 국역

연민은 우리 고전 가운데 대표적인 작품들을 우리말로 번역하여 출판하였는데, "국역은 신(信)·아(雅)·달(達)이 중요해, 원전에 충실하면서도 아름답고, 뜻을 제대로 전달할 수 있어야 한다"는 지론을 가지고 있었다. 『춘향전 주석』(정음사, 1957)이 간행되자 김동욱 선생이 「조선일보」에 서평을 썼는데, "春香傳 註釋에 한 에포크를 그은 것은 고마웁게 생각하는 바이다. 이제까지 이 完山版

「烈女春香守節歌」는 數三本 著名한 國文學者에 의하여 出刊되었으나 底本이 元來 廣大한 소리의 臺本이었기 때문에 訛誤가 많아 그 完全한 解明을 보지 못하고 있던 것을 漢學者이며 國文學者인 李家源氏에 의하여 決定版을 얻게 된 것은 多幸한 일이다."라고 고마워했다. 그의 주석이 나와 학자들의 연구가 수월해졌으므로, 평생 라이벌 의식을 느꼈던 그까지도 진심으로 고마워했던 것이다.

그의 번역의 특성은 화려하기보다 진솔한 것인데, 『퇴계시 역주』(정음사, 1987)같이 4,4조 운율로 번역하여 가사체의 분위기를 맛볼 수 있게 하였다.

7. 연민 학문의 의의

연민은 전통 한학의 방법을 근대적 연구에 접목하였다. 자신이 질적으로나 양적으로 뛰어난 한문학을 창작하여 국학연구의 대상이 되기도 했다. 『금오신화』, 『구운몽』, 『춘향전』, 『열하일기』, 『이조한문소설선』, 『연암·문무자한문소설정선』, 『삼국유사』 등을 번역하고 주석하여 국문학연구의 바탕을 마련하였다.

지식인으로서 당대의 문제를 해결할 수 있는 학문이란 무엇이며, 어떻게 학문해야 할 것인가에 대해 깊이 고민했으며, 전통 한학을 배운 그는 이 과정에서 전통사상 가운데 실학사상에 가장 큰 의미를 부여했다. 혼란한 시대의 학문적 대안으로 실학을 재평가한 것이다. 마지막 남인 학자의 안목으로 실학자료를 집대성한 『실학연구지자(實學研究之資)』10책을 번역하여 실학 연구의 폭을 넓히는 것은 후학에게 남겨진 과제이다.

앞으로도 연민의 이러한 학문적 유산은 더욱 발전시킬 필요가 있다. 자료 해석의 깊이를 더욱 심화시키고, 논의의 지평도 더욱 넓혀가며, 새로운 자료도 보완하고, 자료 사이의 의미를 더욱 논리적으로 연결해야 할 것이다. 연민이 그랬듯이, 우리도 우리 시대의 문제의식을 가지고 국학을 해석하고 정리할 필요가 있다.

2

연민선생의
한시에 대하여

1. 여섯 권의 문집

　한문으로 된 연민선생의 모든 작품은 해마다 하나의 고(藁)로 묶여지고, 여러 개의 고(藁)가 한 권의 책으로 인쇄할 분량이 되면 활자로 간행되어 왔다. 예전의 문집들은 대부분 본인이 세상을 떠난 뒤에 제자나 후손들이 유고를 모아 편집 간행하였는데, 선생의 문집은 저자가 생전에 스스로 편집하여 간행하였다는 점이 특색이다. 그래서 시기 별로 변화되어 가는 선생의 모습을 볼 수 있으며, 당시 사회상에 대하여 어떻게 대처하였는지도 알 수 있다. 연민선생의 문집은 현재까지 6권이 나와 있는데, 『연연야사재문고(淵淵夜思齋文藁)』(1967), 『연민지문(淵民之文)』(1973), 『통고당집(通古堂集)』(1979), 『정암문존(貞盦文存)』(1985), 『유연당집(遊燕堂集)』(1990), 『만화제소집(萬花齊笑集)』(1990) 순으로 간행되었다. 온갖 문체가 다 실려 있지만, 그 가운데 한시가 가장 많다.

2. 『연연야사재문고』

　1967년 통문관(通文館)에서 간행한 『연연야사재문고(淵淵夜思齋文藁)』에는 선생이 13세 되던 1929년(기사)부터 50세 되던 1966년(병오)까지 지은 시가(詩歌)가 38고(藁)로 묶어져 실려 있다. 이 가운데 13세에 지은 〈온수각고(溫水閣藁)〉에서 26세에 지은 〈덕의필경처고(德衣筆耕處藁)〉까지 14고는 선생의 조부 노산옹(老山翁)이 친히 수집한 원고이다. 선생은 6세에 글을 배우기 시작해서 많은 글을 지었는데, 13세에 한 차례 원고를 불태우고, 또 23세에 한 차례 원고를 불태웠다. 그러나 선생이 몇 년 동안 전국을 돌아다니다가 다시 고향으로 돌아오자, 노산옹이 그간의 원고를 모아 놓았다가 전해 준 것이다. 애초 한 해의 작품이 한 고(藁)씩으로 되어 있었고, 또 조부가 손자의 글을 수집했다는 일도 고금에 보기 드문 일이므로 그 편제를 그대로 두어 간행하였다. 다만 이 14고(藁)에다 각기 고(藁)의 이름만 추가하였다. 그 뒤의 24고(藁)도 이 편제를 그대로 따라서 한 해의 작품을 한 고(藁)로 하였다. 운문(韻文)은 사부(辭賦)·시가(詩歌)·과시(科詩)·잠명(箴銘)·송찬(頌贊)·애제(哀祭)의 여섯 종류로 나뉘어져 있다.

1) 〈온수각고(溫水閣藁)〉〈13세, 1929〉

선생은 안동 도산의 온혜동(溫惠洞) 고계산방(古溪山房)에서 1917년에 태어나 그곳에서 자랐는데 온계(溫溪) 시냇물이 그 남쪽으로 흘렀다. 온계 시냇가 산방에서 처음 글을 배우고 지었으므로, 13세에 지은 글들을 모은 첫번 원고를 〈온수각고〉라고 이름지었다. 시가 2편이 실려 있다.

〈소아(素娥)〉는 소년의 상상 속에서 달나라 선녀를 만나 읊은 시이다. 이밖에 퇴계선생의 〈청량산가(淸凉山歌)〉를 번역한 시가 실려 있다. 단가(短歌)를 7언절구 형태로 옮긴 것이다.

2) 〈영지산관고(靈芝山館藁)〉〈14세, 1930〉

퇴계선생이 〈도산기(陶山記)〉에서 "영지산(靈芝山)의 한 줄기가 도산(陶山)이 되었다"고 했다. 선생이 당시 머물던 고계산방(古溪山房)이 도산의 북쪽에 있었으므로, 이 시절에 지은 글들을 묶어 〈영지산관고〉라고 이름지었다. 시가 2편이 실려 있다.

〈청선행(聽蟬行)〉은 초당에서 글을 읽다가 오동나무의 매미소리를 들으며 옛 선현들을 생각하는 시이다.

3) 〈녹수부진성관고(綠樹不盡聲館藁)〉(15세, 1931)

그 전해에 지은 〈청선행(聽蟬行)〉에서 한 구절을 따다가 서재 이름을 녹수부진성관(綠樹不盡聲館)이라고 지었다. 시가 3편과 과시(科詩) 6편이 실려 있다.

이미 과거(科擧)가 폐지된 지 오래 되었으므로, 과시는 시험용이 아니라 습작을 위해서 많이 지었다. 선생도 전범(典範)과 고사(故事)를 잘 살려 과시를 습작하였다.

4) 〈청음석각고(淸吟石閣藁)〉(16세, 1932)

고계산방(古溪山房) 아래 청음석(淸吟石)이 있었는데, 선생이 이 바위 위에서 노래도 부르고 시도 읊었으며, 칡붓으로 글씨를 쓰기도 하였다. 그래서 이 해에 지은 글들을 묶어 〈청음석각고〉라고 하였다. 시가 2편과 과시 2편이 실려 있다.

5) 〈정여구범재고(淨如鷗泛齋藁)〉(17세, 1933)

선생이 퇴계선생의 〈여임사수서(與林士遂書)〉를 읽다가 "정여구범(淨如鷗泛)" 네 글자에서 시 짓는 이치를 깨닫고, 그 네 글자를 따다가 서재 이름으로 삼은 것이다. 시가 2편이 실려 있다.

6) 〈청이내금독서관고(靑李來禽讀書館藁)〉(18세, 1934)

진인(晉人)의 서첩(書帖) 가운데서 "청이내금(靑李來禽)" 네 글자가 고졸하고 기이해 서재에 걸어 놓고 아꼈으므로, 이 해에 지은 글들에 이 이름을 붙였다. 시가 2편이 실려 있다.

7) 〈낙모산방고(落帽山房藁)〉(19세, 1935)

낙모봉(落帽峯)은 고계산방 북쪽에 있는데, 이 산에 올라가 경치를 즐기며 시를 읊은 뒤에 서재 이름을 낙모산방(落帽山房)이라 하였다. 이 해에는 시를 짓지 않았다.

8) 〈인수서옥고(因樹書屋藁)〉(20세, 1936)

선생이 연암(燕巖)의 〈허생(許生)〉을 읽다가 "인수위옥(因樹爲屋)"이라는 구절을 보고 그 뜻이 좋아 서재 이름을 삼았다. 시가 2편이 실려 있다.

〈목우사(牧牛詞)〉는 소를 먹이는 목동이 꿈속에서 스스로 견우(牽牛)가 되어 직녀(織女)를 그리워하는 노래이다. 〈고목위충소설탄(古木爲蟲所囓歎)〉은 삼한(三韓)에 뿌리를 박고 고국(古國)에서 생장한 고목(古木)이 오랜 세월 비바람을 견뎌냈지만 벌레에게 먹혀 썩어들어가는 현상을 탄식한 시이다. 당시 조국의 암담한 상황을 탄식한 시이기도 하다.

9) 〈곡교농잔고(曲橋農棧藁)〉(21세, 1937)

청음석(淸吟石) 북쪽에 곡교(曲橋)가 있었는데, 선생의 부친이 조부를 모시기 위해 선생의 형제들을 데리고 이곳에서 농사를 지었다. 그 시절을 잊지 않기 위해 이 해의 원고에다 이 이름을 붙였다. 시가 9편 10수가 실려 있다.

〈독동국환여지유감(讀東國寰輿志有感)〉은 단군에서 삼국시대를 거쳐 고려와 조선에 이르기까지 사천년의 역사와 지리를 노래한 시이다. 〈후정화(後庭花)〉

에 비겨 조국 잃은 슬픔을 노래하였다.

10) 〈해금당고(海琴堂藁)〉(22세, 1938)

백아(伯牙)의 거문고 솜씨를 이끌어다 서재 이름을 삼았다. 시가 14편 20수가 실려 있다.

11) 〈청매자주지관고(靑梅煮酒之館藁)〉(23세, 1939)

선생은 경세치용(經世致用)의 문장만 읽은 것이 아니라 소설도 즐겼으므로, 『삼국지연의(三國志演義)』 가운데 "청매자주(靑梅煮酒)" 네 글자를 가져다 서재의 이름을 삼았다. 시가 18편 39수가 실려 있다.

이 해의 시는 명륜전문학원을 중심으로 지어졌다. 창작 무대가 도산에서 서울로 바뀌었으며, 성균관에서 벗들과 주고받은 시들이 많다. 성균관의 벗들과 연구(聯句)를 짓기도 했다. 〈춘당대(春塘臺)〉나 〈식물원(植物園)〉에서는 유원지에 노닐러 온 사람들이 느끼지 못하는, 조국을 잃은 청년의 아픔을 엿볼 수 있다. 부산과 경주 수학여행에서 지은 〈동도편(東都篇)〉 16수에서도 잃어버린 조국의 역사를 사랑하는 청년의 마음이 잘 드러나 있다.

12) 〈설류산관고(雪溜山館藁)〉(24세, 1940)

가회동(嘉會洞) 하숙집에서 밤늦게 눈 덮인 샘에서 물방울 떨어지는 맑은 소리를 듣고 서재 이름을 설류산관(雪溜山館)이라고 하였다. 시가 14편 25수가 실려 있다.

수학여행 장소를 의논할 때 선생이 강화도를 주장하여 그곳으로 결정되었는데, 〈심도편(沁都篇)〉 6수 가운데 〈강도(江都)〉에서 특히 조국을 잃은 청년의 탄식이 엿보인다. 금강산 기행시 〈동정편(東征篇)〉은 금강산 일만이천봉 팔만 아홉 암자의 모습과 역사를 읊은 441운 588구의 대하시(大河詩)이다. 시 끝부분에 금강산 신령이 꿈속에 나타나 선생과 대화를 나누는 이야기가 나와서 더욱 기이하다. 당시 안동 일대에서 노사(老師) 숙유(宿儒)들이 높이 평가했으며, 이탁(李鐸)이 〈소발(小跋)〉을 지어 칭찬하였다. 선생의 벗 노촌(老村) 이구영(李九榮)이 이 시를 우리 글로 옮기다가 중단되었는데, 선생이 50년 뒤인 1990년에 자신의 한시를 스스로 번역하였다. 선생이 축구(逐句) 강술(講述)하면서 노촌의 딸 이종순에게 받아쓰게 한 것이다. 선생의 번역시는 『열상고전연구』 제3집 (1990)에 실려 있다.

13) 〈희담실학지재고(憙譚實學之齋藁)〉(25세, 1941)

선생이 평소에 실학에 대한 이야기를 즐겨 하다가 드디어 서재 이름을 삼게 되었다. 이 이름은 선생의 학문과 문학을 가장 잘 나타낸 이름이며, 이후에도 가장 많이 쓴 이름 가운데 하나이다. 시가 19편 44수가 실려 있다.

14) 〈덕의필경처고(德衣筆耕處藁)〉(26세, 1942)

담원(薝園)선생이 『서경』에서 "의덕언(衣德言)" 세 글자를 따다가 선생의 자를 "덕의(德衣)"라고 지어 주었다. 그래서 이 해에는 서재 이름을 덕의필경처라고 하였다. 시가 7편 9수가 실려 있다.

15) 〈육륙봉초당고(六六峯草堂藁)〉(27세, 1943)

퇴계선생의 시조 〈청량산가(淸凉山歌)〉 가운데 "청량산육륙봉(淸凉山六六峯)"을 따다가 양계(陽溪)의 초옥에 육륙봉초당이라고 이름붙였다. 시가 15편 27수가 실려 있다.

16) 〈연생서실고(淵生書室藁)〉(28세, 1944)

지난해에 산강(山康)선생이 고계산방(古溪山房)에 들려 선생에게 〈연생서실명(淵生書室銘)〉을 지어 주었으므로, 이 해에는 서재 이름을 연생서실이라 했다. 시가가 2편 실려 있다.

17) 〈소봉래선관고(小蓬萊仙館藁)〉(29세, 1945)

지난해 서울 객관에 머물며 꿈속에서 지은 시 가운데 한 구절 "봉래추수은생파(蓬萊秋水殷生波)"에서 따다가 시골 서재 이름을 소봉래선관이라고 했다. 조국이 광복된 이 해에는 시가 한 편도 실려 있지 않다.

18) 〈철마산장고(鐵馬山莊藁)〉(30세, 1946)

이 해 봄에 선생은 처음으로 영주농업고등학교의 교사가 되었다. 소백산 남쪽에 영주의 진산(鎭山)인 철탄산(鐵呑山)이 있었으므로, 두고(斗皐)의 셋집에 철마산장이라 이름지었다. 시가 7편 11수가 실려 있다.

19) 〈황학산방고(黃鶴山房藁)〉(31세, 1947)

이 해에 선생은 영주에서 김천여자중학교 교사로 전임하였다. 김천 서북쪽에 황학산이 있어 경치가 기이했으므로, 셋집 이름을 황학산방이라고 했다. 시가 22편이 실려 있다.

20) 〈귤우선관고(橘雨仙館藁)〉(32세, 1948)

선생이 동래에 살면서 어느 가을날 비오는 풍경을 보았는데, 예전 꿈속에서 보았던 풍경과 비슷했다. 그래서 〈족성봉래추수구(足成蓬萊秋水句)〉를 지었는데, 그 가운데 "청등귤옥통소우(靑燈橘屋通宵雨)"라는 구절에서 "귤우(橘雨)" 두 자를 따다 칠산(漆山) 셋집에 이름붙였다. 시가 16편 31수가 실려 있다.

21) 〈거칠산장고(居漆山莊藁)〉(33세, 1949)

선생이 동래 칠산동에 살았는데, 칠산은 바로 옛날의 거칠산국(居漆山國)이었다. 그래서 그 집 이름을 거칠산장이라고 했다. 시가 18편 28수가 실려 있다.

22) 〈초량호동서옥고(草梁衚衕書屋藁)〉(34세, 1950)

선생이 동래 칠산에서 부산 초량으로 집을 옮겼으므로, 집 이름을 초량호동서옥이라고 지었다. 시가 5편 7수가 실려 있다.

선생은 이때 자유당 독재를 규탄하다가 감옥에 갇힌 적이 있었는데, 함께 갇혀 있던 가객(歌客) 서종구(徐鍾九)의 〈농아가(弄兒歌)〉를 듣고 지은 〈청농아가유감(聽弄兒歌有感)〉이 전쟁중 감옥의 비장한 분위기를 잘 표현하고 있다. 서울에서 피란내려온 여러 시인들이 부용관(芙蓉館)에 모여서 "금석부하석(今夕復何夕), 공차등촉광(共此燈燭光)."의 운을 나눠 시를 지었는데, 선생은 "공(共)"자를 얻어 〈부용관설난중사(芙蓉館說亂中事)〉를 지었다. 이때 나눠 지은 시들을 전부 모으면, 한 편의 커다란 민족수난시(民族受難詩)가 될 것이다.

23) 〈동해어장지실고(東海漁丈之室藁)〉(35세, 1951)

선생이 어린 시절에 지산(芝山)에서 농사짓고 낙수(洛水)에서 낚시질하던 적이 있었는데, 이제 세상이 어지러워져 초량 바닷가 셋집에 살게 되었다. 그래서 집 이름을 동해어장지실(東海漁丈之室)이라고 했다. 시가 4편 7수가 실려 있다.

선생이 담여(淡如)·야인(野人)과 함께 지은 〈수곡월회당여담여급유야인동수연구(水谷月會堂與淡如及柳野人東銖聯句)〉가 실려 있다.

24) 〈산막초당고(山幕草堂藁)〉(36세, 1952)

동란(動亂) 이후에 학원이 모두 병영(兵營)으로 바뀌었으므로, 부산고등학교도 초량 산막동(山幕洞)에 천막을 쳐서 교실로 쓰게 되었다. 성균관대학도 이 천막을 빌어서 개강하게 되었으므로, 선생이 집 이름을 다시 산막초당이라고 바꿨다. 시가는 1편만 실려 있다.

25) 〈명륜호동거실고(明倫衚衕居室藁)〉(37세, 1953)

이 해 가을에 선생이 환도(還都)해서 비원(秘苑) 동쪽 성균관 서쪽에 있는 명륜동 3가에 집을 얻었으므로, 그 이름을 명륜호동거실이라고 했다. 시가 3편이 실려 있다.

26) 〈옥류산장고(玉溜山莊藁)〉(38세, 1954)

비원 가운데 옥류천(玉流川)이 흐르는데, 그 하류가 비원 담장 밑으로 해서 선생의 집 뒤쪽으로 흘러내렸다. 그래서 선생의 집을 옥류산장이라 하였다. 선생이 지은 『옥류산장시화(玉溜山莊詩話)』도 여기에서 이름을 따온 것이다. 시가 2편 3수가 실려 있다.

27) 〈옥조산방고(玉照山房藁)〉(39세, 1955)

선생은 가화(家花)인 매화(梅花)를 몹시 사랑해서, 떠돌이생활 가운데서도 반드시 지니고 다녔다. 퇴계선생의 매화시를 읽다가 "옥조풍류(玉照風流)"라는 글자를 보고 서재 이름을 옥조산방이라고 지었다. 시가 1편이 실려 있다.

28) 〈이씨불수연재고(李氏佛手研齋藁)〉(40세, 1956)

오경석(吳慶錫)이 중국 유리창(琉璃廠)에서 수천냥을 주고 사온 불수연(佛手研)이 그의 아들 오세창(吳世昌)을 거쳐서 선생에게 들어왔다. 오씨 부자가 서재 이름을 불수연재(佛手研齋)라고 해왔으므로, 선생도 이씨불수연재라 이름지었다. 시가 10편 14수가 실려 있다.

이 해에 선생은 성균관대학교 총장 심산(心山)선생과 함께 자유당 독재에 항거하다가 파면당하였다. 그래서 심산선생의 절구에 차운하여 〈차심산김옹삼절(次心山金翁三絶)〉을 지어 그 의분을 표현하였다.

29) 〈의난정고(猗蘭亭藁)〉(41세, 1957)

선생은 매화 못지않게 난초도 좋아하였으므로, 서재 이름을 의난정(猗蘭亭)이라고 했다. 시가 4편이 실려 있다.

30) 〈위학일익지재고(爲學日益之齋藁)〉(42세, 1958)

선생이 노자(老子)의 『도덕경』 가운데 "위학일익(爲學日益)"이라는 말을 좋아해, 동작빈(董作賓)의 갑골자(甲骨字)를 얻어 서재 이름으로 삼았다. 시가 10편 13수가 실려 있다.

이 해 12월 24일에 자유당이 국가보안법을 핑계대고 무술경위들이 폭력을 써서 야당의원들을 구금하자, 성주에 내려가 있던 심산선생이 죽음을 각오하고 반대투쟁하기 위해 서울로 올라왔다. 선생이 심산선생에게 지어드린 〈간심산김옹(柬心山金翁)〉과 심산선생의 화운시가 실려 있다.

31) 〈녹천산관고(綠天山館藁)〉(43세, 1959)

선생은 매화나 난초만큼 파초도 좋아하였다. 예전에 승려 회소(懷素)가 영릉암(零陵菴)에 살면서 파초잎을 종이 삼아 글씨를 쓰면서 그곳 이름을 "녹천(綠天)"이라고 하였으므로, 선생도 산관(山館) 이름을 녹천산관이라고 하였다. 시가 4편 6수가 실려 있다.

32) 〈무동선관고(撫童嬋館藁)〉(44세, 1960)

성균관대학에서 파면당하였던 시절에 선생은 국립도서관을 드나들며 실학연구자료(實學研究資料)들을 찾아 베껴 『실학연구지자(實學研究之資)』를 엮었다. 이때 제자 동선(童嬋)이 이 일을 도왔으므로, 서재 이름을 무동선관이라고 하였다. 시가 9편 20수가 실려 있다.

이 해에 국민들이 적극적으로 지지하며 자유당 독재를 막아주기를 기대하였던 조병옥(趙炳玉)이 미국에 수술하러 갔다가 세상을 떠나자, 그 민족적인 슬픔을 담아 〈조유석병옥만사삼절(趙維石炳玉輓辭三絕)〉을 지었다. 이어서 4.19 혁명으로 자유당 독재가 무너지고 이승만(李承晚)이 미국으로 망명하자, 김구(金九) 선생 서거11주년을 맞아 〈애애굉굉사절(哀哀觥觥四絕)〉을 조선일보에 발표하였다. 새로 수립된 대한민국에서 임시정부가 정통을 잇지 못하여 결국은 민족주의자들이 암살당했던 현실을 읊고, 애국학도 김주열(金朱烈)이 최루탄에 눈이 박혀 죽으면서 독재가 무너졌지만 아직도 김구 선생을 암살한 안두희(安斗熙)가 백주에 대로를 활보하는 현실을 고발하였다. 이러한 현실고발은

〈심산김옹구월십일조선일보지소재리승만동상가차운(心山金翁九月十日朝鮮日報紙所載李承晚銅像歌次韻)〉에서도 계속되었다.

33) 〈함영저실지재고(含英咀實之齋藁)〉(45세, 1961)

선생이 연암(燕巖)의 글씨 "함영지출(含英之出), 저실기측(咀實其測)"을 벽에 걸고 지냈는데, 마침 이 해 가을부터 『연암소설연구』를 집필하기 시작했으므로 서재 이름을 함영저실지재라고 하였다. 시가 5편이 실려 있다.

자유당 독재가 무너졌는데도 계속 성균관을 어지럽히는 무리들이 있어, 그들을 비판한 〈문이이배탁란성균사(聞二李輩濁亂成均事)〉를 지었다.

34) 〈난사서옥고(蘭思書屋藁)〉(46세, 1962)

제자 난사(蘭史)가 외국으로 유학을 떠나게 되자, 그를 그리워하며 서재 이름을 난사서옥이라고 지었다. 시가는 실려 있지 않다.

35) 〈옥토지궁고(玉兎之宮藁)〉(47세, 1963)

선생이 꿈속에서 옥토지궁(玉兎之宮)에 이르러 선녀와 이야기를 나누고 선약(仙藥)을 먹었으므로, 이 해에 지은 글들에는 〈옥토지궁고〉라고 이름붙였다. 시가 13편 16수가 실려 있다.

선생이 1960년 4월 19일에 마침 성균관대학에 강의를 하러 나갔다가, 팔천 학도들이 독재정권타도를 외치며 거리로 뛰쳐나가는 모습을 보았다. 〈억사자후(憶獅子吼)〉는 4.19 3주년을 맞아 그때의 감격을 〈주간성대(週刊成大)〉에 발표한 시이다. 〈학이(學而)〉와 〈위정(爲政)〉을 실천한 학도들을 찬양하며, 그 정신을 오늘에 다시 살리자고 젊은 학생들에게 격려하였다.

36) 〈풍수전회지실고(風樹纏懷之室藁)〉(48세, 1964)

선생이 이 해 5월에 부친상을 당했으므로, 이 해에 지은 글에는 『공자가어(孔子家語)』의 "수욕정이풍부정(樹欲靜而風不停)"에서 두 글자를 따다가 〈풍수전회지실고〉라고 이름을 붙였다. 시가 4편 9수가 실려 있는데, 모두 상을 당하기 전에 지은 것이다.

37) 〈여여불연재고(如如佛研齋藁)〉(49세, 1965)

선생이 이 해에 흡주석(歙州石) 여여불연(如如佛研)을 얻었으므로 서재 이름도 그렇게 지었다. 이 해에도 복(服)을 입고 있었으므로 여전히 시가를 짓지 않았다.

38) 〈성전연벽지실고(惺顚燕癖之室藁)〉(50세, 1966)

선생이 성수(惺叟) 허균(許筠)에게 넘어져 있고 연암(燕巖) 박지원(朴趾源)에게 병들어 있었으므로, 선생의 친구 낙촌(樂村)이 "성전연벽(惺顚燕癖)" 네 글자를 붙여 주었다. 마침 이 해에 선생이 『연암소설연구』로 박사학위를 받았으므로, 서재에다 성전연벽지실이라는 이름을 붙였다. 시가 9편 16수가 실려 있다.
〈학위기육절(學位記六絕)〉은 선생이 실학과 연암소설을 학문의 과제로 삼아 논문을 쓰고 학위를 받기까지의 사연과 메트로호텔에서의 축하연(祝賀宴) 모습을 읊은 시이다.

3. 『연민지문』

1973년 을유문화사에서 간행한 『연민지문(淵民之文)』에는 51세가 되던 1967

년(정미)부터 56세가 되던 1972년(임자)까지 지은 시가들이 실려 있다. 과시는 따로 나누지 않아, 운문은 다섯 종류만 실렸다.

1) 〈홍선공학지재고(弘宣孔學之齋藁)〉(51세, 1967)

선생은 평생 공자의 학문을 널리 펴는 것을 임무로 여겼으므로, 공자의 후손 공덕성(孔德成)의 글씨를 받아 홍선공학지재를 서재 이름으로 삼았다. 시가 9편 27수가 실려 있다.

2) 〈저서충음루고(箸書蟲吟樓藁)〉(52세, 1968)

이 해에 해외학자가 선생을 찾아왔다가 "선생이 만약 세 글자로 자찬(自贊)한다면 무엇이라고 하겠는가?"라고 질문하자, 선생이 "저서충(箸書蟲)"이라고 대답하였다. 〈유소사십절(有所思十絶)〉에 있는 이 말을 따다가 서재 이름을 삼았다. 시가 3편 12수가 실려 있다.

3) 〈종립우선지당고(椶笠羽扇之堂藁)〉(53세, 1969)

선생은 이 해 가을에 국제화학회의(國際華學會議)에 참석하기 위해 대만(臺灣)에 갔었는데, 대만 농부나 장사꾼들이 종자립(椶子笠)을 쓰고 뜨거운 햇볕 가리는 것을 보았다. 선생이 이 삿갓을 쓰고 백우선(白羽扇)을 쥐었으므로, 자호를 종립우선거사(椶笠羽扇居士)라고 하였다. 시가는 실려 있지 않다.

4) 〈화부화실고(花復花室藁)〉(54세, 1970)

선생의 모친이 태몽을 꿀 때 길패화(吉貝花)를 보았으므로, 선생이 이 해에 〈사모애팔절(思母哀八絶)〉을 지으면서 "채채동원화부화(采采東園花復花)"라는 구절을 읊고, 이 세 글자를 서재 이름으로 삼았다. 시가 8편 16수가 실려 있다.

〈사모애팔절(思母哀八絶)〉은 선생의 모친이 태몽을 꿀 때부터 장성한 뒤까지도 사랑하던 모습과 모친상을 치를 때의 슬픔을 읊은 시이다.

5) 〈삼수헌고(三秀軒藁)〉(55세, 1971)

선생이 이 해에 도산서원 일로 고향에 자주 들리다가 영지산의 수려한 산색을 보고, 혜강(嵇康)의 〈유분시(幽憤詩)〉에서 "황황영지(煌煌靈芝), 일년삼수(一年三秀)"라는 구절이 생각나, 벽관(甓舘)의 북헌(北軒)을 삼수헌이라고 이름지었다. 시가 46편 83수가 실려 있다.

〈차두소릉영회(次杜少陵詠懷)〉는 두보(杜甫)의 탄신을 맞아 중화학술원 시학연구소의 청탁을 받고 지은 시인데, 두보의 〈자경부봉선현영회오백자(自京赴奉先縣詠懷五百字)〉의 운을 받아 지은 시이다. 선생이 처음 글을 배우던 시절부터 생각하여 우리나라에 끼친 두시(杜詩)의 영향을 읊었으며, 당시(唐詩)와 송시(宋詩)의 우렬을 논하기도 하였다. 고려와 조선을 거치며 삼당(三唐)에서 허균(許筠)과 난설헌(蘭雪軒)을 거쳐 석북(石北)의 〈등악양루탄관산융마(登岳陽樓歎關山戎馬)〉에 이르기까지, 500자로 함축한 두시론(杜詩論)이다. 대만의 석학들과 주고 받은 시가 많이 실려 있다.

6) 〈유명청려지재고(柔明淸麗之齋藁)〉(56세, 1972)

선생이 난(蘭)을 사랑했으므로, 적연헌(適然軒) 주인이 중국산 난분(蘭盆)에다 "유명청려(柔明淸麗)" 네 글자를 새겨 주어 이를 서재 이름으로 삼았다. 시가 30편 56수가 실려 있다.

7) 〈용산와옥분여고(龍山蝸屋焚餘藁)〉(57세, 1973)

선생이 『연연야사재문고(淵淵夜思齋文藁)』를 간행한 뒤에 고계(古溪) 선정(先塋)에 들렸다가 상자 속에서 우연히 〈지선소조(芝仙小藻)〉라고 쓰인 원고를 발견하였다. 병자년(1936)에 처음으로 엮은 원고였지만, 그 뒤에 지은 글들도 실린 것이다. 시가는 10세(1926)에 지은 〈습상행(拾橡行)〉부터 38세(1954)에 지은 〈제오공초청동시권(題吳空超靑銅詩卷)〉까지 9편 16수가 실려 있다. 10세에 지은 〈습상행〉과 〈소년행이절(少年行二絶)〉, 12세에 지은 〈탄금대가(彈琴臺歌)〉 등이 발견되어, 선생이 초기에 지은 시들을 볼 수 있게 되었다.

〈습상행〉은 흉년을 만나 굶주리는 소년이 맛있는 밤을 얻지 못해 씁쓸한 도토리라도 주워 밥이나 죽을 끓이는 정경을 읊은 시이다. 정화수를 떠 놓고 밤새 도토리나무를 향해 비는 모습은 당시 농촌 민속의 한 모습을 잘 보여준다. 〈탄금대가〉에서는 임진왜란 당시에 신립(申砬) 장군이 천연적인 요새 조령(鳥嶺)을 지키지 못하고 탄금대에 배수진을 쳤다가 조총으로 무장한 왜군을 막아내지 못하고 몰살당한 민족적인 아픔을 읊었다. 식민지 소년의 비애가 잘 그려져 있다.

4. 『통고당집』

국민서관에서 1979년에 간행한 『통고당집(通故堂集)』에는 57세 되던 1973년(계축)부터 61세 되던 1977년(정사)까지 지은 시가들이 5고(藁)로 묶어져 실려 있다. 한 해에 지은 글들을 한 고(藁)로 엮은 편제는 예전에 나온 문집들과 같지만, 운문에서 사부(辭賦)가 빠져 있다.

1) 〈와룡산장고(臥龍山莊藁)〉(57세, 1973)

선생이 살던 명륜동 북쪽과 서쪽이 와룡동이므로, 그 집을 와룡산장이라고도 이름하였다. 선생 자신을 제갈공명(諸葛孔明)에 비긴 뜻도 아주 없지는 않다. 시가 24편 39수가 실려 있다.

2) 〈청섬당고(靑蟾堂藁)〉(58세, 1974)

선생이 이 무렵에 기석(奇石)을 소장했는데, 푸른색의 거북이 모양이었다. 그래서 서재 이름을 청섬당(靑蟾堂)이라고 하였다. 시가 21편 28수가 실려 있다.

육영수(陸英修) 여사가 저격당해 세상을 떠났을 때에 지은 〈곡육여사이절(哭陸女士二絕)〉은 자기 대신에 세상을 떠난 아내의 죽음을 슬퍼하는 남편 박정희(朴正熙)의 외로운 모습을 읊은 시이다.

3) 〈벽매산관고(碧梅山館藁)〉(59세, 1975)

선생이 가화(家花)인 매화(梅花) 가운데서도 푸른 매화를 더 사랑했으므로, 이 해에는 옥조산방(玉照山房)을 벽매산관이라고 이름하였다. 시가 19편 32수가 실려 있다.

"양두섬섬(兩頭纖纖). 반흑반백(半黑半白). 픽픽박박(腷腷膊膊). 뇌뇌락락(磊磊落落)"의 어려운 문자들을 써서 사물의 오묘한 모습을 사실적으로 묘사한 〈양두섬섬칠절(兩頭纖纖七絕)〉은 이학규(李學逵)의 〈양두섬섬(兩頭纖纖)〉 시보다 훨씬 더 실감나게 그렸다.

4) 〈동해거사지실고(東海居士之室藁)〉(60세, 1976)

선생이 글씨를 즐겨 쓰면서 경우에 따라 여러 가지 자호를 쓰게 되었는데,

그 가운데 하나가 바로 동해거사이다. 시가 10편 13수가 실려 있다.

〈김운보화백이기산문선집침묵지세계구여일시(金雲甫畵伯以其散文選集沈黙之世界求余一詩)〉는 귀머거리 화가 김기창(金基昶)과 먼저 세상을 떠난 화가 박내현(朴峽賢) 부부의 사랑과 예술과 인간을 읊은 시이다.

5) 〈열상도공지실고(洌上陶工之室藁)〉(61세, 1977)

선생이 이 무렵에 도예(陶藝)를 즐겨 이천(利川)에 있는 도요(陶窯)를 찾아가 직접 도자기를 구웠으므로, 이 해에는 자호를 열상도공이라고 하였다. 시가 31편 35수가 실려 있다.

〈육일초도지감(六一初度志感)〉은 선생이 회갑을 맞아 일생을 회고한 시이다. 식민지 치하에 태어나 한학(漢學)을 배우고 석학들과 종유한 과정부터 대학교수로 취직해 이용(利用)·후생(厚生)·정덕(正德)을 학문의 바탕으로 삼아 제자들을 가르치며 유학을 사회의 근본이념으로 선양한 선생의 일생이 장편시로 읊어져 있다.

선생은 이 해에 일본 이퇴계연구소 초청으로 일본을 방문해 국제학술회의에 참석했는데, 일본을 여행하면서 10편의 시를 지었다. 〈역람덕천막부시대제궁성유감(歷覽德川幕府時代諸宮城有感)〉은 도쿠가와막부(德川幕府) 시대의 궁성들을 돌아보면서 일본에 침략당했던 우리 역사를 돌이켜본 시이다. 당쟁 때문에 나라를 그르쳤던 임진왜란 당시를 돌아보며 서애(西厓)와 충무공(忠武公)의 애국심을 찬양하고, 왜란 뒤에도 깨우치지 못하고 당쟁을 계속하다가 매국노들에 의해서 나라를 잃은 부끄러움을 읊었으며, 이토 히로부미(伊藤博文)를 저격해 조선 남아의 기개를 떨친 안중근(安重根) 의사를 추앙하였다. 임진왜란과 경술국치를 잊을 수 없지만, 현해탄을 사이에 둔 두 나라의 관계가 정상화되어야 함을 읊으며, 일본문화에 끼친 퇴계학의 영향을 그런 맥락에서 자부하였다.

조국통일을 염원하느라고 잠 못이루는 노학자의 자화상으로 이 시는 마무리되었다.

〈열상도공지가(洌上陶工之歌)〉는 그 동안 종이에다 먹으로 글씨를 써오던 선생이 이천 도요에 가서 도자기에다 진사(辰砂)·철사(鐵砂)·청화(靑華)로 글씨를 쓰게 된 새로운 예술의 경지를 노래한 가(歌)이다. 절구나 율시의 틀에 매이지 않고 자유분방하게 도공의 즐거움을 노래하였다.

5. 『정암문존』

1985년 우일출판사에서 간행한 『정암문존(貞盦文存)』에는 62세 되던 1978년(무오)부터 68세 되던 1984년(갑자)까지 지은 시가가 7고(藁)로 묶어져 있다. 한 해에 지은 글들을 한 고(藁)로 엮은 편제는 예전에 나온 문집들과 같으며, 운문에 사부(辭賦)가 실린 해도 있다. 이상 4권의 문집은 1987년에 정음사에서 『이가원전집』11. 12. 13. 14로 다시 간행되었다.

1) 〈향학당고(香學堂藁)〉(62세, 1978)

선생이 일찍이 〈춘향전소철(春香傳小綴)〉을 지으면서 그 끝머리에다 "중국의 『홍루몽』에 의한 홍학(紅學)이 일시에 유행한 적이 있음과 같이, 우리의 『춘향전』에 의한 향학(香學)이 장차 일세를 풍미시켜 수많은 새로운 연구가가 우후죽순처럼 속출하기를 기대하여 마지 않는다."라고 하였었다. 선생이 이제 또 〈춘향가(春香歌)〉를 지어 간행하게 되자, 서재 이름을 "향학당(香學堂)"이라고 하였다. 시가 47편 63수가 실려 있다.

선생이 허난설헌의 무덤을 찾아가 지은 〈방허난설묘(訪許蘭雪墓)〉는 선생이 천선(天仙)으로 평가했던 난설헌을 당대의 비난으로부터 옹호한 시이다. 이 해에는 제주도와 대만을 다녀오면서 지은 시들이 많은데, 대만의 석학들에게 지어준 시만이 아니라 유학중에 있는 제자들에게 지어준 시도 많이 실려 있다.

2) 〈고향로실고(古香鑪室藁)〉(63세, 1979)

선생이 대만에 갔다가 선덕(宣德) 년간에 만들어진 조그만 향로와 골동품 몇 점을 사 왔기에, 이 해에는 서재 이름을 고향로실이라고 하였다. 시가 54편 71수가 실려 있다.

〈미국대통령카터방한이차아지이절(美國大統領卡特訪韓以此迓之二絶)〉은 땅콩농장 주인 출신의 서민 대통령 카터의 방한을 환영하면서, 전쟁과 인권문제로 걱정 많은 우리나라의 어려움을 풀어달라고 부탁한 시이다. 이 해에 중국 시인들이 한일방문단을 결성해 방한하였으므로, 그들이 지어 보낸 시에 화답해 지은 시가 많다.

〈문박대통령피살이절(聞朴大統領被殺二絶)〉은 20년 독재 끝에 부하 김재규에게 시해당한 박대통령의 죽음을 듣고서 정치가들에게 상궤를 지키라고 경고한 시이다. 독재자가 그토록 부르짖던 유신(維新)도 공염불이 되었으니, 〈역(易)〉에서 경고한 "항회(亢悔)"의 진리를 다시 한 번 확인하였다. 이 해 11월에 퇴계학 국제학술회의가 있어 선생이 다시 대만을 방문하였는데, 이때에도 많은 석학들과 시를 주고 받았다.

3) 〈연성연다재고(孿惺燕茶齋藁)〉(64세, 1980)

선생이 일찍이 성수(惺叟) 허균(許筠)·성호(星湖) 이익(李瀷)·연암(燕巖) 박지원(朴趾源)·다산(茶山) 정약용(丁若鏞)의 글을 즐겨 읽었으므로, 이 해에는 서재 이름을 연성연다재(孿惺燕茶齋)라고 하였다. 이 해 가을에 선생이 〈허균적사상급기문학(許筠的思想及其文學)〉을 써서 중화민국 중앙연구원에서 주최한 국제

한학회의의 초청을 받아 발표하였다. 시가 32편 49수가 실려 있다.

〈허균적사상급기문학고성유감(許筠的思想及其文學藁成有感)〉은 명나라 이지(李贄)와 조선의 허균을 사상적으로 비교하고, 『수호(水滸)』와 『홍길동전』을 충의면(忠義面)에서 비교한 한 편의 논시(論詩)이다. 이 논문을 발표하기 위해 대만에 갔다가 많은 석학들과 주고받은 시들도 실려 있다. 선생이 예전에 좋아하던 바둑과 술까지 다 끊었지만 끝까지 끊지 못한 것이 담배였는데, 〈여애흘연다자지이고향칠절(余愛吃煙茶字之以苦香七絶)〉은 그 담배의 이름을 남령(南靈)이라 하고, 자를 고향(苦香)이라 하여, 그 남다른 효용과 기호(嗜好)를 노래한 시이다. 고금 동서의 맛과 도구까지도 비교하였다.

4) 〈매화서옥고(梅華書屋藁)〉(65세, 1981)

이 해 가을에 매화서옥이 다 지어졌으므로, 이곳에서 생을 마치겠다는 뜻으로 고(藁)의 이름을 삼았다. 시가 49편 64수가 실려 있다.

〈매화서옥성음이지감(梅華書屋成吟以志感)〉은 선생께서 새로 지으신 집의 이름을 매화서옥(梅華書屋)으로 정한 이유를 설명하면서, 화(華)와 실(實)의 관계를 노래하고, "조언귀입성(造言貴立誠), 무문난행원(無文難行遠)."의 문학관을 피력한 시이다. 〈문조명인영획본인방지명희음이기삼절(聞趙名人榮獲本因坊之名喜吟以寄三絶)〉은 바둑천재 조치훈(趙治勳)이 6세에 현해탄을 건너가 19년 동안 고생한 끝에 일본바둑 최고의 명예인 본인방(本因坊)을 획득했다는 우리 민족 승리의 소식을 듣고 감격하여 쓴 시이다. 이 해 12월에 일본 도쿄에서 한중일 합작 미술전이 열렸는데, 선생도 일본에 다녀오면서 많은 시를 지었다.

5) 〈소요해산지당고(逍搖海山之堂藁)〉(66세, 1982)

이 해 가을에 선생이 연세대학교에서 정년퇴임한 뒤에 해산(海山)을 소요(逍

遙)할 생각으로 서재 이름을 소요해산지당이라고 하였다. 바닷가를 따라 남쪽으로 내려가 지리산에 이르고, 또 현해탄을 건너 오사카(大阪)·덴리(天理)·나라(奈良) 등지에 노닐다가 돌아왔다. 시가 55편 66수가 실려 있다.

선생은 일본 덴리대학(天理大學) 조선학회의 초청을 받아 추석날 차례를 지낸 뒤에 오사카로 떠났는데, 일본에 체류하는 동안 많은 시를 지었다. 〈칠지도가(七支刀歌)〉는 백제왕이 왜왕의 노고를 위로하기 위해 내려준 칠지도를 읊은 시인데, 당시 문명 후진국이던 왜의 왕이 이 칼을 받고 감격하던 모습을 그리면서, "원수로 은혜를 갚는 것이 어찌 탐욕스럽고 더럽지 않은가[以仇報恩何貪鄙?]"라고 그들의 배은망덕한 침략근성을 꾸짖었다. "이 법은 우리에게서 전해진 것이니, 이를 경계하여 삼가 잊지 말진저[此法傳自吾, 戒爾愼勿忘.]"라고 한 〈법륭사(法隆寺)〉 시도 문화 전수와 침략의 역사를 잊기 잘하는 그들의 불신을 점잖게 경계하며 민족자존과 극일(克日)을 노래한 시이다.

6) 〈미재욕거지실고(美哉欲居之室藁)〉(67세, 1983)

이 해 가을에 선생이 처음으로 미국에 건너가서 하버드대학 국제학술회의에 참석하였는데, 보스톤을 떠나면서 "아름답구나! 보스톤이여. 늙은 철연이 이곳에 살고 싶구나[美哉波士頓, 老悉此欲居.]"라는 시를 지었다. 그래서 이 해에는 서재 이름을 미재욕거지실(美哉欲居之室)이라고 하였다. 미국을 일주하여 하와이까지 거치면서 25일 동안 미국의 여러 가지 문물과 고적 그리고 자연을 구경하며 많은 시를 지었다. 시가 60편 79수가 실려 있다.

미국여행에서 선생은 라스베가스에 들려 〈라스베가스 야경(羅思倍加思夜景)〉을 지으며 미국문화의 퇴폐적인 일면을 부정적으로 비판하였다. 그러나 문화·교육도시인 보스톤을 떠날 때에는 〈장차 보스톤을 떠나면서(將離波士頓有感)〉을 지으면서, "비록 나하고는 체질이 다르지만 / 성기가 서로 통하네[與我

雖異質, 聲氣可相噓.]"라고 하여, 언어와 문화가 다른 외국이지만 동서문화의 본질은 한가지여서 서로 융화될 수 있음을 노래하였다. 자유스러운 민주국가의 연구분위기 속에서 마음껏 연구하고 시를 읊고 싶어하는 선생의 모습이 잘 그려져 있다. 〈하와이(布哇)〉의 "하늘이 나에게 시간을 주면 / 이곳에 깨끗한 집 하나를 두고 싶구나. / 옷 풀어 헤치고 두 다리 뻗어 / 마음 편하게 기이한 책 읽고 싶구나[天若假吾年, 置此一精廬. 解衣自盤礴, 怡神讀奇書.]"에서도 자연 풍광이 아름다운 하와이에서 남은 생애 동안 마음껏 책을 읽으며 자유를 누리고 싶어하는 시인의 마음을 노래하였다.

7) 〈몽두나강지실고(夢逗娜江之室藁)〉(68세, 1984)

선생이 이 해 가을에 처음 유럽 여러 나라를 여행하다가 파리에 있는 세느강의 아름다운 경치와 분위기에 매료되어, 강가에 집 하나를 얻어 여생을 즐길 생각을 했었다. 그러나 쉽게 실행할 수도 없어 명륜동 산장으로 돌아와 누웠는데, 이따금 세느강의 모습이 꿈속에 나타났다. 선생이 파리를 떠나면서 지은 시 〈장리파리(將離巴里)〉 가운데 "내가 세느강을 사랑하니, 마치 숙세의 인연이 있는 것 같구나[我愛細娜江, 似有宿世緣.]"라는 구절이 있어, 이 해 서재 이름을 몽두나강지실(夢逗娜江之室)이라고 하였다. 시가 80편 118수가 실려 있다.

〈자한보경동독(自漢堡經東獨)〉의 "동·서 두 베를린이 / 겨우 물 한 구비로 막혀 있네[東西二伯林, 只遮水一灣.] 부르면 말도 할 수 있건만 / 천겹 산이 가로 놓인 것 같구나[呼之可與語, 隔如千重山.]"이나 〈서베를린 2절(西伯林二絶)〉 등은 〈서베를린 2절〉의 주에서 "동서 베를린이 둘로 나뉘어져 있어서, 마치 우리 한국이 남북으로 나뉘어져 있는 정황과 같았다[東西伯林兩斷, 如吾韓南北情況.]"라고 밝힌 것처럼 남북분단국 국민인 선생이 역시 동서분단국 독일의 민족적 아픔을 함께 슬퍼한 시이다. 그러나 이 시에서 단순히 분단의 슬픔만 읊지 않고, 분단의 책임이 바로 나치 독재의 결과임을 밝혀, 우리나라의 분단상황이 40년이나 계속되는 것도 결국은 국가안보를 집권수단으로 내세우는 군사독재 정부의 부산물임을 밝혔다.

〈탄오경 5절(歎五更五絶)〉은 나진옥(羅振玉)의 『돈황영습(敦煌零拾)』에 실린 당대(唐代) 이곡(俚曲)〈탄오경(歎五更)〉을 본받아 지은 시이다. 〈연옹12시(淵翁十二時)〉도 역시 『돈황철쇄(敦煌掇瑣)』에 실린 이곡〈태자12시(太子十二時)〉를 본따 지은 시인데, 〈태자12시〉가 석가(釋迦)의 성도고사(成道故事)를 서술한 것과 마찬가지로 선생의 12시(十二時)를 읊었다.

선생이 어렸을 때에 벗들과 더불어 밥이 더 좋은지 떡이 더 좋은지를 논하며 글을 지은 적이 있었는데, 이 해에 이르러 왕부(王敷)의 〈다주론(茶酒論)〉을 읽고 〈의판다주우열론(擬判茶酒優劣論) 2절(二絶)〉을 지었다. "世人何事費紛紛? 可是茶淸勝酒醲. 酗酒墮身從古有, 嗜茶亡國未曾聞."처럼 패가망국(敗家亡國)의 원인이 되는 술을 경계한 구절에서 선생의 온유돈후(溫柔敦厚)한 풍모가 엿보인다.

〈구문경내소위학지고이차이광지(具文卿來愬爲學之苦貽此以廣之)〉에는 학문의 어려움을 호소하는 제자를 따뜻하게 위로하는 스승의 모습이 잘 그려져 있다.

6. 『유연당집』

1990년 단국대학교 출판부에서 간행한 『유연당집(遊燕堂集)』에는 선생이 69세 되던 1985년(을축)부터 73세 되던 1989년(기사)까지 지은 시문이 5고(藁)로 엮어져 실려 있다. 한 해에 지은 글들을 한 고(藁)로 엮은 편제는 예전에 나온 문집들과 같다. 선생이 1987년에 중국공자기금(中國孔子基金)의 초청을 받아 유학국제학술토론회에 참석했다가 25일 동안 중국을 두루 구경하며 노닐었으므로, 이 문집 이름을 『유연당집』이라고 하였다. 이 문집은 『이가원전집』 제27집으로 엮어졌다.

1) 〈보석재고(譜石齋藁)〉(69세, 1985)

이 해에 선생이 석벽(石癖)을 발휘하여 〈청섬당석보(青蟾堂石譜)〉 44수를 읊었으므로, 서재 이름을 보석재(譜石齋)라고 하였다. 시가 22편 75수가 실려 있다.

〈기몽(記夢)〉은 선생이 단오날 꿈속에서 얻은 4언 2구 "일편청산(一片青山), 만고백운(萬古白雲)."을 넣어서 지은 시이다. 선생이 이 해 청명일에 충청도 중원(中原) 백운산(白雲山) 기슭에 수장(壽藏)을 마련하였으므로, 이 구절에 이어 "이군칠십(李君七十) … 백년 뒤에 이곳에 돌아와 누우리라[百歲之後, 歸臥此云.]"라고 읊었다.

〈청섬당석보 44수〉는 선생이 수십 년 동안 모아온 수석 가운데 42점을 골라 이름을 붙이고, 여러 가지 시체로 읊은 석보(石譜)이다. 〈청섬(青蟾)〉에서 〈우문장혈(又文章穴)〉까지 모두 44수였으므로 〈청섬당석보〉라고 하였다. 대부분의 시에 그 수석을 구하게 된 경위나 이름을 짓게 된 동기가 소서(小序)로 덧붙어 있다.

2) 〈화도음관고(和陶吟舘藁)〉(70세, 1986)

선생이 평소에 도연명(陶淵明)과 두보(杜甫)의 시를 높게 여겼는데, 이 해 여름에 〈화도연명음주(和陶淵明飲酒) 20수〉를 짓고 서재 이름을 화도음관(和陶吟舘)이라고 하였다. 시가 47편 79수가 실려 있다.

〈화도연명음주 20수〉는 선생이 도연명의 시 〈음주이십수(飲酒二十首)〉에 화운하여 지은 시이다. 도연명이 일찍이 〈음주이십수〉를 지은 까닭은 그가 참으로 술을 몹시 좋아해서 지은 것이 아니라, 그 제목을 빌어서 뜻을 담은 것이다. 소식(蘇軾)·소철(蘇轍) 형제 이래 많은 시인들이 그 시에 화운하여 지었으며, 우리나라에서도 퇴계선생이 화운시를 지었다. 선생이 이 해에 퇴계시를 역주(譯注)하면서 그 시를 읊다가 도연명의 깊은 뜻을 느껴 〈화도연명음주 20수〉를 지었는데, 오시(午時, 낮 12시)부터 시작하여 유시(酉時, 저녁 6시)에 마쳤다. 선생은 〈1〉에서 조국을 빼앗긴 식민지 청년이 좋아하지도 않는 술을 울분 속에서 마셨던 젊은 시절을 그렸다. 이 시는 현진건의 소설 〈술 권하는 사회〉를 연상시킨다. 그러나 술을 마시면서도 가볍게 취하며 자신의 몸가짐을 스스로 가누었다고 하여, 온유돈후(溫柔敦厚)한 선비의 자세를 잃지는 않았다. 〈9〉에서도 조국분단의 충격과 시름을 술로 달래며 방황하던 젊은 시절을 그렸다. 이제는 마시지 않고도 취하게 된 것이다. 그러면서도 끝 구절에서는 이 굳은 얼음이 풀려서 남북으로 오갈 수 있는 세상이 빨리 오길 염원하였다. 〈14〉에서는 취하기 위하여 술을 마시는 것이 아니라 알맞게 즐기기 위해서 술을 마시는 온유돈후한 군자의 모습을 그렸다. 〈15〉에서는 "옛사람의 말을 잊지 말고, 촌음도 참으로 아끼라[勿忘古人言, 寸陰眞可惜.]"고 하여, 주벽(酒癖)에 빠지지 않고 학문에 정진하는 학구의 모습을 그렸다. 〈20〉에서 도연명이 술 많이 마신 것이 그의 참마음은 아니었다고 밝힌 것처럼, 이미 술을 멀리한 지 오래된 선생도 단아한 군자의 모습으로 티끌세상에 뛰어들지 않으리라 다짐하였다.

〈기몽(記夢) 2절〉은 선생이 8월 27일 꿈속에서 만난 이지(李贄)와 허균(許筠)의 입을 빌어서 우리 사회의 군사독재와 부정 부조리를 비판한 시이다. 선생이 살던 매화서옥(梅華書屋) 동쪽에 불이 일어났는데, 역시 두 사람이 인화(人火)인지 아니면 귀화(鬼火)인지를 논쟁하다가 결정짓지를 못하였다. 선생이 새벽 2시에 깨어서 불을 밝히고 그 이야기를 시로 지었는데, 독립기념관을 짓는다는 명분으로 국고와 국민들의 성금을 빼돌려 착복하고 부실공사를 해서 결국 완공되기도 전에 커다란 화재로 잿더미가 되게 만든 독재 군사정부를 비판한 시이다. 마치 봉건시대의 소설가가 꿈의 형태를 빌어서 당대 사회를 비판하거나 작가 자신의 울분을 토로한 것처럼, 선생도 꿈의 형태를 빌어서 독재정부의 부정과 허위를 비판한 것이다.

3) 〈고희고(古稀藁)〉(71세, 1987)

두보(杜甫)의 시에 "인간칠십고래희(人間七十古來稀)."라고 하였는데, 선생이 이 해에 71세가 되어 제자들이 『칠질송수기념논총(七秩頌壽紀念論叢)』을 간행 봉정하였다. 그래서 이 해에 지은 작품들을 엮어 〈고희고〉라고 하였다. 시가 27편 137수가 실려 있다. 〈중화대륙기행(中華大陸紀行) 100수〉는 한시로 지은 현대판 『열하일기』이다.

이 해에 전두환 군사독재정권과 맞서 싸우며 민주화투쟁에 앞장섰던 연세대 학생 이한렬(李韓烈) 군이 최류탄에 맞아 세상을 떠나자, 선생이 〈이수재한렬만가(李秀才韓烈輓歌) 3절〉을 지어 목숨을 아끼지 않고 투쟁하다 죽은 이 시대의 젊은이를 애국청년으로 그렸다. 이한렬 군의 선배인 윤동주(尹東柱)가 저 세상에서 웃음을 띠우며 환영한다고 그린 구절 "동주시인함소영(東柱詩人含笑迎)"에서 선생의 시적 상상력이 돋보인다.

〈중화대륙기행 100수〉 가운데 〈중화대륙잡감(中華大陸雜感) 10절〉은 중국과 우리나라 사이의 역사적인 관계를 읊은 시이다. 선생은 중국의 성인 공자가 주창한 대동(大同)이 바로 사회주의의 모태(母胎)였음을 읊었고, 이천년 동안 우리 조상들이 중국의 문물에 많은 영향을 받았다고 읊었다. "희담실학아평생(憙譚實學我平生.)"이라는 구절에서 선생이 중국을 바라보는 시각이 결국은 실학에 바탕을 두었음을 알 수 있고, 조선시대 실학자들의 관심이 현대에 들어와서 선생의 실학사상으로 이어졌음을 알 수 있다. 이런 면에서 본다면, 다른 사람들의 중국관광 기행문과는 달리, 선생이 지은 〈중화대륙기행 100수〉는 한시로 지은 현대판 『열하일기』이다.

4) 〈회촌욕거지실고(懷村欲居之室藁)〉(72세, 1988)

선생이 이 해 여름에 충청북도 영동 회동촌(懷東村)에다 도구(菟裘)의 땅을 마련하였다. 그래서 서재 이름을 회촌욕거지실(懷村欲居之室)이라고 하였는데, 시가 46편 80수가 실려 있다.

이 해 여름에 서울 잠실에서 올림픽대회가 열리자, 선생이 〈제이십사계오륜대회소개어아경지잠실(第二十四屆五輪大會召開於我京之蠶室)〉을 지었다. 우리나라 경제수준으로 올림픽대회를 개최하는 것이 옳은지, 또는 군사독재정권을 국제적으로 인정받기 위하여 올림픽대회를 개최하는 것이 아닌가 하는 여론이 없지는 않았지만, 세계 160여국의 선수단이 모인 이 대회가 인류평화에 도움이 되기를 염원하였다.

〈나약하(奈若何) 3절〉은 군사쿠데타로 정권을 잡았던 독재자 전두환과 이순자 부부를 처단하라는 학생들의 데모 소리에 연희궁 속에서 두려워하며 "어찌하면 좋으랴?" 탄식만 하는 정두환 이순자 부부의 모습을 그린 시이다. 선생은 이 시에서 민주정의당(民主正義黨)이라는 명칭 아래 모든 부정과 불의를 저지른 군사집권 도배들을 비판하였다.

5) 〈연옹공작지실고(淵翁工作之室藁)〉(73세, 1989)

선생이 지난해 북경(北京)에 들렀을 때에 서법명가(書法名家) 강은(康殷)이 선생에게 "연옹공작지실(淵翁工作之室)"이라는 글씨를 써 주었다. 선생이 돌아와 표구해서 매화노옥 중당에 걸고, 이 해에 지은 글을 엮어서 〈연옹공작지실고〉라고 하였다. 시가 23편 45수가 실려 있다.

7. 『만화제소집』

단국대학교 출판부에서 1997년에 간행된『만화제소집(萬花齊笑集)』에는 74세 되던 1990년부터 80세 되던 1996년까지 7년간 지은 시문들이 7고(藁)로 묶어져 실려 있다. 1996년 봄에『조선문학사』원고가 다 이뤄져 선생이 7언 2절을 읊어 그 소감을 서술했는데, "앉아있는 연옹을 보며 온갖 꽃이 일제히 웃네〔萬花齊笑坐淵翁〕"라고 하였다. 그래서 이 문집 이름을『만화제소집』이라 하고,『이가원전집』제35집으로 편성하였다.

1) 〈방소당집(訪蘇堂集)〉(74세, 1990)

선생이 이 해에 처음으로 소련(蘇聯)을 방문하였으므로, 서재 이름을 방소당(訪蘇堂)이라 하였다. 시가 68편 95수가 실려 있다.

〈몽화란(夢畵蘭)〉은 평생 난을 좋아하여 직접 그려보고 싶었으면서도 학문 연구에 방해가 될까봐 그려보지 못했던 선생이 꿈속에서 훌륭한 솜씨로 난을 그리고 나서 지은 시이다. 선생이 이 해에 소련에서 발표를 마치고 동·서 유럽의 여러 나라를 구경하면서 많은 시를 지었다.

2) 〈칠연재고(七硏齋藁)〉(75세, 1991)

선생이 평소에 벼루를 모으는 취미가 있어 고금에 이름난 벼루를 수십 개나 모았는데, 최근 2년 동안 벼루 일곱 개를 더 구해 각기 이름과 명(銘)을 지었다. 여러 친지들이 각(刻)한 뒤에 탁본까지 떠서, 이 해에 탁본첩(拓本帖)으로 만들었다. 그래서 서재 이름을 칠연재(七硏齋)라고 하였다. 시가 44편 72수가 실려 있다.

〈양류(楊柳) 3장〉은 선생이 어렸을 때에 지었다가 불태워버린 작품인데, 그 뒤에도 이따금 생각이 났다. 그러나 1장과 2장은 잊어버리고 3장만 기억났는데, 이제 와서 잊어버렸던 부분을 더듬어 다시 지었다.

3) 〈오석상재고(烏石像齋藁)〉(76세, 1992)

선생이 이 해에 오석상(烏石像)을 얻었는데, 선생의 모습과 칠분(七分) 비슷하였다. 그래서 선생이 〈자연석상자찬(自然石像自贊)〉을 짓고, 이 해에 지은 글을 묶어 〈오석상재고〉라고 하였다. 시가 34편 47수가 실려 있다.

4) 〈자다저사지실고(煮茶著史之室藁)〉(77세, 1993)

선생이 이 해에 비로소 『조선문학사』를 쓰기 시작하였으므로, 시문을 묶어 〈자다저사지실고〉라고 하였다. 시가 25편 39수가 실려 있다.

5) 〈칠성검재지고(七星劍齋之藁)〉(78세, 1994)

선생이 이 해에 명대(明代) 유물인 3척 칠성검(七星劍)을 구입하여 늘 좌우(座右)에 두었는데, 왜(倭)를 벨 만하였고, 사(邪)를 물리칠 만하였다. 그래서 이 해에는 서재 이름을 칠성검재라고 하였다. 시가 49편 84수가 실려 있다.

〈몽견제현(夢見諸賢) 5절〉은 선생이 젊은 시절에 사사하거나 종유하였던 동전(東田) 이중균(李中均)·벽초(碧初) 홍명희(洪命熹)·산강(山康) 변영만(卞榮晚)·담원(詹園) 정인보(鄭寅普)·성암(聖岩) 김태준(金台俊) 등을 늘 그리워하다 이따금 꿈에 만나보고 지은 시이다. 예전의 회인시(懷人詩)를 꿈의 형식을 빌려 지은 것이다. 선생이 늘 그리워했던 이들의 면모를 보면, 선생이 애국배왜(愛國排倭)·민족대의(民族大義)의 자세를 지키며 살았음을 알 수 있다.

〈칠월팔일조선인민공화국주석김일성서거련음삼절(七月八日朝鮮人民共和國

主席金日成逝去聯吟三絕)〉은 북한 주석 김일성(金日成)이 세상을 떠나자 그 감회를 읊은 시이다. 선생이 그를 조선인민공화국 주석이라고 공식적으로 부른 것만 보아도 알 수 있듯이, 선생은 분단 조국의 현실 속에서 북한의 실체와 그 지도자를 객관적으로 인정했고, 그의 시비(是非)·공과(功過)를 다 받아들이며 연개소문(淵蓋蘇文) 이래 북한지역 최고의 영웅으로 평가하였다. 남북분단을 고착시킨 책임이 미국과 소련 강대국보다 이승만과 김일성에게 있음을 밝히면서, 이제 그들이 모두 세상을 떠났으니 새 세대가 통일의 대업을 담당할 것을 기대하였다.

6) 〈병학청려지실고(病鶴淸唳之室藁)〉(79세, 1995)

선생이 『조선문학사』를 쓰다가 과로하여 병을 얻었으므로, 이 해에는 서재 이름을 병학청려지실이라고 하였다. 시가 30편 48수가 실려 있다.

선생의 문집에는 꿈을 기록한 시가 많다. 그러나 부귀영화를 꿈꾼 적은 없었다. 〈평생미상득번화일몽(平生未嘗得繁華一夢)〉은 그러한 선생의 자세를 보여준 시이다. 이 해에 〈청섬당석보(靑蟾堂石譜) 속(續)〉 6수를 더 지었다.

7) 〈동정용음지실고(洞庭龍吟之室藁)〉(80세, 1996)

선생이 이 해 가을에 대만. 홍콩을 거쳐서 중국대륙을 유람하였다. 파릉(巴陵) 악양루(岳陽樓)에 올라 칠언절구 8수를 지었는데, 난간에 기대어 낭랑하게 읊었더니 병이 저절로 낫는 듯하였다. 그래서 이 해에 지은 작품들을 묶어서 〈동정용음지실고〉라고 하였다. 대만·홍콩·중국대륙 남쪽을 유람하며 지은 〈남유록(南遊錄)〉을 포함하여 시가 42편 76수가 실려 있다.

〈등악양루탄관산융마(登岳陽樓歎關山戎馬)〉는 석북(石北) 신광수(申光洙)가 과시(科詩)로 지어 200여 년 동안 인구에 회자되었던 시의 제목 그대로인데,

석북 당시에 이미 과시의 엄정한 체제를 제대로 지켜 짓지는 않았다. 선생은 이번 여행에서 악양루에 올라 두보와 석북의 시를 생각하며, 악양루에 얽힌 고사들을 다 망라하고 두보의 시구들을 이끌어다 한 편의 과시를 지었다.

〈회근지석감음(回졸之夕感吟) 6절〉은 선생이 결혼 60주년을 맞아 지은 시이다. 선생의 가문에서 직계 21세 600년간 처음 있는 경사였는데, 선생은 이 시를 지으며 그동안 세상이 어지러워 이러한 경사가 없었음을 생각하고 자손들에게 경계하는 뜻으로 지었다.

8. 연민 한시의 특성

1) 선생은 근세에 들어와 가장 많은 작품을 지어 남겼다.

한시만이 아니라 잠명(箴銘)·서발(序跋)·잡기(雜記)·서독(書牘)·비지(碑志) 등의 경우에도 가장 많은 글을 남긴 작가로 기록될 것이다.

선생은 6세부터 한문을 배우기 시작해 10세부터 시를 짓기 시작했으며, 13세부터는 한 해에 한 고(藁)씩 엮을 정도의 분량이 되었다. 시를 짓는 것이 선생에게는 일상생활이었던 셈이다. 13세부터 70년 가까이, 해마다 지은 시들을 스스로 편집해 한 고(藁)씩 남겼으니, 우리 문학사에서 이 정도로 체계있게 자신의 작품을 정리한 시인은 없었다. 시인 본인이 세상을 떠난 뒤에 제자나 후손들이 유고를 모아 편집했기에 많은 작품들이 유실되는 경우도 있었는데, 선생의 경우에는 다행히 자신이 편집했으므로 대부분의 작품을 모을 수가 있었다. 물론 선생의 경우에도 초기의 습작들을 13세에 한 차례 태워버리고, 또 25세에 한 차례 태워버렸지만, 선생의 조부 노산옹(老山翁)이 그간의 원고를 모았다가 뒷날 전해준 것이 있어 그 전모를 볼 수 있게 되었다.

6권의 문집에 실린 선생의 시가는 모두 68고 1,306편 2,157수이다. 이 가운데 5고에는 시가가 실려 있지 않다. 시대별로 보는 작품 숫자는 아래와 같다.

가. 『연연야사재문고(淵淵夜思齋文藁)』

13세. 1929 〈온수각고(溫水閣藁)〉 2편 2수

14세. 1930 〈영지산관고(靈芝山館藁)〉 2편 2수

15세. 1931 〈녹수부진성관고(綠樹不盡聲館藁)〉 3편 3수. 과시 6편

16세. 1932 〈청음석각고(淸吟石閣藁)〉 2편 2수. 과시 2편

17세. 1933 〈정여구범재고(淨如鷗泛齋藁)〉 2편 2수

18세. 1934 〈청이내금독서관고(靑李來禽讀書館藁)〉 2편 2수

19세. 1935 〈낙모산방고(落帽山房藁)〉

20세. 1936 〈인수서옥고(因樹書屋藁)〉 2편 2수

21세. 1937 〈곡교농잔고(曲橋農棧藁)〉 9편 10수

22세. 1938 〈해금당고(海琴堂藁)〉 14편 20수

23세. 1939 〈청매자주지관고(靑梅煮酒之館藁)〉 18편 39수

24세. 1940 〈설류산관고(雪溜山館藁)〉 14편 25수

25세. 1941 〈희담실학지재고(憙譚實學之齋藁)〉 19편 44수

26세. 1942 〈덕의필경처고(德衣筆耕處藁)〉 7편 9수

27세. 1943 〈육륙봉초당고(六六峯草堂藁)〉 15편 27수

28세. 1944 〈연생서실고(淵生書室藁)〉 2편 2수

29세. 1945 〈소봉래선관고(小蓬萊仙館藁)〉

30세. 1946 〈철마산장고(鐵馬山莊藁)〉 7편 11수

31세. 1947 〈황학산방고(黃鶴山房藁)〉 22편 22수

32세. 1948 〈귤유선관고(橘雨仙館藁)〉 16편 31수

33세. 1949 〈거칠산장고(居漆山莊藁)〉 18편 28수

34세. 1950 〈초량호동서옥고(草梁衚衕書屋藁)〉 5편 7수

35세. 1951 〈동해어장지실고(東海漁丈之室藁)〉 4편 7수

36세. 1952 〈산막초당고(山幕草堂藁)〉 4편 7수

37세. 1953 〈명륜호동거실고(明倫衚衕居室藁)〉 3편 3수

38세. 1954 〈옥류산장고(玉溜山莊藁)〉 2편 3수

39세. 1955 〈옥조산방고(玉照山房藁)〉 1편 1수

40세. 1956 〈이씨불수연재고(李氏佛手研齋藁)〉 10편 14수

41세. 1957 〈의난정고(猗蘭亭藁)〉 4편 4수

42세. 1958 〈위학일익지재고(爲學日益之齋藁)〉 10편 13수

43세. 1959 〈녹천산관고(綠天山館藁)〉 4편 6수

44세. 1960 〈무동선관고(撫童嬋館藁)〉 9편 20수

45세. 1961 〈함영저실지재고(含英咀實之齋藁)〉 5편 5수

46세. 1962 〈난사서옥고(蘭思書屋藁)〉

47세. 1963 〈옥토지궁고(玉兎之宮藁)〉 13편 16수

48세. 1964 〈풍수전회지실고(風樹纏懷之室藁)〉 4편 9수

49세. 1965 〈여여불연재고(如如佛研齋藁)〉

50세. 1966 〈성전연벽지실고(惺顚燕癖之室藁)〉 9편 16수

나. 『연민지문(淵民之文)』

51세. 1967 〈홍선공학지재고(弘宣孔學之齋藁)〉 9편 27수

52세. 1968 〈저서충음루고(箸書蟲吟樓藁)〉 3편 12수

53세. 1969 〈종립우선지당고(椶笠羽扇之堂藁)〉

54세. 1970 〈화부화실고(花復花室藁)〉 8편 16수

55세. 1971 〈삼수헌고(三秀軒藁)〉 46편 83수

56세. 1972 〈유명청려지재고(柔明淸麗之齋藁)〉 30편 56수

1926~1954 〈용산와옥분여고(龍山蝸屋焚餘藁)〉 9편 16수

다. 『통고당집(通故堂集)』

57세. 1973 〈와룡산장고(臥龍山莊藁)〉 24편 39수

58세. 1974 〈청섬당고(靑蟾堂藁)〉 21편 28수

59세. 1975 〈벽매산관고(碧梅山館藁)〉 19편 32수

60세. 1976 〈동해거사지실고(東海居士之室藁)〉 10편 13수

61세. 1977 〈열상도공지실고(洌上陶工之室藁)〉 31편 35수

라. 『정암문존(貞盦文存)』

62세. 1978 〈향학당고(香學堂藁)〉 47편 63수

63세. 1979 〈고향로실고(古香罏室藁)〉 54편 71수

64세. 1980 〈연성연다재고(孌惺燕茶齋藁)〉 32편 49수

65세. 1981 〈매화서옥고(梅華書屋藁)〉 49편 64수

66세. 1982 〈소요해산지당고(逍搖海山之堂藁)〉 55편 66수

67세. 1983 〈미재욕거지실고(美哉欲居之室藁)〉 60편 79수

68세. 1984 〈몽두나강지실고(夢逗娜江之室藁)〉 80편 118수

마. 『유연당집(遊燕堂集)』

69세. 1985 〈보석재고(譜石齋藁)〉 22편 75수

70세. 1986 〈화도음관고(和陶吟館藁)〉 47편 79수

71세. 1987 〈고희고(古稀藁)〉 27편 137수

72세. 1988 〈회촌욕거지실고(懷村欲居之室藁)〉 46편 80수

73세. 1989 〈연옹공작지실고(淵翁工作之室藁)〉 23편 45수

바. 『만화제소집(萬花齊笑集)』

74세. 1990 〈방소당집(訪蘇堂集)〉 68편 95수

75세. 1991 〈칠연재고(七研齋藁)〉 44편 72수

76세. 1992 〈오석상재고(烏石像齋藁)〉 34편 47수

77세. 1993 〈자다저사지실고(煮茶著史之室藁)〉 25편 39수

78세. 1994 〈칠성검재지고(七星劍齋之藁)〉 49편 84수

79세. 1995 〈병학청려지실고(病鶴淸唳之室藁)〉 30편 48수

80세. 1996 〈동정용음지실고(洞庭龍吟之室藁)〉 42편 76수 과시 1편

2) 선생의 인생 역정과 사회상을 그대로 보여주고 있다.

그 많은 시는 책상에 앉아서 짓는 상상 속에서의 시가 아니라, 80년 인생 역정에서 만난 사람들에게 지어준 시이고, 부조리한 사회현실에 부딪치며 지은 시들이다. 안으로는 부모와 처자로부터 며느리와 손자에 이르기까지, 또 밖으로는 국내외의 석학·정객·화가·서예가·기업인·제자들에 이르기까지, 모든 애경사에 시를 지었고 만남과 헤어짐에도 시를 지었다. 차운(次韻)·화답(和答)·연구(聯句) 등도 이러한 만남에서 지어진 시형식이다.

선생의 시는 선생 자신이 시대순으로 편집하였기에, 당대 사회의 모습을 살펴보기에도 좋은 자료이다. 10세 소년 때부터 여든이 되기까지, 일제 식민지 치하에서 괴로워하며 살았던 청년 시인의 눈으로 당대 사회의 모습을 기록하였고, 독재정권의 말로도 한 편의 시로 기록하였다. 육영수 여사의 피살과 박정희 대통령의 시해사건까지 한 편의 시로 기록한 것을 보면, 선생은 매천(梅泉) 황현(黃玹)이 『매천야록(梅泉野錄)』을 기록한 심정으로 이 시대의 사회상을 기록하였음을 알 수 있다.

3) 여러 가지 체(體)를 다 지었다.

선생이 시를 처음 배우던 시절에 이미 과시(科詩)의 생명은 끝났지만, 선생은 과시를 사부(辭賦)·시가(詩歌)와 아울러 하나의 독립된 류(類)로 나눌 정도로 의식하며 지었다. 〈이합작군성명자시(離合作郡姓名字詩)〉는 진안(眞安) 이가원(李家源) 연생(淵生)을 풀어서 지은 시이다. "양두섬섬(兩頭纖纖), 반흑반백(半黑半白)·픽픽박박(腷腷膊膊)·뇌뢰락락(磊磊落落)"의 어려운 문자들을 써서 사물의 오묘한 모습을 사실적으로 묘사한 〈양두섬섬(兩頭纖纖) 7절〉은 이학규(李學逵)의 〈양두섬섬〉 시보다 훨씬 더 실감나게 그렸다.

팔족시(八足詩)는 문인들이 한가로움을 때우기 위해서 짓는 우리나라 특유의 잡체시(雜體詩)인데, 칠언절구를 지으면서 네 번째 글자와 일곱 번째 글자에 모두 운을 쓴다. 그래서 팔족시라고 한다. 운(韻)을 맡은 사람이 먼저 옛 책을 가져와서 눈을 감고 아무 글자나 차례차례 골라내면, 그때마다 네 글자를 짓고 또 세 글자를 보태는 방법으로 시를 짓는다. 부산 피난시절에 여러 시인들이 모여서 선생을 골려주려고 이(李)·외(外)·금(禽)·개(開)의 운을 차례차례 부르자, 선생이 즉시 "옥천행리창망외(玉泉行李蒼茫外)·금귤내금취차개(金橘來禽取次開)."라는 구절을 지어 산강(山康)을 놀라게 하였다.

4) 사회의 부정과 독재에 항거하였다.

선생은 70년 동안 해마다 시를 지었기에, 선생이 지은 시는 글자 그대로 우리나라의 산 역사이다. 선생은 식민지 치하에 태어나 6.25 민족상잔과 자유당 독재, 4.19 학생의거, 5.16 군사쿠데타, 유신독재, 광주민주화투쟁과 군사정부를 다 몸으로 겪으며 살았는데, 이러한 역사는 그대로 선생의 시가 되었다. 자유당 독재치하에서의 투옥과 파면을 보아서도 알 수 있듯이, 선생은 언제나 부정과 독재를 비판하는 편에 서 있었다. 그래서 선생의 시는 이러한 투쟁의 선언이기도 했다.

1960년 6월 26일은 백범 김구 선생이 안두희에게 저격당한 지 11주년 되는 날이다. 조선일보사에서 선생에게 시 1편을 청탁하자, 김창숙이 같은 달 20일 신문에 실렸던 〈이승만도해외(李承晚逃海外)〉에 차운하여 〈애애굉굉(哀哀觥觥) 4절〉을 지었다. 이 시에 언급된 세 늙은이란 상해 임시정부의 백암(白巖) 박은식(朴殷植)·단재(丹齋) 신채호(申采浩)와 심산(心山) 김창숙(金昌淑)이다. 그러자 이번에는 김창숙이 9월 10일 조선일보에 〈이승만동상가(李承晚銅像歌)〉를 실었다. 선생이 또 그 시에 차운하여 〈심산김옹구월십일조선일보지소재이승만동상가차운(心山金翁九月十日朝鮮日報紙所載李承晚銅像歌次韻)〉을 지었다. 역사는 반복되는 법이어서, 30년 뒤에도 똑같은 일이 일어났다. 프란체스카와 이승만이 이화장 안에서 데모 소리 속에 벌벌 떨며 하루하루 넘겼던 것처럼, 1988년에는 군사쿠데타로 정권을 빼앗았던 전두환·이순자 부부가 데모 소리 속에 벌벌 떨며 "어찌하면 좋으랴?" 하고 탄식만 하게 되었던 것이다.

〈나약하(奈若何) 3절〉
백만 건아의 사자같은 울부짖음이
가련한 전두환 이순자를 개처럼 꾸짖네.
연희궁 속에 달빛 황혼 찾아들자
휘장 속에서 슬픈 노래 부르며 술잔을 잡네.
百萬健兒獅子吼. 可憐全李呵如狗.
延禧宮裏月黃昏, 玉帳悲歌杯在手.

민주정의당은 자칭 공의로운 당이라면서도
불공정 불의를 제멋대로 저지르네.
몸은 비록 다시 장가들었다지만 옛님이 그리워
구시대 죄악 청산을 일부러 질질 끄네.
民正自稱公義黨, 不公不義恣行之.
身雖再醮猶餘戀, 舊惡勘淸故故遲.

이러한 시들은 바로 우리 현대사의 현장에서 읊은 시사(詩史)이다. 보통 사람들이 신문을 보며 탄식만 하고 있을 때에, 시인은 오늘의 역사를 기록하였던 것이다. 김일성의 죽음을 객관적으로 읊은 것도 그 연장선에서 이뤄졌다. 시인에게는 남북통일이 가장 커다란 소망이어서 너와 나의 구별이 없었기 때문이다.

5) 외국 기행시를 많이 지었다.

선생은 퇴계학을 온 세계에 알리기 위해 대만·일본·미국·유럽·중국·소련을 여러 차례 여행하였는데, 그때마다 외국의 석학들과 만나 시를 주고받았으며, 새로운 문물을 시로 기록하였다. 다른 관광객들과는 달리 선생은 언제나 그 나라 문화의 본질을 꿰뚫어보았고, 우리 문화와의 관계를 시로 읊었다. 실학자의 눈으로 보고 지은 〈중화대륙기행(中華大陸紀行) 100수〉는 시로 쓴 현대판 『열하일기』이고, 구미 제국을 유람하며 지은 시들은 현대판 『서유견문(西遊見聞)』이자 『환구음초(環璆吟艸)』이다.

6) 꿈속에서 지은 시가 많다.

꿈에는 여러 가지가 있다. 자나깨나 생각하던 사람이 꿈속에 나타나기도 하지만, 실제로는 만날 수 없는 사람과 만나기 위해 꿈을 만들어낼 수도 있으며, 현실 상황에서 말할 수 없는 것을 말하기 위해서도 꿈의 형식을 빌어올 수가 있다.

선생이 13세에 지은 〈소아(素娥)〉는 꿈속에서 달나라 선녀를 만나 읊은 시이다. 이러한 소년의 상상은 계속되어, 20세에는 소를 먹이는 목동이 꿈속에서 스스로 견우(牽牛)가 되어 직녀(織女)를 그리워하는 〈목우사(牧牛詞)〉를 짓기도 하였다. 24세에 금강산을 다녀와서 지은 기행시 〈동정편(東征篇)〉에서도 끝부분에 금강산 신령이 꿈속에 나타나 선생과 대화를 나누는 이야기가 나온다.

선생의 시 가운데 꿈을 기록한 〈기몽(記夢)〉이 여러 편 나오는데, 가장 대표작은 70세에 지은 〈기몽 2절〉이다. 군사정부에서는 독립기념관을 짓는다는 명분으로 막대한 국고와 국민성금을 끌어다 독립기념관을 지었는데, 그 돈을 빼돌려 착복하다보니 부실공사를 하게 되어, 결국은 준공도 하기 전에 화재가 일어나 불타버리고 말았다. 선생은 이 화재사건이 일어나자 〈팔월십일일정해즉하력칠월육일야경축일시대뢰우기이명촉지감(八月十一日丁亥卽夏曆七月六日也竟丑一時大雷雨起而明燭志感)〉을 지었는데, 국고를 횡령하여 부실공사를 한 그 자체보다도 아직도 매국노 민족반역자들이 판치고 조국이 둘로 나눠진 상황에서 겉만 번지르르하게 독립기념관을 지었다는 것을 비판하였다. 이 화재사건은 며칠 뒤에 꿈으로 이어져, 신랄한 비판시 〈기몽 2절〉을 짓게 된다.

비바람이 쳐서 엎치락뒤치락 잠도 들지 못하고 있는데, 비몽사몽간에 두 사람이 나타나 스스로 이지(李贄)와 허균(許筠)이라고 밝히면서 선생에게 소설 1편을 주었다. 선생이 그 책을 받아들고 미처 읽기도 전에, 두 사람이 그 제목을 가지고 논쟁하였다. 한 사람은 〈민노(民怒)〉라 하자고 주장하였고, 한 사람은 〈노민(怒民)〉으로 하자고 주장하였는데, 오래도록 결정짓지 못하였다. 그러다가 선생이 매화서옥(梅華書屋) 동쪽을 바라보았더니 불이 타오르고 있었다. 그러자 한 사람은 "인화(人火)"라 하였고, 한 사람은 "귀화(鬼火)"라 하였는데, 역시 오래도록 다투어도 결정짓지 못하였다. 선생이 꿈에서 깨어보니 8월 27일 새벽 2시였다. 그래서 불을 밝히고 시를 지었다. 시대의 부조리에 온몸으로 항거하다가 결국은 유교반도라는 죄명으로 사형을 당한 이지와 허균의 입을 빌어서 국민들의 노여움을 전한 이 시는 이 사회를 향한 선생의 비판을 꿈의 형태로 표현한 것이다. 아울러 전근대사회의 희생자였던 이지와 허균의 인권 회복이기도 하다.

선생은 꿈속에서 여러 가지 하고 싶었던 일들을 하였다. 그렇게 좋아하던 난초도 그릴 수 있었고, 그렇게 보고 싶었던 오현(五賢)을 만날 수도 있었다. 꿈이었기에 가능하였고, 꿈이었기에 시를 지을 수가 있었던 것이다. 그러나 선생은 평생 부귀영화를 꿈꾸지 않았다. 〈평생미상득번화일몽(平生未嘗得繁華一夢)〉이 바로 선생의 꿈이 어떤 것인지 잘 보여주는 시이다.

7) 선생은 한시를 지으면서 화려하게 쓰기보다는 평이하게 쓰려고 노력하였다. 현대문물을 한자로 표현하기에도 힘썼다. 적당한 글자가 생각나지 않으면 일단 시 짓기를 멈춰 두고서, 평소에도 적당한 표현을 생각해내려고 애썼다. 이미 일상생활에서 한자의 비중이 적어진 세상이 되었기에 한시 자체가 어렵게 느껴지지만, 우리가 이 시대에 살아가는 일상적인 이야기를 그대로 쓴

것이다.

8) 선생의 시는 애국연민(愛國憐民)과 정덕(正德)·이용(利用)·후생(厚生)이 바탕을 이루고 있으며, 그 시를 통해서 온유돈후한 선생의 모습이 잘 나타나 있다. 선생이 10세에 지었던 〈습상행(拾橡行)〉은 흉년을 맞은 시골 사람들의 어려운 생활을 소년의 눈으로 그린 시이다. 12세에 지은 〈탄금대가(彈琴臺歌)〉는 임진왜란 당시에 신립(申砬) 장군이 천연적인 요새 조령(鳥嶺)을 지키지 못하고 탄금대에 배수진을 쳤다가 조총으로 무장한 왜군을 막아내지 못하고 몰살당한 민족적인 아픔을 노래한 시이다. 10세 어린 나이 때부터 80세가 되기까지, 선생의 관심은 애국연민을 벗어나지 않았다. 일제 치하에서 실학에 관심을 두기 시작한 것도 애국연민 때문이었다. 선생이 매화나 난초를 좋아하여 자주 시에서 읊은 것도 온유돈후한 문학적 관심 때문이다. 술보다 차를 더 높이 여긴 시를 지은 것만 보아서도 알 수 있듯이, 선생의 시 특색을 한 마디로 정리한다면 애국연민에 바탕한 온유돈후한 시라고 할 수 있다.

3

연민선생의
사회시에 대하여

1. 머리말

　연민(淵民) 이가원(李家源, 1917~2000)은 경상북도 안동군 도산면 온혜동 353번지에서 독립운동을 하던 통덕랑(通德郎) 이령호(李齡鎬)와 공인(恭人) 정중순(丁仲順)의 사이에서 3남3녀 가운데 장남으로 태어났다. 퇴계(退溪) 이황(李滉)의 14대손으로 증조부까지는 직계였으며, 첫째와 둘째 아들이 일찍 세상을 떠나자 셋째였던 그의 할아버지 노산(老山) 이중인(李中寅)이 살림을 맡았다.

　일제 식민지교육을 받게 하지 않겠다는 노산의 교육방침에 따라 5세부터 사랑채에서 할아버지와 숙식을 함께 하며 가학(家學)을 이어받았다. 가원(家源)이라는 이름도 퇴계로부터 전해 내려오는 가학의 연원(淵源)을 이으라는 뜻에서 지어준 것이다. 명륜전문학원 연구과에서 중학교 졸업장이 아니라 한문 실력만으로 급비생(장학생)을 선발하자, 1939년에 경상북도 급비생으로 뽑혀 신학문과 전통학문을 함께 배우게 되었다. 가학으로 실학을 전수받았던 연민은 명륜전문학원에서 사회주의자 김태준(金台俊)을 스승으로 모시면서 투철한 사회의식으로 무장하게 되었다. 일제강점기에는 아직 젊은 학생이어서 사회에 참여할 기회가 없었지만, 이때부터 사회의식이 싹트게 되고, 한시라는 전통문학의 방식으로 사회의식을 표현하기 시작하였다.

　한국문학사에서는 20세기를 전통문학이 끝나고 현대문학이 발전한 시기라고 규정하지만, 그는 기회가 있을 때마다 신문이나 잡지를 통해 자신이 당대 사회에 대해 느낀 점을 한시라는 형식으로 발표했으며, 적당한 분량이 쌓이면 시기별로 편집해 문집을 간행하였다. 이 논문에서는 연민이 지은 사회시를 시기별로 정리해, 연민이 이 시대 마지막 선비로서 당대 사회에 전하려고 했던 생각이 무엇인지 알아보고, 한문학의 시대적 사명이 다하지 않았음을 밝히고자 한다.

2. 자유당 정부를 비판하고 4.19혁명을 지지하다

연민은 해가 바뀔 때마다 자신의 거처나 상황과 관련지어 당호(堂號)를 새롭게 바꾸고, 그 해에 지은 한시문(漢詩文)을 한 권의 시문고(詩文藁)로 편집하였다. 대한민국이 건국되고 이승만 대통령이 집권하던 1948년의 〈귤우선관고(橘雨仙館藁)〉부터 4.19혁명이 성공해 자유당(自由黨) 정부가 물러나고 이승만 대통령이 하와이로 망명하던 1960년의 〈무동선관고(撫童嬋館藁)〉까지 13권에 실린 한시가 이 시기 작품에 해당된다. 자유당 독재가 무너졌는데도 계속 성균관을 어지럽히는 무리들이 있어, 그들을 비판하기 위해 1961년에 지은 〈문이이배탁란성균사(聞二李輩濁亂成均事)〉도 이 계열에 포함된다.

30세가 되던 1946년에 영주농업고등학교 교사로 부임한 연민은 좌파(左派) 학생들과 우파(右派) 학생들의 극한대립 상황에서 좌파 학생들을 옹호한다는 비난을 받기 시작했는데, 1950년에 부산고등학교 교사로 재직하던 중에 한국전쟁(6.25동란)이 일어나자 예비검속(豫備檢束)되었다. 공산군 환영대회 준비위원장이라는 죄명으로 투옥되었는데, 감옥에서 가객(歌客) 서종구(徐鍾九)의 〈농아가(弄兒歌)〉라는 노래를 들으며 비분감개하여 〈청농아가유감(聽弄兒歌有感)〉이라는 시를 지었다.

연민은 37세 되던 1953년에 성균관대학 강사로, 1955년에 조교수로 발령받으며 심산(心山) 김창숙(金昌淑)과 함께 성균관대학을 발전시키고, 자유당 독재정권에 야합하는 유림(儒林)들로부터 학교를 지켜내기 위해 애썼다. 1956년에 심산이 이승만에게 대통령에서 하야(下野)하라고 권하는 편지를 썼다가 총장직에서 파면당하자, 연민도 공범으로 몰려 경찰서에서 조사받고 파면당했다. 이때 비분강개한 심정으로 심산의 시에 차운하여 〈차심산김옹삼절(次心山金翁三絕)〉을 지었다.

> 상좌 아이가 떡을 훔쳤다면 우습다고나 하겠지만
> 석가여래가 이같이 하니 광명권이라네.
> 이 시름 끝 없어 누구에게도 말할 수 없건만
> 우리 학문이 거칠어졌다고 어찌 줄을 끊으랴.
> 上佐竊餠堪可笑, 如來依是光明拳.
> 此愁莽莽無誰語, 此道荒荒奈絕絃.
>
> 기독교 아이들이 보기를 상하게 한다고
> 내 어찌 박봉 때문에 애써 일하랴.
> 왜놈 천황의 남은 통치가 아직도 죽지 않았으니
> 낡은 벽돌집으로 돌아와 거문고 줄만 어루만지네.
> 基督竪兒戕寶器, 豈吾五斗事拳拳.
> 倭皇餘道猶無死, 古壁蚤遷浪撫絃.

광명권(光明拳)은 석가여래가 팔을 올리고 손가락을 굽힌 형상이다. 독재정부의 하수인들에 의해서 총장과 교수직에서 파면당한 시름을 누구에게도 말하지 못해, 일제 식민통치에도 굽히지 않았던 심산의 절조(節操)를 따르며 당하던 괴로움을 명륜동 낡은 집에서 한시로 형상화하였다. 도연명(陶淵明)이 오두미(五斗米) 때문에 허리를 굽히기 싫어 벼슬을 버렸던 기개(氣槪)를 연민도 한평생 지니고 살았다.

42세 되던 1958년 12월 24일에 자유당이 국가보안법을 핑계대고 무술경위

(武術警衛)들을 동원하여 폭력으로 야당의원들을 구금하자, 성주(星州)로 내려가 있던 심산(心山)이 죽음을 각오하고 반대투쟁하기 위해 서울로 올라왔다. 연민이 심산을 격려하기 위해 〈간심산김옹(柬心山金翁)〉이라는 시를 지어 드렸다.

> 이십칠일 해도 뜨기 전에
> 벽옹선생께서 등에 업혀 북으로 올라오셨네.
> 성주의 꽃과 새들이 세한(歲寒)의 맹세를 했건만
> 사태가 이에 이르고보니 붙들 수가 없었네. …
> 어찌 일개 당을 위해 영예로운 이름을 사랴
> 어찌 한 사내를 위해 끝내 침묵을 지키랴.
> 국민들이 엎어지고 가르침도 상실하리니
> 다섯 걸음 앞에서 피 흘린대도 사양치 않으리라.
> 二十七日日未匪. 躄翁先生背而北.
> 星山花鳥歲寒盟, 事乃到此挽不得. …
> 詎爲一黨買榮名, 詎爲一夫終含嘿.
> 民將顚連道將喪, 流血五步不辭卽.

심산(心山)은 일제에 항거하다 심한 고문을 받아 앉은뱅이가 되었으므로, 연민은 그를 벽옹(躄翁)선생이라 불렀다. 자신의 몸도 혼자 가누지 못해 남의 등에 엎혀다니는 불구(不具)의 몸으로 독재(獨裁)에 항거하는 스승과, 민심이 떠나 외톨이가 된 독재자 이승만을 맹자의 어법을 빌려 일부(一夫)로 표현한 데에서 연민의 시대 인식을 확인할 수 있다.

이 시를 받아본 심산(心山)은 "기이한 붕새와 학이 다투어 춤추며 숨으니, 이때 비린내 나는 바람이 한강 북쪽에 부네[奇鵬異鶴競舞匿. 是時腥風吹洌北]"라는 시를 부쳐 화답하였다. 기붕(奇鵬)과 이학(異鶴)은 자유당의 권력가 이기붕(李起鵬)과 이재학(李在鶴)이고, 경무(競舞)는 이승만 대통령의 관저 경무대(景武

臺)이다.

44세 되던 1960년에 국민들이 적극적으로 지지하며 자유당 독재를 막아주기를 기대하였던 민주당의 대통령후보 조병옥(趙炳玉)이 미국에 수술하러 갔다가 세상을 떠나자, 민족적인 좌절감을 담아 〈조유석병옥만사삼절(趙維石炳玉輓詞三節)〉을 지었다.

고하·설산·인촌·해공이 차례로 돌아가니
풍운 십년이 모두 탄식뿐일세.
사람들 말로 난국이 유석에게 달렸다고 하며
만사를 의지했으니 참으로 작지 않았네.
古雪村公取次歸. 風雲十載摠堪欷.
人言難局存維石, 萬事爲依諒不微.

고설촌공(古雪村公)은 이승만 정권 하에서 암살당하거나 정권교체의 꿈을 이루지 못하고 죽은 고하(古下) 송진우(宋鎭禹), 설산(雪山) 장덕수(張德秀), 인촌(仁村) 김성수(金性洙), 해공(海公) 신익희(申翼熙)이다. 신생 대한민국 정부에서 상해 임시정부가 정통을 잇지 못해 민족주의자들이 암살당하던 현실을 고발한 것이다. 국민들이 기대했던 조병옥이 시신(屍身)으로 돌아와 정권교체의 꿈도 스러지고 한때 좌절했지만, 마산에서 고등학생 김주렬(金朱烈)의 시신이 눈에 최류탄이 박힌 채로 발견되며 독재정권의 죄악상(罪惡相)이 만천하에 드러나자 전국의 학생과 민주시민들이 봉기하여 4.19혁명을 이뤄냈다.

1960년 6월 26일은 백범(白凡) 김구(金九) 선생이 안두희(安斗熙)에게 저격당한 지 11주년 되는 날이다. 조선일보사에서 선생에게 시 1편을 청탁하자, 심산(心山)이 같은 달 20일 신문에 실었던 〈이승만도피해외(李承晩逃避海外)〉에 차운하여 〈애애굉굉사절(哀哀觥觥四絶)〉을 지어 게재하였다.

슬프고 슬프다 임시정부 시절에 나라를 버리고 달아나자
의분에 찬 세 늙은이가 벌써 주먹을 두드렸었네.
다시금 십이년 동안 대통령 노릇을 하였지만
남 몰래 학살해 묻은 일을 모두 알고서 다투어 전하네.
臨政哀哀棄國年. 舩舩三老已彈拳.
更爲十二年閒事, 陰虐椎埋竟哄傳.

이화장으로 물러나오니 하루 넘기기가 일년 같아서
암캐와 숫여우는 늙은 주먹이 졸아들었네.
만번 죽은들 한국 땅을 한 발이라도 떠날 수 있으랴
오호에 숨어 살았던 범려처럼 전해지기는 어려울테지.
梨花院落日如年. 雌犬雄狐縮老拳.
萬死可離韓一步, 五湖難與范同傳.

영웅이 시세를 만드니 바로 올해일세.
천추에 벽력이 떨어지니 김주열의 주먹일세.
허정은 가련하게도 기이하게 태어난 물건이니
도망보낸 명분을 무엇이라고 전하려나?
英雄造勢是今年. 霹落千秋朱烈拳.
許政可憐奇産物, 幫逃名分若爲傳.

김구 선생 가신 지 올해가 십년이라
안두희는 거리를 활보하고 김병로는 법을 굽혔네.
세간에서 나를 알아주는 벗으로는 심산옹이 있으니
시어가 쟁쟁하여 만 입에 전하네.
金九先生今十年. 闊安雛步曲金拳.
世間知己心翁在, 詩語錚錚萬口傳.

상해 임시정부 시절에 나라를 버리고 달아난 자는 임시정부 대통령이던 이승만이고, 분개했던 세 늙은이는 임시정부를 지켰던 백암(白巖) 박은식(朴殷植), 단재(丹齋) 신채호(申采浩)와 심산(心山)이다. 암캐와 숫여우는 프란체스카 영부인과 이승만이다. 제4수에서는 백범 김구를 암살한 살인범 안두희에게 사형선고를 내리지 않고 풀어준 재판장 김병로(金炳魯)에게 "법을 굽혔다"고 단죄하였다. 심산이 9월 10일 조선일보에 〈이승만동상가(李承晚銅像歌)〉를 발표하자, 연민이 또 그 시에 차운하여 〈심산김옹구월십일조선일보지소재리승만동상가차운(心山金翁九月十日朝鮮日報紙所載李承晚銅像歌次韻)〉을 발표하였다.

하늘이 남산을 내실 제는 사사로운 소유가 아니었으니
국민들이 모두 바라보도록 바위로만 덮였었네.
어찌 이곳 남산에다가 화강암 덩어리를 붙여서
이 가까운 곳에 세워 놓고 서울을 온통 위압케 하였는가?
구리로 부어 만든 23척 커다란 몸을
큰 비용과 공병의 힘으로 채찍질하며 이루었네.
스스로 공명한 당의 대두령이라고 하는 자가
개 돼지들 충동질하여 높은 덕인 듯 찬양케 했네.
이로부터 바람에 마비된 늙은 여우의 동상이
삼억이나 되는 나랏돈을 헛되이 써서 말려버렸네.
달성의 건아들이 횃불을 치켜들고
김주열의 굳센 주먹은 맑은 하늘의 날벼락이었네.
거짓 애국자 승만.리는
바쁘게 몸 빼내어 한국 땅을 떠나갔네.
이는 곧 구리 몸이지 생살로 된 몸이 아니니
늙은 도적놈을 찾아내라고 무리들이 허정에게 외쳤네.
찾다가 잡지 못하자 분한 마음이 더욱 뜨거워져
구리 몸을 끌어내려 마음대로 깨뜨렸네.
정치한다고 애쓰는 사람들에게 한 마디 충고하노니

다시는 민주주의가 거꾸로 가지 않게 하소.

天生鼇頭非私物, 民俱爾瞻巖巖石.

奚爲接此花鋼堆, 威壓全都在咫尺.

尺二十三渾銅身, 鞭來大費工兵力.

自稱公黨大頭領, 時咮犬羊贊巍德.

縱此風痺老狐像, 涸盡國銀垂三億.

達城健兒持一炬, 朱烈雄拳晴生霹.

僞愛國者承晩李, 蒼黃脫身離韓域.

此是銅身非肉身, 群呼許政索老賊.

索之不得憤彌烈, 姑取銅頭恣決剔.

寄語政界勞勞人, 莫將民主敢行逆.

    23척의 거대한 몸집으로 국민을 위압하던 이승만 동상이 국민들의 손에 의해 끌려내려와 철거되는 과정을 만천하에 전하며, "다시는 민주주의가 거꾸로 가지 않게 해달라"고 정객들에게 당부하였다. 자유당 독재정권에 항거하다가 교수직에서 파면되었던 연민은 4.19혁명이 성공한 기쁨을 혼자 누린 것이 아니라 장·단편의 한시로 신문 잡지에 발표해 수많은 독자들을 비분감개케 하였다. 그러한 생각은 1960년뿐만 아니라, 3년 뒤에 〈주간성대(週刊成大)〉라는 신문에 실린 한시 〈억사자후(憶獅子吼)〉에도 그대로 이어졌다.

    삼년 전 그날의 사자 같은 울부짖음을 생각하노니

    성균관의 건아들 팔천여 명이었네.

    혁명의 노래 소리 천지를 흔들며 오고

    독재를 타도하자 빈 주먹을 치켜세웠네.

    학생들이 어려서 한 짓이라고 그 누가 말하랴!

    배우고 나서 다스리는 것이 참다운 깨달음일세.

    세속에 물든 선생들은 말리려 했지만

사자들은 더욱 성냈으니 붙잡을 수가 없었네.

피 흘리며 다섯 걸음에 능히 일이 끝났으니

상자 속의 거문고를 돌아가 다시 어루만졌네.

학교 신문에서 특집으로 4.19를 맞는다 하니

정신을 깨워 일으키고 마음 더욱 경건해지네.

거룩한 집 옆에 산다고 나더러 말들 하니

이러한 일 전하기 위해 시 하나쯤 지어야지.

정객들에게도 애써 부탁하노니

젊은 사자들로 하여금 다시는 뛰어나가게 하지 마소.

憶獅子吼三載前. 成均健兒餘八千.

革命歌聲來動地, 打倒獨裁張空拳.

誰謂書生昧時事, 學而爲政是眞詮.

時俗先生隨止之, 獅子愈怒不可牽.

流血五步能事畢, 歸來更撫匣中絃.

校報特輯四一九, 喚起精神意彌虔.

謂我居在聖宮側, 宜有一詩此事傳.

寄語勞勞政治客, 莫敎獅子再犇騫.

이 시에는 소서(小敍)가 붙어 있다.

　　주간성대사(週刊成大社)가 4.19 기념특집을 편집하면서, 내게 한시 한 편을 실게 해달라고 청하였다. 돌이켜보니 나는 의거(義擧)를 일으키던 날에 마침 그 학교에 나가 강의를 했으므로, 팔천 건아들이 사자처럼 울부짖던 참모습을 눈으로 보았다. 눈 돌이킬 사이에 벌써 3주년이 되었다. 서글픈 마음으로 붓에 먹을 묻혀서 한 편의 시를 짓고, 〈억사자후(憶獅子吼)〉라고 제목을 지었다.

　　군사혁명정부 시절이었지만 연민은 성균관 옆에 산다는 책임감에서 이 시를 지었다고 했는데, 선비의 사명감에서 지었다는 뜻이다. "젊은 사자들로 하여금 다시는 뛰어나가게 하지 말라"고 정객들에게 부탁했지만 역사는 되풀이되는 법이어서, 자유당 13년보다 훨씬 긴 군사정권 기간에도 수많은 사회시를 지어야 했다.

3. 군사정권에 대하여 비판하다

박정희 대통령이 20년 독재 끝에 1979년 10월 26일 부하 김재규에게 시해(弑害)당했다는 소식을 듣고, 〈문박대통령정희피살이절(聞朴大統領正熙被殺二絕)〉을 지어 정치가들에게 상궤(常軌)를 지키라고 경고하였다.

> 가련케도 슬픔과 즐거움이 함께 가락을 울리니
> 귀신과 사람이 한바탕 맞붙는 걸 어쩔 수 없네.
> 세상의 정객들에게 부탁하노니
> 부디 올바른 길 따르고 고집부리지 마소
> 可憐悲喜雙吹曲, 無奈鬼人一決場.
> 寄語世間爲政客, 恪循恒軌勿强梁.
>
> 캄캄한 밤중에 밝은 촛불 켰는데
> 경박한 작은 나방이 끝내 몸을 태웠네.
> 절규하던 유신도 공염불이 되었으니,
> 높이 올라간 용은 후회한다는 주역의 가르침이 만고의 진리일세.
> 沈沈漆夜媒明燭, 輕薄微蛾竟殉身.
> 絕叫維新空念佛, 易云亢悔義彌眞.

한쪽에선 슬퍼하지만 한쪽에선 기뻐하던 국민들의 착잡한 심정을 첫 구절에서 '쌍취곡(雙吹曲)'이라 표현한 다음, 독재자가 그토록 부르짖던 유신(維新)도

공염불(空念佛)이 되었다며『역(易)』에서 경고한 "항회(亢悔)"의 진리를 다시 한 번 확인하였다. 나중에 정치가나 언론인들이 "항룡유회(亢龍有悔)"를 자주 들먹였는데, 독재자의 말로를 경고하는 표현으로는 연민이 최초로 언급한 것이다.

박정희 정권에 이어 들어선 전두환 정권에서도 군사독재는 계속되었고, 연민도 한시를 통해 사회에 대한 발언을 계속하였다. 독립기념관을 짓는다는 명분으로 국고(國庫)와 국민들의 성금을 빼돌려 착복하고 부실공사를 하다가 결국 완공을 앞둔 1986년에 커다란 화재로 잿더미가 되게 만든 사건이 일어나자, 연민은 〈팔월십일일정해즉하력칠월육일야경축일시대뢰우기이명촉지감(八月十一日丁亥卽夏曆七月六日也竟丑一時大雷雨起而明燭志感)〉이라는 한시를 지었다. "간신과 매국노들 때문에 / 삼십육년이나 슬펐는데, / 조국이 비록 회복되었다고는 하나 / 운수가 기박하여 일마다 한스럽구나. / 강산은 슬프게도 반으로 나뉘어졌으니 / 남과 북이 어찌 다른 태생이랴. / 민족반역자들이 아직도 / 편안하게 상 받으며 괴수로 지내는구나. / 이른바 독립기념관이라는 게 / 웅장하게 짓다가 홀연 재가 되다니, / 한밤중에 천둥 치고 큰 비가 쏟아져 / 벼락에 나무와 돌들이 다 꺾어졌네. / 사람들을 깨우치려는 뜻이건만 / 사람들은 귀가 먹어 듣지 못하네. / 하늘의 위엄이 이다지 크니 / 어찌 두려워하지 않을 수 있으랴.[群奸昔賣國, 三十六年哀. 祖國縱云復, 運蹇事堪唉. 河山悲半壁, 南北豈異胎? 民族反逆者, 恬然居勳魁. 所謂獨立館, 傑構忽成灰. 中宵大雷雨, 霹落木石摧. 所以警動人, 人聾不知開. 天威大如此, 安得無畏哉!]"라고 하여, 국고를 횡령하여 부실공사를 한 그 자체보다도 아직도 매국노 민족반역자들이 판치고 조국이 둘로 나눠진 상황에서 겉만 번지르르하게 독립기념관을 지었다는 것을 비판하였다.

이 화재사건은 며칠 뒤에 꿈으로 이어져, 신랄한 비판시 〈기몽(記夢二絶)〉을 짓게 된다.

도깨비불인지 사람이 낸 불인지 둘 다 의심스럽고

〈민노(民怒)〉로 할지 〈노민(怒民)〉으로 할지 의논하는 것도 기이해라.
이지(李贄)는 요선(妖禪)이고 허균은 궤휼해
말이 모두 기괴하고 일은 탄식스럽네.
鬼人之火兩然疑. 民怒怒民推敲奇.
贄也妖禪筠也譎, 語皆瑰怪事堪噫.

유교반도 두 괴수가
어찌 바람을 타고 꿈속까지 찾아오셨나.
넘실거리는 혼탁한 물결이 지금도 그 당시 같으니
뭇사람들에게 시기받던 기이한 재주를 슬피 생각하네.
儒教叛徒二鉅魁. 胡爲翩颯夢中來.
滔滔黃濁今猶古, 悼憶奇才衆所猜.

　그해 8월 27일 꿈속에서 만난 이지(李贄)와 허균(許筠)의 입을 빌어서 우리 사회의 군사독재와 부정 부조리를 비판한 것이다. 16세기에 당대 사회를 비판하고 개혁을 부르짖다가 유교반도(儒敎叛徒)로 몰렸던 이지와 허균이 연민에게 소설 1권을 주었는데, 두 사람이 그 소설의 제목을 『민노(民怒)』라고 할 것인지 『노민(怒民)』이라고 할 것인지 논쟁하다가, 오래 되어도 결정짓지를 못하였다. 허균은 「호민론(豪民論)」에서 백성을 항민(恒民)·원민(怨民)·호민(豪民)의 세 가지로 나누었는데, 이 가운데 원민, 즉 원망하는 백성에서 한 걸음 더 나아간 표현이 바로 노민(怒民)이다. 허균이 『홍길동전』에서 홍길동이라는 호민을 내세워 원민을 봉기시켰던 것을 생각하며, 부패한 정치가 계속되면 성난 국민들이 일어설 수 있음을 암시하였다.
　또 연민이 살던 매화서옥(梅華書屋) 동쪽에 불이 일어났는데, 역시 이지와 허균의 두 사람이 인화(人火)인지 아니면 귀화(鬼火)인지를 논쟁하다가 결정짓지를 못하였다. 선생이 새벽 2시에 깨어서 불을 밝히고 그 이야기를 시로 지었는데, 마치 봉건시대의 소설가가 꿈의 형태를 빌어서 당대 사회를 비판하거나 작가 자신의 울분을 토로한 것처럼, 선생도 꿈의 형태를 빌어서 독재정부의 부정과 허위를 비판한 것이다.

71세 되던 1987년에 전두환 군사독재정권과 맞서 싸우며 민주화투쟁에 앞장섰던 연세대 학생 이한렬(李韓烈) 군이 최류탄에 맞아 세상을 떠나자, 선생이 〈이수재한렬만가(李秀才韓烈輓歌)〉를 지어 목숨을 아끼지 않고 투쟁하다 죽은 이 시대의 젊은이를 애국청년으로 그렸다. 이한렬 군의 선배인 윤동주(尹東柱)가 저 세상에서 웃음을 띠우며 환영한다고 그린 구절 "동주 시인이 웃음 띠우고 맞이하네[東柱詩人含笑迎.]"에서 선생의 시적 상상력이 돋보인다.

1988년 여름에 잠실에서 올림픽대회가 열리자 연민은 〈제24회 올림픽 대회가 우리나라 서울의 잠실에서 열리다[第二十四屆五輪大會召開於我京之蠶室]〉라는 시를 지었다. 우리나라 경제수준으로 올림픽대회를 개최하는 것이 옳은지, 또는 군사독재정권을 국제적으로 인정받기 위하여 올림픽대회를 개최하는 것이 아닌가 하는 여론이 없지는 않았지만, 세계 160여국의 선수단이 모인 이 대회가 인류평화에 도움이 되기를 염원하였다.

역사는 반복되는 법이어서, 자유당 정권이 독재정치를 자행하다가 패망한 지 30년 뒤에도 똑같은 일이 일어났다. 프란체스카와 이승만 부부가 이화장 안에서 데모 소리 속에 벌벌 떨며 하루하루를 넘겼던 것처럼, 1988년에는 군사 쿠데타로 정권을 빼앗았던 전두환(全斗煥)·이순자(李順子) 부부가 연희궁(延禧宮) 속에서 데모 소리에 벌벌 떨며 "어찌하면 좋으랴?"하고 탄식만 하게 되었던 것이다.

　　　백만 건아의 사자 같은 울부짖음이
　　　가련한 전두환 이순자를 개처럼 꾸짖네.
　　　연희궁 속에 달빛 황혼 찾아들자
　　　휘장 속에서 슬픈 노래 부르며 술잔을 잡네.

百萬健兒獅子吼, 可憐全李呵如狗.
延禧宮裏月黃昏, 玉帳悲歌杯在手.

민주정의당은 자칭 공의로운 당이라면서도
불공정 불의를 제멋대로 저지르네.
몸은 비록 다시 장가들었다지만 옛님이 그리워
구시대 죄악 청산을 일부러 질질 끄네.
民正自稱公義黨, 不公不義恣行之.
身雖再醮猶餘戀, 舊惡勘淸故故遲.

연민은 이 시에서 민주정의당(民主正義黨)이라는 명칭 아래 모든 부정과 불의를 저지른 군사집권 도배들을 비판하였다. 이러한 시들은 바로 우리 현대사의 현장에서 읊은 영사시(詠史詩)이다. 보통 사람들이 신문을 보며 탄식만 하고 있을 때에, 시인은 오늘의 역사를 기록하였던 것이다.

4. 분단된 현실을 인식하고 통일을 염원하다

명륜전문학원 시절에 스승 김태준으로부터 사회주의 문학관을 전수받은 연민은 분단된 현실을 극복하고 민족통일을 이뤄야 한다는 신념을 평생 지니고 살았다. 하루가 다르게 변화하는 국제정세에 관심을 가지고 통일의 기회를 기다렸으며, 퇴계학 학술대회에서 발표하기 위해 외국을 방문할 때에도 통일을 향한 염원은 그치지 않았다.

땅콩농장 주인 출신의 서민 대통령 카터가 1979년에 우리나라를 방문하자, 〈미국 대통령 카터의 방한을 맞이하며[美國大統領卡特訪韓以此迓之二絶]〉을 지어 그의 방한을 환영하였다. 전쟁과 인권문제로 걱정 많은 우리나라의 어려움을 풀어달라고 부탁한 시이다.

68세 되던 1984년 당시 분단된 독일을 방문했을 때에 함부르크에서 동독(東獨)을 거쳐 베를린으로 가며 〈함부르크에서 동독을 거쳐 가다[自漢堡經東獨]〉라는 시를 지었다.

> 동·서의 두 베를린이
> 한 구비 물로 막혀 있구나.
> 외치면 함께 말할 수도 있겠건만
> 천겹 산이 가로막힌 듯해라.
> 어떻게 하면 저 벽에 부딪쳐
> 귀문관을 건너갈 수 있을까.
> 나 같은 이방 나그네까지
> 시름과 탄식으로 길 가기 어렵구나.
> 東西二伯林, 只遮水一灣.
> 呼之可與語, 隔如千重山.
> 奈何一衝去, 如度鬼門關?
> 令我異邦客, 愁歎行路艱.

담벽 하나로 막혔지만 지나갈 수 없는 동·서 베를린의 출입문을 귀문관(鬼門關)에 비유했는데, '나 같은 이방 나그네'가 시름과 탄식으로 길을 가지 못한 것은 베를린장벽에서 바로 조국 분단의 모습을 확인했기 때문이다.

> 이같이 아름다운 산하가 가련케도
> 네 조각으로 찢어져 통일되지 못했네.
> 무너진 집은 풀에 묻히고 차가운 비까지 오래 내리니
> 독재의 매서운 자취가 아직도 사그러들지 않았구나.
> 可憐如此美河山. 四磔中分不復完.

草沒荒臺寒雨久, 獨裁餘烈未銷殘.

연민은 〈서베를린[西伯林二絕]〉이라는 시의 주(注)에서 "동·서 베를린이 둘로 나뉜 것이 마치 우리 한국이 남북으로 나뉜 정황과 같다[東西伯林兩斷, 如吾韓南北情況.]"라고 밝혔다. 남북분단국 국민인 연민이 동서분단국 독일의 민족적 아픔을 함께 슬퍼한 것이다. 그러나 이 시에서 단순히 분단의 슬픔만 읊지 않고, 분단의 책임이 바로 나치 독재의 결과임을 밝혀, 우리나라의 분단상황이 40년이나 계속되는 것도 결국은 일제의 식민통치와 국가안보를 집권수단으로 내세우는 군사독재정부의 부산물임을 밝혔다.

78세 되던 1994년에 북한 주석 김일성이 세상을 떠나자 〈칠월 팔일 조선인민공화국 주석 김일성이 서거하다[七月八日朝鮮人民共和國主席金日成逝去聯吟三絕]〉를 지어 그 감회를 읊었다. 1994년이라는 상황에서 선생이 그를 조선인민공화국 주석이라고 공식적으로 부른 것만 보아도 알 수 있듯이, 선생은 분단 조국의 현실 속에서 북한의 실체와 그 지도자를 객관적으로 인정했다.

> 맹호가 숲에서 나와 처음으로 뜻을 펼쳤으니
> 연개소문 이후에 가장 영웅이었네.
> 시비와 공과는 길게 말하지 마세
> 단군 할아버지의 산하를 피로 검붉게 물들였으니.
> 猛虎出林初得意, 蘇文之後最爲雄.
> 是非功過休饒說, 檀祖河山血殷杠.

라는 시에서처럼 그의 시비(是非)와 공과(功過)를 다 받아들이며 연개소문(淵蓋蘇文) 이래 북한지역 최고의 영웅으로 서술하고, 역사적인 평가는 후대로 미루자고 제안하였다. "이승만과 김일성이 모두 끌려 갔으니 / 여러 귀신들이 일제히 몽둥이를 보내리[承晚與渠俱梓去, 一齊羣兒送椎來.]"라는 구절에서는 남북분단을 고착시킨 책임이 미소(美蘇) 강대국보다 이승만과 김일성에게 있음을 밝히면서, 이제 그들이 모두 세상을 떠났으니 새 세대가 통일의 대업을 담당할 것을 기대하였다. 시인에게는 남북통일이 가장 커다란 소망이어서 너와 나의 구별이 없었기 때문이다.

5. 일본에 대해 민족적 자부심을 나타내다

연민이 일제강점기에 항일의식을 보인 시는 거의 없는데, 사회활동을 할 나이가 아니었기 때문이다. 12세에 지은 〈탄금대가(彈琴臺歌)〉에서 임진왜란 당시에 신립(申砬) 장군이 천연적인 요새 조령(鳥嶺)을 지키지 못하고 탄금대(彈琴臺)에 배수진을 쳤다가 조총으로 무장한 왜군을 막아내지 못하고 몰살당한 민족적인 아픔을 노래한 정도를 찾아볼 수 있다.

명륜전문학원 시절에는 '왜놈 세상이라 침울하고 답답해서 견딜 수 없었으므로' 울적할 때마다 박종세·정준섭 등의 학우들과 부정풀이를 했는데, 한시를 지어서 울적한 마음을 풀어낸 것이다. 춘당대(春塘臺), 식물원(植物園), 육신묘(六臣墓), 사직단(社稷壇) 등의 조선왕조의 자취를 돌아보며 학우들과 지은 시가 이에 해당될 것이다.

바둑천재 조치훈(趙治勳)이 6세에 현해탄을 건너가 19년 동안 고생한 끝에 일본바둑 최고의 명예인 본인방(本因坊)을 획득했다는 소식을 듣고, 1981년에 〈명인 조치훈이 본인방 타이틀을 영예롭게 획득했다는 소식을 듣고 기뻐하며 시를 읊어 부치다[聞趙名人榮獲本因坊之名喜吟以寄三絶]〉을 지었다. 조치훈의 바둑 승리를 우리 민족의 승리라고 인식해, 감격하여 지은 것이다.

연민은 회갑을 맞던 1977년에 일본 이퇴계연구소(李退溪研究所) 초청으로 일본을 방문해 국제학술회의에 참석했는데, 일본을 여행하면서 〈도쿠가와 막부

시대의 여러 궁성을 두루 돌아보며 느낌이 있어[歷覽德川幕府時代諸宮城有感]〉이라는 시를 지었다. 도쿠가와 바쿠후(德川幕府) 시대의 궁성들을 돌아보면서 일본에 침략당했던 우리 역사를 돌이켜본 시이다. 당쟁(黨爭) 때문에 나라를 그르쳤던 임진왜란 당시를 돌아보며 서애(西厓)와 충무공의 애국심을 찬양하고, 왜란(倭亂) 뒤에도 깨우치지 못하고 당쟁을 계속하다가 매국노들에 의해서 나라를 잃은 부끄러움을 읊었으며, 이토 히로부미(伊藤博文)를 저격해 조선 남아(男兒)의 기개를 떨친 안중근 의사를 추앙하였다. 임진왜란과 경술국치(庚戌國恥)를 잊을 수 없지만, 현해탄을 사이에 둔 두 나라의 관계가 정상화되어야 함을 읊으며, 일본문화에 끼친 퇴계학의 영향을 그런 맥락에서 자부하였다. 조국통일을 염원하느라고 잠 못이루는 노학자의 자화상으로 이 시는 마무리되었다.

1982년에 일본 덴리대학(天理大學) 조선학회의 초청을 받아 오사카(大阪)로 떠났는데, 일본에 체류하는 동안 많은 시를 지었다. 백제왕(百濟王)이 왜왕(倭王)의 노고를 위로하기 위해 내려준 칠지도(七支刀)를 보고 〈칠지도가(七支刀歌)〉를 읊었는데, 당시 문명 후진국이던 왜(倭)의 왕이 이 칼을 받고 감격하던 모습을 그리면서, "은혜를 원수로 갚으니 어찌 그리 탐욕스러운가[以仇報恩何貪鄙?]"라고 그들의 배은망덕한 침략근성을 꾸짖었다. 〈호류지(法隆寺)〉 시도 문화 전수와 침략의 역사를 잊기 잘하는 그들의 불신을 점잖게 경계하며 민족자존(民族自尊)과 극일(克日)을 노래한 시이다.

연민은 젊은 시절에 사사(師事)하거나 종유(從游)하였던 동전(東田) 이중균(李中均), 벽초(碧初) 홍명희(洪命熹), 산강(山康) 변영만(卞榮晩), 담원(詹園) 정인보(鄭寅普), 성암(聖岩) 김태준(金台俊) 등을 늘 그리워하다 이따금 꿈에 만났는데, 78세 되던 1994년에 그 꿈을 회상하며 〈꿈에 여러 선현들을 뵙다[夢見諸賢五絶]〉를 지었다. 예전의 회인시(懷人詩)를 꿈의 형식을 빌어 지은 것이다. 선생이 늘 그리워했던 이들의 면모를 보면 선생이 '애국배왜(愛國排倭)·민족대의(民族大義)'의 자세를 지키며 한평생 살았음을 알 수 있다.

6. 사회의 병폐를 경계하다

연민은 67세 되던 1983년 가을에 처음으로 미국에 건너가서 하버드대학 국제학술회의에 참석하였는데, 라스베가스에 들려 화려한 야경을 구경하며 〈라스베가스 야경(羅思倍加思夜景)〉을 지었다.

> 전기불 휘황찬란한 집에 손님이 가득 찼으니
> 이곳이 바로 인간 세상의 도박장일세.
> 세월을 헛되이 보내는 게 참으로 안타까우니
> 몸도 죽이고 나라도 망쳐 사태가 아득해지리.
> 電光燁燁客盈堂. 摠是人間賭博場.
> 空費年華眞可惜, 屠身戕國事迷茫.

야광(夜光)이 휘황찬란한 카지노를 통해 미국문화의 퇴폐적인 일면을 부정적으로 표현하였다. 교육도시 보스톤의 풍광과 지적인 분위기가 너무 좋아 "아름답구나! 보스톤이여. 늙은 철연이 여기 살고 싶구나[美哉波士頓, 老悲此欲居.]"라는 시를 짓고, 이 해의 시문을 편집해 〈미재욕거지실고(美哉欲居之室藁)〉라고 이름붙일 정도로 미국을 좋아했지만, 자본주의의 한 단면을 보고나서는 그 폐해를 경계한 것이다.

연민이 어렸을 때에 벗들과 더불어 밥이 더 좋은지 떡이 더 좋은지를 논하며 글을 지은 적이 있었는데, 68세 되던 1984년에 왕부(王敷)의 『다주론(茶酒論)』을 읽고 〈의판다주우열론 2절(擬判茶酒優劣論二絶)〉을 지었다.

> 세상 사람들이 무슨 일로 어지러이 소모하나.
> 차는 정신을 맑게 하니 취하게 하는 술보다 낫다네.
> 술주정으로 몸을 망친 이야기는 예부터 있었지만
> 차 좋아하다가 나라 망쳤다는 말은 들어본 적이 없네.

世人何事費紛紛? 可是茶淸勝酒醺.
酗酒墮身從古有, 嗜茶亡國未曾聞.

패가망국(敗家亡國)의 원인이 되는 술을 경계하고 정신을 맑게 해주는 차를
마시라고 권하는 구절에서 연민의 온유돈후(溫柔敦厚)한 풍모가 엿보인다.

7. 자신의 생애를 회고하다

연민은 1977년에 회갑을 맞아 일생을 회고하며 〈환갑날 느낌[六一初度志感]〉
이라는 시를 지었다. 식민지 치하에 태어나 한학을 배우고 석학들을 따라 노닌
과정부터 대학교수로 취직해 이용(利用)·후생(厚生)·정덕(正德)을 학문의 바탕
으로 삼아 제자들을 가르치며 유학을 사회의 근본이념으로 선양한 일생이 장
편시로 읊어져 있다.

70세 되던 1986년에 퇴계시를 역주하면서 〈화도연명음주 20수(和陶淵明飲酒
二十首)〉를 읊다가 도연명(陶淵明)의 깊은 뜻을 느껴 〈화도연명음주 20수(和陶淵
明飲酒二十首)〉를 지었는데, 낮 12시부터 시작하여 저녁 6시에 마쳤다. 술도 좋
아하지 않는 연민이 그 뜻을 좋아하여 차운한 것이다. 〈1〉에서 "옛날 젊은 시절
을 생각해보니 / 술이 생겼다 하면 문득 마셨지. / 내가 그렇게 좋아한 것도
아니건만 / 암담한 시절을 만났기 때문일세. / 조국이 이미 망해 버렸으니 /
세상 모든 일이 슬프기만 했지. / 술 마시지 않으면 무얼 하나 / 나를 경계할
일이 도무지 없었지. / 그래도 조금만 취했을 뿐 / 내 몸을 단정하게 지켰지.[憶
昔靑歲日, 得酒輒飮之. 非吾酷嗜也, 適値黯黮時. 祖國已淪亡, 萬悲都萃玆. 不飮更何爲?
頓無自驚疑. 然而微醉已, 貞確故自持.]"라고 하여, 조국을 빼앗긴 식민지 청년이
좋아하지도 않는 술을 울분 속에서 마셨던 젊은 시절을 그렸다. 이 시는 현진
건의 소설 「술 권하는 사회」를 연상시킨다. 그러나 술을 마시면서도 가볍게

취하며 자신의 몸가짐을 스스로 가누었다고 하여, 온유돈후(溫柔敦厚)한 선비의 자세를 잃지는 않았다.

〈9〉에서도 "조국이 처음 광복되자 / 웃는 이를 잠시 열어 보였지만 / 강산이 갑자기 반으로 나뉘어져 / 같은 집에서 다른 생각을 지니게 되었네. / 붉고 흰 게 무엇이기에 / 동포와 민족이 길이 갈라지다니. / 하늘에게 물어도 푸른 하늘은 말이 없고 / 나로 하여금 안절부절하게 하네. / 남으로 퍼졌다가 북으로 돌아서니 / 마시지 않고도 진흙탕처럼 취하였네.[祖國初光復, 笑齒暫見開. 河山忽半壁, 同室操異懷. 紫白是何道, 胞族永相乖. 問天蒼無語, 使我更栖栖. 南播更北旋, 不飲醉如泥.]"라고 하여, 조국분단의 충격과 시름을 술로 달래며 방황하던 젊은 시절을 그렸다. 이제는 마시지 않고도 취하게 된 것이다. 그러면서도 끝 구절에서는 이 굳은 얼음이 풀려서 남북으로 오갈 수 있는 세상이 빨리 오길 염원하였다.

〈14〉에서는 취하기 위하여 술을 마시는 것이 아니라 알맞게 즐기기 위해서 술을 마시는 온유돈후한 군자의 모습을 그렸다. 〈15〉에서도 주벽(酒癖)에 빠지지 않고 학문에 정진하는 학구(學究)의 모습을 그렸다. 〈20〉에서 도연명이 술 많이 마신 것이 그의 참마음은 아니었다고 밝힌 것처럼, 이미 술을 멀리한 지 오래된 연민도 단아한 군자의 모습으로 티끌세상에 뛰어들지 않으리라 다짐하였다.

〈결혼 육십 주년에 느낌이 있어 읊다[回卺之夕感吟六絕]〉는 연민이 결혼 60주년을 맞아 1996년에 지은 시이다. 연민의 가문에서 직계 21세 600년간 처음 있는 경사였는데, 그동안 세상이 어지러워 이러한 경사가 없었음을 생각하고 자손들에게 경계하는 뜻으로 지었다. 결혼 60주년을 맞아 자축하기보다 어지러웠던 사회를 돌이켜보는 모습에서 늘 사회에 관심을 가지고 한시를 지었던 선비의 모습을 확인할 수 있고, 한국 한문학의 중요한 관심사가 바로 사회였음도 확인할 수 있다.

4

연민선생 주석본
『구운몽』에 대하여

1. 서론

이 글은 연민선생 주석본『구운몽』을 대상으로, 한문학 전공자인 연민선생께서 왜 소설에 관심을 가지셨는지, 그리고 특별히 이 작품을 주석한 이유는 무엇인지, 마지막으로 연민선생께서 택하신 이본의 특징은 무엇인지를 논의한 것이다.

연민선생은 전통적인 한문학자였지만, 석사논문의 주제를 한문학으로 잡지 않고 한글소설인『구운몽』에 관해 쓰셨다. 석사논문「구운몽평고(九雲夢評攷)」는『구운몽』에 관한 최초의 학위논문이었으니, 우리 학계에서 가장 먼저『구운몽』의 가치를 인식하셨다고 할 수 있다. 논문만 쓴 것이 아니라 1954년에『구운몽역주(九雲夢譯注)』라는 주석본까지 함께 출판했으니,『구운몽』연구사는 연민선생에서 시작된 셈이다.

연민선생 고가(古家)에는 퇴계선생 때부터 내려오던 고서적들이 많았지만, 일제의 소행이라고 생각되는 화재로 인해 거의 다 없어졌다. 연민문고에 소장된『구운몽』8종도 대부분 연민선생께서 수집하신 것들이다. 다만『구운몽역주』의 저본만은 고가에 전래되던 것인데,「구운몽평고」의「이본고(異本攷)」에서 "『家藏寫本』이란 筆者가 몇 十年 전부터 가진 것"이라고 밝히셨다. 연민선생께서는 한문본『구운몽』이본을 소개하면서 "翰南書林에서 購得"한 것과 "東萊中學 文仁甲教師에게 受贈"받은 것, "通文館에서 購得"한 것까지 3종을 모두 '家藏寫本'이란 용어로 소개하셨으니, 주석본『구운몽역주』의 저본이 되는 한글본 『구운몽』은 편의상 연민본이라 칭해서 한문본 가장사본과 구분하기로 한다.

　연민선생께서 30대 중반에 쓰신 논문에서 "몇 十年 전부터 가진 것"이라 하셨으니, 서점에서 구입한 한문본과는 유래가 다른 책임을 알 수 있는데, 『구운몽』 강독을 시작하시면서 "고모님이 읽으시던 책"이라고 소개하셨다. "筆跡을 보아서는 대략 七八十年 이전의 것"이라고 하셨으니, 19세기 중후반에 필사된 것이다.

　경상도 일대에 유통되던 필사본을 요즘 철자법으로 고쳐 간행했다는 아쉬움이 있지만, 현재 원본을 확인할 수 없으므로[1] 1954년 덕기출판사에서 간행된 『구운몽역주』를 대본[2]으로 하여 논의를 전개하고자 한다.

2. 연민선생의 소설관

　연민선생은 1917년 4월 6일(음력 정사년 윤2월 15일)에 경상북도 안동군 도산면 온혜동 353번지에서 퇴계선생의 14대손으로 태어나셨다. 증조부까지는 직계였으며, 첫째와 둘째 아들이 일찍 세상을 떠나자 셋째였던 선생의 할아버지 노산(老山) 이중인(李中寅)이 집안 살림을 맡았다. 연민선생이 태어나기 10년 전에 일본인들이 상계에 있는 종가를 불질러 서적을 다 태워버리자, 노산은 전라도로 피난갔다가 만년에 부친이 세운 고계정(古溪亭)으로 돌아와 글을 읽

1　단국대학교 퇴계기념도서관 연민문고에는 『구운몽』이 8종이나 소장되어 있다. 2종은 목판본, 2종은 한문필사본, 3종은 한글필사본, 1종은 1927년 경성서적업조합에서 출판한 신연활자본이다. 한글필사본 3종 가운데 1종의 실물이 현재 확인되지 않는데, 이 책이 바로 연민선생께서 1954년 덕기출판사에서 간행하신 『구운몽역주(九雲夢譯注)』의 저본이라고 생각된다. 다른 2종을 사진으로 대조한 바, 주석본의 저본이 아니다.

2　이 책은 연세대학교 출판부에서 다시 간행되었다. 이가원, 『구운몽』, 연세대학교 출판부, 1970.

었다. 고계정 편액은 흥선대원군이 직접 써 준 것이다.

노산은 맏손자에게 가학을 전수하려고 5세부터 한 방에 데리고 살았다. 가원(家源)이라는 이름부터 퇴계로부터 내려오는 가학의 연원을 이으라는 뜻으로 지어주었다. 항일의식이 강했던 노산은 손자를 왜놈의 학교에 보내지 않겠다고, 집안에서 한문을 가르쳤다. 연민선생은 1921년부터 고계산방(古溪山房) 서당에서 『천자문』을 읽으며 글을 배우기 시작했다. 1년도 채 못되어 『천자문』을 다 떼었다. 그날 어머니가 떡을 차려와 책씻이를 하였다.

그런 뒤에는 『논어』, 『맹자』, 『대학』, 『중용』 순서로 사서를 읽었고, 『시경』, 『서경』, 『역경』 순서로 삼경을 읽었다. 서당에서는 글을 읽은 뒤에 반드시 외우게 하였다. 이러한 과정을 거치면서 13세 이전에 『서경』까지 떼었는데, 서산(書算)을 꼽아가면서 100번을 넘기지 않고 다 외웠다. 이때부터는 지난날 외우기에 힘썼던 독서법을 지양하고, 글뜻을 탐색하며 사서삼경을 다시 읽기 시작했다. 이때부터 대학은 1,000번, 시경은 300번을 읽었고, 그 나머지도 대개 100번씩은 읽었다. 제자백가 가운데 『초사(楚辭)』의 「이소경(離騷經)」은 1,000번, 『사기(史記)』와 당송팔가문(唐宋八家文) 등은 골라서 100번을 읽었다.[3]

문(文)·사(史)·철(哲)을 겸비한 상태에서 명륜전문학원에 입학한 연민선생은 그 가운데 문학을 전공하게 되었는데, 그 동기는 어린 시절 소설에 취미를 붙였던 것에서 시작되었다. 연민선생은 정하영, 김영, 진재교 교수와 인터뷰하면서 그 동기를 이렇게 밝혔다.

　나는 자라면서 글공부를 할 적에 우리 집 왕고(王考 : 李中寅)께서 『삼국지연의』나 『수호지』를 늘 옆에 놓고 즐겨 읽으시는 것을 보았어요. 그런데 당신은

3　허경진, 「연민 이가원 선생의 생애와 학문」(열상고전연구회 편, 『연민 이가원 선생의 생애와 학문』), 보고사, 2005, 20~22쪽.

읽으시면서도 손자에게는 그러한 소설류의 독서를 금하시고 숨겨 놓고 다니시곤 했어. 아마 십삼경(十三經)을 토대로 공부를 해서 성리학, 공맹정주퇴계(孔孟程朱退溪)의 학문을 잇기를 바라신 것 같아. 그러나 나는 오히려 호기심이 발동해서 할아버지께서 출타하시면 몰래 꺼내와 뒷산에 숨어서 재미있게 읽고 갖다놓곤 했지. 그렇게 소설을 훔쳐 읽으면서 재미를 느끼게 됐어요. 그게 내 문학 공부의 출발점이 아닌가 싶어. 할아버지께선 경학 공부를 바라셨지만 나는 결국 문학 쪽을 택한 셈이지.[4]

할아버지는 퇴계(退溪) 학풍의 가학을 이어 성리학자가 되기를 바라면서 가원(家源)이라는 이름을 지어 주었지만, 연민선생은 소설에 더 관심을 가졌다. 연민선생이 입학한 명륜전문학원에서는 김태준이 중국문학을 가르치고 있었다. 연민선생은 자신이 국문학을 전공하게 된 이유를 이렇게 설명하였다.

처음에는 중국문학을 하려고 했어요. 그러다가 명륜전문학원 시절에 김태준 선생을 만났는데, 선생께서 중국문학보다는 우리 문학을 공부하라고 그러셨지. 당시 이인수(李仁秀)가 외국에서 돌아왔는데 영어의 사전으로 불렸어. 하루는 수주 변영로 선생이 나를 부르더니 "이인수가 한문을 배우고 싶다고 하네. 이인수는 경제적으로 넉넉한 편이지만 자네는 어려운 고학생의 처지가 아닌가. 그러니 그 사람 집에 기탁하면서 한문을 가르쳐주고 자네는 그 사람한데 영어를 배우도록 하게" 하는거야. 그때 나는 일이 생기면 주로 김태준 선생이나 변영만 선생 하고 상의를 했어. 김태준 선생은 젊은 교수였고 변영만 선생은 벌써 오십세가 넘었지. 먼저 김태준 선생한테 사정을 말씀드렸더니 선생께서 "자네의 한문 실력은 신진으로는 대단하다고 할 수 있네. 그러니 지금 자네가 할 일이 무엇인가. 얼마 있으면 우리 조국이 광복이 될 테니 우리 고전들을 익히게나. 자네 한문 실력에다 우리 고전까지 섭렵하게 되면 광복이 되는 날 학계에서 유용한 태두가 될 걸세. 자네가 지금 이인수네 집에 가서 열심히 영어를 배운다지

4   정하영·김영·진재교, 「학문을 찾아서」, 『민족문학사연구』 제15호, 1999, 353쪽.

만, 그래도 구미(歐美) 소아(小兒) 수준밖에 되지 못할 게 아닌가"라고 하시는 거야. 그래서 이번엔 변영만 선생께 찾아갔지. 내가 "수주 선생께선 영어를 배우라 하시고 김태준 선생께선 우리 고전을 공부하라고 하시니 어떻게 하면 좋겠습니까."하니, 변영만 선생께서 김태준 선생 말대로 하라고 하셨어. 당시에 조국광복을 얘기하는 사람은 김태준 선생 한 분 뿐이었고, 지금 이승만이니 김구니 김일성이니 하지만 전연 얘기하는 사람이 없었어요. 잘못 얘기하면 잡혀가는 시절이었으니까. 선생 덕분에 광복이 될 줄 알았고 그래서 고전을 하게 된거지. 내가 전집 서문에 다 써 놓았어요.[5]

연민선생은 소설을 문학 공부의 출발로 생각했으며, 김태준이나 변영만의 권고에 따라 국문학을 연구하였다. 그렇지만 연민선생은 소설이 문학의 분령은 아니며, 모든 문학연구는 십삼경(十三經)을 바탕으로 해야 한다고 생각하였다.

박지원의 『열하일기』 「옥갑야화」에 실려 제목도 없이 전하던 허생의 이야기를 「허생(許生)」이라는 소설로, 7월 28일 일기에 실린 호랑이 이야기를 「호질(虎叱)」이라는 소설로 명명한 것도 모두 소설을 국문학 연구의 출발로 생각했던 연민선생의 소설관에서 나온 결과이다.

3. 연민본 『구운몽』의 이본적 특성과 가치

1) 연민본과 노존본, 을사본, 계해본의 관계

『구운몽』의 텍스트는 이본적 지위와 특징을 감정할 때, 두 개의 중요한 잣대를 가지고 있음을 정규복 선생께서 이미 밝히셨다.[6] 하나는 제1회의 제목이

---

5 같은 글, 355~6쪽.
6 정규복은 『구운몽 연구』(고려대출판부, 1974)와 『구운몽 원전의 연구』(일지사, 1977) 및 「구운몽 노존본의 이분화」(『동방학지』 59, 연세대 국학연구원, 1988) 등 일련의 작업을 통해 구운몽 이본

"老尊師南嶽講妙法 小沙彌石橋逢仙女"인지, 아니면 "蓮花峰大開法宇 眞上人幻生楊家"인지에 따라 노존본 계열인지, 아니면 을사본 및 계해본 계열인지를 구분할 수 있다는 점이다.

다른 하나는 마지막 회인 제16회의 '성진이 꿈에서 깨는 장면에 생략이 있는지 없는지'에 따라 계해본과 을사본 및 노존본을 구분할 수 있다는 점이다.

그런데 연민선생 주석본은 제1회의 제목이 "蓮花峰大開法宇 眞上人幻生楊家"으로 되어 있어, 별 고민 없이 을사본 및 계해본 계열로 판정할 수 있다. 그런데 문제는 연민선생 주석본에 붙어 있는 장회제목은 연민본에 원래 없었다는 점이다. 연민본에 대해 연민선생이 남기신 해제를 살펴보면, 다음과 같다.

"家藏寫本"이란 筆者가 몇 十年전부터 가진 것인데, 寫本 一冊에 分卷도 아니었으며, 章回의 나뉨도 전연 없이 連綴되었고, 筆跡을 보아서는 대략 七八十年전의 것으로 추측되었으며, 筆者의 淺見에는 다른 본에 비하여 가장 구비되고 오류가 적은 것이라고 생각되는 본이다.[7]

장회가 없었으니 장회제목은 당연히 없었다. 지금 있는 제목은 연민선생이 붙인 것이라 제1회의 제목이 연민본의 저본의 계통을 살피는 작업에는 별로 도움이 되지 않음을 알 수 있다. 한편, 또 다른 잣대인 제16회의 "꿈에서 깨는 장면"이 연민본에는 고스란히 실려 있다. 따라서 제16회만 보면 연민본이 을사

<hr>

연구에 대한 지대한 공헌을 했다. 이후 구운몽 이본에 대한 논쟁은 소강상태에 접어들었는데, 최근 정규복의 연구성과에 대한 재론이 활발하게 진행되는 과정에서 새로운 활기가 생겨나고 있다. 다음의 논문을 참조할 것, 지연숙의 「구운몽 텍스트 연구─서울대본·노존B본·노존본A본의 위상에 대해」(한국문학이론과 비평학회, 『한국문학이론과 비평』 제13집, 2001), 엄태식의 「구운몽이본과 전고연구」(경원대 국문과 석사논문, 2005), 정길수의 「구운몽 원전의 탐색」(한국고소설학회, 『고소설 연구』, 2007)과 구운몽 원전 재론(고려대 민족문화연구원, 『민족문화연구』, 2009), 정규복의 「정길수 교수의 구운몽 원전의 탐색을 읽고」(고려대 민족문화연구원, 『민족문화연구』, 2008.) 이러한 종합적인 내용은 정규복, 『(석헌 정규복 총서1) 구운몽 연구』, 보고사, 2010; 정규복, 『(석헌 정규복 총서2) 구운몽 원전의 연구』, 보고사, 2010에서 자세히 다루고 있다.

7 이가원 역주, 앞의 책, 27쪽.

본과 노존본의 특징을 가진 계통의 이본으로 얼핏 판단될 수 있겠지만, 본론에서 살펴볼 수 있듯 제1회부터 15회까지의 텍스트적 특성은 제16회가 보여주는 특성과 같지 않아 주의를 요한다.

2) 연민본과 서울대본, 계해본, 을사본, 노존본의 비교

이와 별도로 연민본『구운몽』이 국문본인 관계로, 국문본『구운몽』 중에 최고의 선본인 서울대본『구운몽』(이하 서울대본)과 밀접한 관계가 있지 않을까 하는 가능성 또한 검토해 볼만한 의의가 있다.

이제 본론에서는 이러한 문제들에 유의하면서 연민본이 원래 국문본인지 아니면 번역본인지의 여부와, 이본적 특성이 어떤 계통적 성격을 지니는지, 그리고 연민본의 저본이 출현한 시기에 대한 변증 등에 대하여, 이본적 개성을 가늠하는 각 장회의 중요한 구절들을 비교하면서 검토하기로 한다.[8] 먼저, 『구운몽』 제1회의 주요 부분을 검토해 본다.

• 성진이 놀란 혼을 수습하고 눈을 들어보니 푸른 산은 울울하여 사면에 둘렀고 맑은 시내 잔잔(潺潺)하여 여러 길로 흐르는데 대 울타리 초가 지붕이 수목사이로 보이락 말락하는 것이 겨우 여나문 집이라, 두어 사람이 마조 서서 한가로이 하는 말이, "양처사(楊處士) 부인이 오십 후에 태기 있으니 참 인간에 희한한 일이러니 산점(産漸)이 있는지 오라되 아직 아해 소래 없으니 괴이하고 염려롭다." 〈연민본〉

• 졍신을 출혀보니 프른 뫼히 네녁흐로 두루고 시너믈이 구븨지어 흐르는딕 대밧과 프른 집이 슈플스이의 여라문인가는 흐더라 스재 셩진을 인흐여 흔집의 니르러 문밧긔 셔시라 흐고 안으로 드러가거늘 냥구히 셔셔 드르니 겨집사름이 저히 굿치 말흐딕 양쳐스의 부쳬 오십의 처음으로 잉틱흐니 인간의 드믄 일이러

---

8 비교의 대본은 정규복의 연구성과를 참고하였다. 정규복, 앞의 책.

니 님산ᄒ연디 오래디 아히 우름 소리 업스니 념녀롭다 ᄒ거늘 〈서울대본〉

이 부분을 한문본과 비교해 보면 다음과 같다.

●性眞收拾驚魂 擧目而見之 則蒼山鬱鬱而四圍 淸溪曲曲而分流 竹籬茅屋 隱映草間者 纔十餘家 數人相對而立 私相語曰 楊處士夫人 五十後有胎候 誠人間稀罕之事矣 臨産已久 尙無兒聲 可怪可慮 〈계해본〉

●性眞收拾驚魂 擧目而見之 則蒼山鬱鬱而四圍 淸溪曲曲而分流 竹籬茅屋 隱映草間者 纔十餘家 數人相對而立 私相語曰 楊處士夫人 五十後有胎候 誠人間稀罕之事矣 臨産已久 尙無兒聲 可怪可慮 〈을사본〉

●性眞收拾驚魂 擧目而見之 則蒼山鬱鬱而四圍 淸溪曲曲而分流 竹籬茅屋 隱映草間者 纔十餘矣 使者携性眞立於數間精舍門外 自入於內 性眞獨立彷徨聽得人語 數三女人 相對而立 私相語曰 楊處士夫人 五十後有胎候 誠人間稀罕之事矣 臨産已久 尙無兒聲 可怪可慮 〈노존본〉

이 대목을 보면, 연민본은 서울대본 및 노존본과는 다르고 을사본 및 계해본과 동일하다.

다음으로 『구운몽』 제2회의 주요 부분을 검토해 본다.

●남문 밖 술집으로 피하여 들어가 술을 사 먹을새 주인다려 이르되 "이 술은 상품이 아니로다." 주인이 대답하되, "상공이 만일 상품을 구하실진대 천진교(天津橋)머리에서 파는 술이 제일이요. 그 일홈은 낙양춘(洛陽春)이니 한 말에 값이 천냥이라." 〈연민본〉

●남문밧 쥬졈의 드니 쥬인이 무르디 샹공이 술을 자시려 ᄒᄂ냐 싱왈 됴흔 술을 가져오라 쥬인이 술을 가져오거늘 싱이 년ᄒ야 여라문 잔을 거후르고 닐오디 네 술이 비록 됴흐나 샹품이 아니로다 쥬인왈 쇼졈술은 이도곤 나으니 업스니 샹공이 만일 샹품쥬를 구홀진디 셩듕텬진교 머리예 쥬루의 ᄑ난 낙양츈이란 술은 흐말 갑시 심쳔젼이니이다 〈서울대본〉

이 부분을 한문본과 비교해 보면 다음과 같다.

- 避入於南門外酒店 沽酒而飮 生謂店主曰 此酒雖美 亦非上品也 主人曰 小店之酒 無勝於此者 相公若求上品 天津橋頭 酒樓所賣之酒 名曰洛陽春 一斗之酒 千金其價 味雖好而價則高矣 〈계해본〉

- 避入於南門外酒店 沽酒而飮 生謂店主曰 此酒雖美 亦非上品也 主人曰 小店之酒 無勝於此者 相公若求上品 天津橋頭 酒樓所賣之酒 名曰洛陽春 一斗之酒 千金其價 味雖好而價則高矣 〈을사본〉

- 避入於南門外酒店 主人問曰 相公欲飮酒乎 生曰取美酒而來 主人携一大樽而至 生連倒七八觥 謂主人曰 此酒雖美 亦非上品也 主人曰 小店之酒 無勝於此者 相公若求上品之酒 天津橋頭 酒樓所賣之酒 名曰洛陽春 一斗之酒 千金其價 味雖好而價則高矣 〈노존본〉

이 대목 역시, 연민본은 서울대본 및 노존본과는 다르고 을사본 및 계해본과 동일하다. 이러한 양상은 3회에서 15회까지 공통적으로 나타난다. 주요 대목을 정하여 연민본과 다른 이본과의 관계를 〈표〉로 정리해보면 다음과 같다.

장회	연민본	서울대본	노존본	을사본	계해본
3	하날이 불상히 여기사 **다행히 군자를 만나 다시 일월의 밝은 빛을 보기를 바라오며** 첩의 집 누앞이 곧 장안가는 길이라. 내인거객(來人去客)이 집 앞에서 쉬지 아님이 없으되 이래(邇來) **사오년** 동안에 낭군 같으니를 보지 못하였압더니	하늘이 어엿비 너겨 **일됴의 일을 일워 군즈롤 만나 텬일을 볼가ᄒ미라** 첩의 누알픈 쟝안으로 가는 큰 길거리라 거매소리 듀야긋친 적이 업스시니 어느 스룸이 첩의 문밧긔 치롤 나리치디 아니ᄒ리오 **삼ᄉ년** 스이예 사룸다 나기롤 구름ᄀᆞ치 ᄒ여시디 낭군긔 방불ᄒ니롤 보디 못ᄒ여시니	只祈天或垂怜 幸逢君子 復見日月之明 而妾家樓前 卽去長安道也 車馬之聲 晝夜不絶 來人過客 孰不落鞭於妾之門乎 從來三四年間 眼閱千萬人矣 尙未見近似於郞君者	只祈天或垂怜 幸逢君子 復見日月之明 而妾家樓前 卽去長安道也 車馬之聲 晝夜不絶 來人過客 孰不落鞭於妾之門前乎 從來五六年間 眼閱千萬人矣 尙未見近似於郞君者	只祈天或垂怜 幸逢君子 復見日月之明 而妾家樓前 卽去長安道也 車馬之聲 晝夜不絶 來人過客 孰不落鞭於妾之門前乎 從來四五年間 眼閱千萬人矣 尙未見近似於郞君者

7	선시(先是)에 태후 봉래전에 친림(親臨)하사 주렴 사이로 양소유를 보시고 맘에 사랑하사 황상께 이르사되	이째 태휘 봉녀뎐의셔 양상셔를 보신 후 만심 환희ㅎ야 샹긔 닐오디	時太后出臨蓬萊殿 窺見楊少游 心甚喜悅 謂皇上曰	先時太后出臨蓬萊殿 窺見楊少游 心甚喜悅 謂皇上曰	先時太后出臨蓬萊殿 窺見楊少游 心甚喜悅 謂皇上曰
12	원수 정성을 들어내어 힘써 사양하고 받지 아니하니 상의 그 충의를 좇으사 칙지(勅旨)를 나려 양소유로 대승상(大丞相)을 삼고 위국공(魏國公)을 봉하시고 식읍(食邑) 삼만호를 주시고 기여(其餘) 상급은 이기어 기록하지 못할러라.	샹셰 고두ㅎ고 디셩으로 수양훈디 텬지 지개를 아룸다이 녀기스 이제 묘셔를 누리와 양쇼유로뻐 대승샹 위국공을 봉ㅎ시고 식읍 삼만호요 샹스ㅎ신 황금이 일만근이오 빅금이 십만근이오 쵹금이 십만필이오 쥰미 일쳔필이오 이밧 각식 진보는 이로 긔록디 못ㅎ너라	尚書露誠力辭 終不受命 上重違其懇 更下恩旨 以楊少游 爲大丞相 封魏國公 食邑三千戶 賞賜黃金一萬斤 白金十萬斤 蜀錦十萬疋 駿馬一千匹 其餘珍寶 不可勝記	尚書露誠力辭 終不受命 上重違其懇 更下恩旨 以楊少游 爲大丞相 封魏國公 食邑三萬戶 其餘賞賜 不可勝記	尚書露誠力辭 終不受命 上重違其懇意 下恩旨 以楊少游 爲大丞相 封魏國公 食邑三萬戶 其餘賞賜 不可勝記
13	태후 이르사되 다만 희롱함이니 무슨 은덕이라 하리오 하시더라 차일(此日)에 천자 정전에 군신(群臣)의 조회를 받으실새	태휘왈 우연이 희롱ㅎ미니 므슨 은혜리오 다만 승샹이 쇼녀를 브리디 아니ㅎ면 늙은 몸을 갑호미라 승샹이 고두ㅎ야 명을 밧더라 이날 텬지 션졍뎐의 묘회를 바드실시	太后曰 吾直戲耳 豈曰恩也 丞相若不棄小女則 此所以報老身也 丞相叩頭聽命 是日上受群臣朝賀於正殿	太后曰 吾直戲耳 豈曰恩也 是日上受群臣朝賀於正殿	太后曰 吾直戲耳 豈曰恩也 是日上受群臣朝賀於正殿
15	태후 크게 웃으며 궁녀를 명하사 부뜰어 전문 밖에 보내시고 두 공주 다려 이르사대, "승상이 대취하여 신기를 불평하리니 너희들은 곧 따라 갈지어다." 두 공주 수명하고 곧 승상을 따라가더라.	휘 대쇼ㅎ시고 궁녀로 ㅎ야곰 붓드러내여 보내시다 냥 공슈드려 니르샤디 양낭이 술이 곤ㅎ야 긔운이 편티못홀 거시니 너희 홈긔 나아가 우술 벗기며 차를 드리게 ㅎ라 냥공쥐 더왈 쇼녀등 아녀도 옷벗길 사롬은 격디아녀이다 휘왈 비록 그러ㅎ나 부녀의 도리를 아니 출히디 못ㅎ리라 ㅎ시니 공쥐 승샹을 짜라가니	太后大笑 命宮女扶送於殿門之外 謂兩公主曰 楊郎必爲酒所困 有不平之氣 汝等卽隨去 解衣而安其身 進茶而解其渴 兩公主笑曰 雖小女等 兩人解衣進茶之人 不患不足矣 太后曰 雖然婦女之道 不可廢矣 兩公主承命	太后大笑 命宮女扶送於殿門之外 謂兩公主曰 丞相爲酒所困 氣必不平 汝等卽隨去 兩公主承命	太后大笑 命宮女扶送於殿門之外 謂兩公主曰 丞相爲酒所困 氣必不平 汝等卽隨去 兩公主承命

노승이 박장(拍掌) 대소하며 이르되, "옳다 옳다. 비록 옳으나 몽중에 잠간 만나본 일은 기억하고 십 년 동안 동거하던 것은 기억하지 못하니 뉘 양승상을 총명하다 하더뇨." 태사 망연하여 이르되, "소유 십 오륙세 전은 부모 슬하를 떠나지 아녔고 십 륙에 급제하여 연하여 직명(職名)이 있으니 동으로 연국에 봉사(奉使)하고 서로 토번을 정벌한 밖은 일쯕 경사(京師)를 떠나지 아녔으니 언제 스승으로 더불어 십년을 상종하였으리오." 노승이 웃어 이르되, "상공이 오히려 춘몽을 깨지 못하였도다." 태사 이르되, "스승은 어쩌면 소유의 춘몽을 깨게 하시리이까." 노승이 이르되, "이는 어렵지 아니하도다." 하고 손 가온데 석장(錫杖)을 들어 석난간(石欄干)을 두어 번 두다리니 홀연 네 산곡으로서 구름이 이러나 대상(臺上)에 끼이여 지척을 분별하지 못하니 태사 정신이 아닥하여 마치 취몽 중에 있는 듯 하더니 오래서야 소래 질러 이르되, "스승은 어이 정도로 소유를 인도하지 아니하고 환술(幻術)로 서로 희롱하시나이까." 말을 맞지 못하여 구름	호승이 박장대쇼ᄒᆞ고 굴오디 올타올타 비록 올흐나 몽듕의 잠간 만나본 일은 싱각ᄒᆞ고 십년을 동쳐ᄒᆞ던 일을 아디 못ᄒᆞ니 뉘샹 쟝원을 총명타 ᄒᆞ더뇨 승샹이 망연ᄒᆞ야 굴오디 쇼위 십오뉵셰 젼은 부모 좌하롤 ᄯᅥ나디 아녓고 십뉵에 급제ᄒᆞ야 딕명이 이시니 동으로 연국의 봉ᄉᆞᄒᆞ고 서로 토번을 졍벌ᄒᆞᆫ 밧근 일즉 경ᄉᆞ롤 ᄯᅥ나디 아녀시니 언제 ᄉᆞ부로 더브러 십년을 샹죵ᄒᆞ여시리오 호승이 쇼왈 샹공이 오히려 춘몽을 ᄭᅢ디 못ᄒᆞ엿도소이다 승샹왈 ᄉᆞ뷔 엇디ᄒᆞ면 쇼유로 ᄒᆞ야곰 춘몽을 ᄭᅢ게 ᄒᆞ리오 호승왈 이는 어렵디 아니ᄒᆞ니이다 ᄒᆞ고 손가온더 셕쟝을 드러 셕난간을 두어번 두드리니 홀연 네역ᄆᆡ골노셔 구룸이 니러나 대샹의 ᄢᅵ여 디쳑을 분변티 못ᄒᆞ니 승샹이 졍신이 아득ᄒᆞ야 마치 취몽듕의 잇ᄂᆞᆫ 듯ᄒᆞ더니 오래게야 소리질너 굴오디 ᄉᆞ뷔 어이 명도로 쇼유룰 인도티 아니ᄒᆞ고 환슐노 서로 희롱ᄒᆞᄂᆞ뇨 말을 듯디 못ᄒᆞ여셔 구룸이 거두치니 호승이 간곳이 업고 좌우룰 도라보니 팔낭지 ᄯᅩ흔 간 곳이 업ᄂᆞᆫ디라 졍히 경황ᄒᆞ야 ᄒᆞ더니 그런 놉흔 디와 만혼 집이 일시의	胡僧拍掌大笑曰 是矣是矣 然只記夢中之一見 而不記十年之同處 誰謂楊丞相聰明乎 丞相憫然曰 少游十六歲以前 不離父母之眼前 十六歲登第 連有職名 不出京城 南使燕鎮 西擊吐蕃之外 足跡無所不及處 何時與師傅 十年相從乎 胡僧笑曰 丞相尚未醒昏夢矣 少游曰 師傅可能使少游大覺乎 胡僧曰 此不難矣 高擧手中錫杖 大叩欄干至再 遽有白雲亂起於四面山谷之間 陣陣飛來 環擁臺上 昏昏暗暗 尋丈不卞 丞相若在醉夢中矣 良久乃大聲叱呼曰 師傅不以正道 指教少游 乃以幻術相戲耶 言未盡 雲氣盡捲 胡僧及兩夫人六娘子 皆無蹤迹矣 大驚大惑 定睛詳視 則層樓複臺 踈簾密箔 都不可見 而自顧其身 則獨在小庵中蒲團上 火消香爐 月在西峰 自撫其頭 則頭髮新剃 餘根鬆鬆 一百八顆念珠 已垂項前 眞是小和尚形貌 非復大丞相威儀 神精惚惚 胸膈憧憧矣 旣久忽覺 其身是蓮花道場性眞小和尚也 回念初被師傅戒責 隨力士往豐都 幻生人	胡僧拍掌大笑曰 是矣是矣 然只記夢中之一見 不記十年之同處 誰謂楊丞相聰明乎 丞相憫然曰 少游十六歲以前 不離父母之眼前 十六歲登第 連有職名 不出京城 南使燕鎮 西擊吐蕃之外 足跡無所不及處 何時與師傅 十年相從乎 胡僧笑曰 丞相尚未醒昏夢矣 少游曰 師傅可能使少游大覺乎 胡僧曰 此不難矣 高擧手中錫杖 大叩欄干至再 遽有白雲亂起於四面山谷之間 陣陣飛來 環擁臺上 昏昏暗暗 尋丈不卞 丞相若在醉夢中矣 良久乃大聲叱呼曰 師傅不以正道 指教少游 乃以幻術相戲耶 言未盡 雲氣盡捲 胡僧及兩夫人六娘子 皆無蹤迹矣 大驚大惑 定睛詳視 則層樓複臺 踈簾密箔 都不可見 而自顧其身 則獨在小庵中蒲團上 火消香爐 月在西峰 自撫其頭 則頭髮新剃 餘根鬆鬆 百八顆念珠 已垂項前 眞是小和尚形貌	胡僧拍掌大笑曰 是矣是矣 然只記夢中之一見 不記十年之同處 誰謂楊丞相聰明 高聲問曰 性眞人間滋味果如何耶 性眞叩頭流涕曰 性眞已大覺矣 弟子無狀 操心不正 自作之孽 誰怨誰咎 宜處缺陷之世界 永受輪回之咎殃 而師傅喚起一夜之夢 能悟性眞之心 師傅大恩 雖閱千萬塵 而不可報也

16

이 거두니 노승이 간 곳 없고 좌우를 돌아보니 팔낭자 또한 간 곳이 없는지라. 정회 경황(驚惶)하더니 높은 대와 많은 집이 일시에 없어지고 제 몸이 한 적은 암자 속에 한 포단(蒲團) 우에 앉았으되 향노에 불이 이미 사라지고 지는 달이 창에 이미 비취였더라. 스스로 제 몸을 보니 일백 여덟 낱 염주 손목에 걸렸고 머리를 만지니 머리털이 가츨가츨하였으니 완연희 소화상(小和尙)의 몸이요 다시 대승상의 위의 아니라. 정신이 황홀하여 오란 후에 비로소 제 몸이 연화도량(蓮花道場) 성진행자(性眞行者)인 줄 알고 생각하되, "처음에 스승께 수책(受責)하여 풍도(酆都)로 가고 인세에 환생하여 양가의 아달되어 장원 급제 한림학사를 하고 출장입상하여 공성신퇴(功成身退)하고 두 공주와 여섯 낭자로 더불어 즐기던 것이 다 하로밤 꿈이라. 맘에 이 필연 스승이 나의 생각을 그릇함을 알고 나로 하여곰 이 꿈을 꾸어 인간 부귀와 남녀 정욕이다 허사인 줄 알게 함이로다." 급히 세수하고 의관을 정제하며 법당에 나아가니 다른 제자들이 이미 다 모았더라. 대사

업셔지고 제몸이 ᄒᆞᆫ젹은 암ᄌᆞ듕의 ᄒᆞᆫ포단 우희 안ᄌᆞ시디 향노의 블이 임의 ᄉᆞ라지고 디난 ᄃᆞᆯ이 창의 임의 빗최엿더라 스스로 제몸을 보니 일ᄇᆡᆨ여ᄃᆞᆲ낫 염쥐 손목의 걸넛고 머리를 ᄆᆞᆫ디니 갓ᄭᅡᆨ근 마리털이 가츨가츨ᄒᆞ야시니 완연이 쇼화샹의 몸이오 다시 대승샹의 위의 아니니 졍신이 황홀ᄒᆞ야 오란 후의 비로소 제몸이 연화도댱 셩진힝재인줄 알고 싱각ᄒᆞ니 처음의 스승의게 슈칙ᄒᆞ야 풍도로 가고 인셰예 환도ᄒᆞ야 양가의 아ᄃᆞᆯ되여 쟝원급졔 ᄒᆞᆫ님 혹ᄉᆞᄒᆞ고 츌댱입샹ᄒᆞ야 공명신퇴ᄒᆞ고 냥공쥬와 뉵낭ᄌᆞ로 더브러 즐기던 거시 다 ᄒᆞ로밤 ᄭᅮᆷ이라 ᄆᆞ음의 이 필연 스뷔 나의 념녀를 그릇ᄒᆞᆷ을 알고 날노 ᄒᆞ여곰 이 ᄭᅮᆷ을 ᄭᅮ어 인간부귀와 남녀졍욕이 다 허신 줄 알게ᄒᆞ미로다 급히 셰슈ᄒᆞ고 의관을 졍졔ᄒᆞ며 방쟝의 나아가니 다른 졔ᄌᆞ들이 임의 다 모다더라 대시 소리ᄒᆞ야 무르디 셩진아 인간부귀를 디내니 과연 엇더ᄒᆞ더뇨 셩진이 고두ᄒᆞ며 눈믈을 흘녀 ᄀᆞ로디 셩진이 임의 ᄭᅢ다랏ᄂᆞ이다 뎨지블쵸ᄒᆞ야 념녀를 그릇 먹어 죄를 지으니 맛당이 인셰의 눈회홀 거시어ᄂᆞᆯ 스뷔

世 爲楊家之子 早捷壯元 爲翰苑之官 出將三軍 入摠百揆 上疏乞退 謝事就閑 與兩公主六娘子 對歌舞聽琴瑟 盃酒團欒 晨昏行樂 皆一場春夢中事 乃曰 此師傅知吾一念之差 俾看人間之夢 要令性眞 知富貴繁華 男女情慾 皆幻妄也 急向石泉 淨洗其面 着衲整弁 自詣方丈 衆闍梨已齊會矣 大師高聲問曰 性眞人間滋味果如何耶 性眞叩頭流涕曰 性眞已大覺矣 弟子無狀 操心不正 自作之孼 誰怨誰咎 宜處缺陷之世界 永受輪回之咎殃 而師傅喚起一夜之夢 能悟性眞之心 師傅大恩 雖閱千萬塵 而不可報也

非復大丞相威儀 神情惚惚 胸膈憧憧矣 旣久忽覺其身是蓮花道場 性眞小和尙也 回念初被師傅戒責 隨力士往豊都 幻生人世 爲楊家之子 早捷壯元 爲翰苑之官 出將三軍 入摠百揆 上疏乞退 謝事就閑 與兩公主六娘子 對歌舞聽琴瑟 盃酒團欒 晨昏行樂 皆一場春夢中事耳 乃曰 此師傅知吾一念之差 俾看人間之夢 要令性眞 知富貴繁華 男女情慾 皆幻妄也 急向石泉 淨洗其面 着衲整弁 自詣方丈 衆闍梨已齊會矣 大師高聲問曰 性眞人間滋味果如何耶 性眞叩頭流涕曰 性眞已大覺矣 弟子無狀 操心不正 自作之孼 誰怨誰咎 宜處缺陷之世界 永受輪回之咎殃 而師傅喚起一夜之夢 能悟性眞之心 師傅大恩 雖閱千萬塵 而不可報也

| 16 | 소래하여 무르되, "성 진아, 성진아. 인간 자 미 과연 좋더냐." 성진 이 눈을 번쩍 떠서 치어 다보니 육관대사 엄연 히 섰는지라. 성진이 머 리를 두다리며 눈물을 흘려 이르되, "제자 행 실이 부정하오니 자작 지죄(自作之罪) 수원 수구(誰怨誰咎)리오. 마땅히 결함(缺陷)한 세계에 처하여 길이 윤 회(輪回)하는 재앙을 받을 것이어늘 스승이 하로 밤 꿈을 불어 깨우 사 성진의 맘을 깨닫게 하시니 스승의 은혜는 천만겁을 지나도 가히 갚지 못하리로소이다. | 주비ᄒᆞ샤 ᄒᆞ로밤 ᄭᅮᆷ으 로 뎨ᄌᆞ의 ᄆᆞᇰ 기ᄃᆞᆺ게 ᄒᆞ시니 ᄉᆞ뷔의 은혜롤 천만 겁이라도 갑기 어 렵도소이다 | | |

〈표〉에서 볼 수 있듯이, 연민본은 서울대본 및 노존본과 다르고, 계해본 및 을사본과 같은 특징을 보인다. 다만, 〈12회〉의 경우, 연민본은 "上重違其 懇"에 해당하는 구절에 대해 "상의 그 충의를 좇으사"와 같이 번역함으로써 조금 다른 행문을 보이고 있기는 하다.

〈13회〉를 통해 연민본과 서울대본의 관계를 보다 분명히 알 수 있다. 이 대목에서 양소유가 모친을 모시러 갈 것을 청하는 상소문 역시 계해본, 을사본, 노존본 등 한문본에는 모두 있으나, 국문본인 서울대본에는 없는데, 국문본임 에도 연민본은 역시 한문본과 마찬가지로 해당 상소문이 있다. 따라서 연민본 은 서울대본과 상관없이 자체적으로 한문본을 번역한 이본임을 알 수 있다.

다만 〈16회〉 대목에서는 좀 더 자세히 살펴볼 필요가 있다. 우선 이 대목에 서는 계해본의 텍스트 상황을 언급할 필요가 있다. 계해본은 "노승이 박장(拍 掌) 대소하며 이르되, '옳다 옳다. 비록 옳으나 몽중에 잠간 만나본 일은 기억하고 십 년 동안 동거하던 것은 기억하지 못하니 뉘 양승상을 총명ᄒ다 하더뇨.'"
이하의 구절인 "태사 망연하여 이르되, '소유 십 오륙세 전은 부모 슬하를 떠나
지 아녔고 십 륙에 급제하여 연하여 직명(職名)이 있으니 동으로 연국에 봉사(奉
使)하고 서으로 토번을 정벌한 밖은 일쯕 경사(京師)를 떠나지 아녔으니 언제
스승으로 더불어 십년을 상종하였으리오.'"로부터 "대사 소래하여 무르되, '성
진아, 성진아. 인간 자미 과연 좋더냐.'"의 직전 구절인 "급히 세수하고 의관을
정제하며 법당에 나아가니 다른 제자들이 이미 다 모닸더라."까지가 생략되어
있다. 따라서 계해본에 생략된 이 대목이 있는 연민본은 계해본과 다르고, 국
역본인 서울대본이나 한문본인 을사본 및 노존본과 같은 행문적 특징을 보여
줌을 확인할 수 있다.

다만, 세부적인 측면까지 비교해보면 연민본에서는 이 세 가지 이본과도
조금씩 차이가 있다. 이를테면, 연민본의 "성진아, 성진아. 인간 자미 과연 좋
더냐."와 "제자 행실이 부정하오니 자작지죄(自作之罪) 수원수구(誰怨誰咎)리오.
마땅히 결함(缺陷)한 세계에 처하여 길이 윤회(輪回)하는 재앙을 받을 것이어늘"
과 같은 구절은 을사본이나 노존본을 따르고 있지만, 이에 해당하는 서울대본
의 "성진아 인간부귀를 디내니 과연 엇더ᄒ더뇨"나 "뎨ᄌ불쵸ᄒ야 념녀를 그릇
먹어 죄를 지으니 맛당이 인셰의 뉴회홀 거시어늘"와는 다른 행문을 보여주기
도 하고, 한편 "성진이 이미 깨달았나이다(性眞已大覺矣)"에 해당하는 구절이
연민본에는 아예 빠졌다거나, "성진이 눈을 번쩍 떠서 치어다보니 육관대사
엄연히 섰는지라."와 같은 구절이 다른 이본들이 공통적으로 보여주는 "성진
이 머리를 조아리며 눈물을 흘리며 말하길[性眞叩頭流涕曰]"과는 다른 행문을
보이고 있다.

그러나 계해본의 주요 생략 부분 중에서 을사본과 노존본의 "南使燕鎭"에
해당하는 대목이 서울대본에는 "동으로 연국에 봉스ᄒ고"로 되어 있는데, 연
민본 역시 서울대본과 같이 "동으로 연국(燕國)에 봉사하고"로 되어 있다는 점

이나, 을사본이나 노존본의 "大驚大惑 定睛詳視"에 해당하는 대목이 서울대본에서는 "정히 경황ᄒᆞ야 하더니"로 되어 있는데, 연민본에도 "정희 경황(驚惶)하더니"로 되어 있다는 점을 고려할 때, 연민본이 이 대목에서 주로 서울대본이나 그와 같은 계열의 국문이본을 주로 참조하였음을 짐작할 수 있다.[9]

3) 계해본과 닮은 특징

이상에서 제1회부터 제16회까지의 텍스트를 분석한 결과에 의하면, 연민본은 서울대본이나 노존본의 이본 특징을 따르지 않고, 계해본이나 을사본의 특징을 따르고 있다. 계해본은 조선 순조 3년(1803) 판각될 당시 을사본을 모본으로 이루어졌다.[10] 따라서 을사본과 계해본의 행문은 대부분 비슷하다. 그러나 을사본과 계해본의 결정적 차이점들에 주목하여 보면, 연민본은 역시 계해본을 따르고 있음을 확인할 수 있다.

연민본이 을사본과 다르고 계해본과 닮은 특징을 확인하기 위해 제4회 '倩女關鄭府遇知音 老司徒金榜得快壻'의 다음 구절을 살펴보면, 을사본의 '二月'이 아니라 계해본의 '三月'을 따르고 있다.

- 삼월그믐날은 영부도군(靈府道君)의 탄일(誕日)이라 〈연민본〉
- 三月晦日 乃靈府道君誕日 〈계해본〉
- 二月晦日 乃靈府道君誕日 〈을사본〉

또한 제6회 '賈春雲爲仙爲鬼 狄驚鴻乍陰乍陽'의 다음 구절도 또한 을사본

---

9 정규복은 연민본의 성격을 다음과 같이 밝힌 바 있다. "장회의 나눔이나 내용은 고사하고 문맥 구절 토씨까지 유일서관본(1913)과 박문서관본(1917)과 꼭 같을 뿐만 아니라 유일서관계본을 참고한 것이다." 정규복, 앞의 책, 참조.

10 정규복, 앞의 책, 21쪽 참조.

과 계해본의 주요한 차이점인데, 여기서도 연민본은 계해본의 '五千'을 따르고 있다.

- 비단 삼백필과 말 오천 필을 주어 〈연민본〉
- 賜以絹三千匹 馬五千匹 〈계해본〉
- 賜以絹三千匹 馬五十匹 〈을사본〉

제14회 '樂遊園會獵鬪春色 油壁車招搖古風光'의 다음 구절도 살펴보면 역시 연민본과 계해본의 친연성을 확인할 수 있다.

- 모든 미인들이 다 하례하되, "우리들은 십년 공부를 헛하였다."하거늘 섬월이 생각하되,〈연민본〉
- 諸美人皆稱賀曰 吾輩虛做十年工夫矣 蟾月內念曰 〈계해본〉
- 諸美人皆稱賀曰 吾輩虛做十年工夫矣 此時所獲翎毛 土委山積 兩處士女 所殪雉兎 亦多矣 各獻於座前 丞相與越王等第其功 各賞百金 更成坐次 俾停衆樂 只使五六美人 各奏淸絃 洗酌更斟矣 蟾月內念曰 〈을사본〉

한편, 계해본 및 노존본과 달리 연민본에만 빠진 부분도 존재하고 있어서 연민본이 계해본과 완전히 동일한 이본이라고 할 수는 없다. 이를테면 제8회 '宮女掩淚隨黃門 侍妾含悲辭主人'에서 다음과 같은 구절이 그 일례이다.

- 정사도 또한 황송하여 두문사객(杜門謝客)하더라 〈연민본〉
- 至數日 鄭司徒亦惶恐 杜門謝客 〈계해본〉
- 至數月 鄭司徒亦惶恐 杜門謝客 〈을사본〉

4. 마무리와 남는 문제

연민본 『구운몽』의 번역본 여부, 계통적 성격, 출현시기 등에 대해서 이상의 검토 작업을 통해 다음과 같이 결론을 내릴 수 있다.

첫째, 연민본은 국문표기의 이본이면서도 기본적으로 한문본 『구운몽』과 유사한 행문을 보여준다. 연민본은 국문본인 서울대본과는 다른 별도의 독자적인 국문 『구운몽』의 계통을 이루고 있는 이본이다. 연민본은 한문본 『구운몽』 이본들의 특징을 모은 한문본을 직접 번역하여 만든 별도의 국문본 『구운몽』으로 판단된다.

둘째, 연민본의 번역은 주로 계해본 『구운몽』이나 혹은 그와 같은 계열의 한문본 이본을 대상으로 하였다.

셋째, 연민본의 출현시기는 계해본의 출간 이후로 추정되기 때문에, 조선 순조 3년(1803) 이후로 잡을 수 있다.

넷째, 연민본은 계해본을 그대로 번역한 것이 아니라 개성적인 면모를 많이 지니고 있는 국문 이본이다. 예를 들어 다음과 같은 구절이다. "싱이 이에 곳쳐 안져 거문고를 당긔며 ㅎ오되 여섯가지 쓰림이 업는ㄱ ㅎ니 소져 닐아되 크게 찬 것과 크게 더운 것과 크게 바람부는 것과 크게 비오는 것과 ㅼ른 우레와 큰 눈 오는 것을 쓰리느니 이제 이 여섯가지가 업도다 싱이 ㅼ 호오되 일곱가지 타지 못ㅎ는 일이 업나닛가 소져 닐아되 초상을 드른 쟈와 뭄이 어지런 쟈와 의심된 쟈와 의관을 정제치 못혼 쟈와 분향치 안은 쟈와 지음을 만나지 못혼 쟈가 타지 못ㅎ느니 이제 ㅼ 이러혼 결점이 업도다." 이 부분은 세책본과도 밀접한 관련이 있다. 이와 관련된 논의는 추후 별고에서 다루기로 한다.

1999년 10월 16일에 연민선생께서 마지막 인터뷰를 하셨다. 정하영, 김영, 진재교 교수가 인터뷰한 내용을 정리해서 『민족문학사연구』에 게재했는데, 연민선생께서는 그 자리에서 『구운몽』에 대한 글을 다시 쓰고 싶으시다는 생각을 밝히셨다.

선생님께서는 1917년생이시니까 올해로 팔순을 훨씬 넘기셨습니다. 연전에는 건강이 좋지 않았다고 들었습니다만, 얼마 전 백두산에까지 다녀오신 것으로 알고 있습니다. 최근에 하시는 작업이나 건강 등 근황은 어떠신지요.

요즘 특별히 관심을 가지는 분야나 일은 별로 없고, 지금은 특별한 일을 하려고 해도 못해요. 200자 원고지 50장 분량의 비문(碑文)이나 친구들이 부탁하는 벼루의 명(銘)과 같이 짤막한 글은 쓰지만, 그 외 몇 천 매 분량은 엄두를 못 내지. 학술원에서도 뭐 좀 쓰라고 하지만 일체 못하고 있어. 한우근 박사도 얼마 전 연구에 고심하다 별안간 쓰러졌잖아. 하지만 이것저것 생각은 여러 가지가 있어. 예를 들면 『춘향전』이나 『구운몽』, 『흥부전』 등을 짧게 요약하고 내가 그 동안 생각해 온 것을 정리하는 것이지. 그러나 이젠 단념했어요.

선생께서 건강하셨더라면 『구운몽』에 관해 어떤 생각을 정리하셨을는지 모르지만, 마지막 인터뷰에서 한문학이 아니라 『춘향전』이나 『구운몽』에 관해 생각을 정리하고 싶다는 말씀만 보더라도 생애 마지막까지 우리 고소설, 특히 『구운몽』에 관해 특별한 관심을 가지셨던 것만은 분명하다.

5

대표적인 국학자
가람 이병기 선생과 연민 이가원 선생의
학문과 인품

1. 서론 – 두 권의 국문학사

나는 연세대학교 국문과 학부 시절에 국문학사 교재를 두 권 구입하였다. 하나는 도남(陶南) 조윤제(趙潤濟) 선생의 『국문학사(國文學史)』이고, 다른 하나는 이병기(李秉岐)·백철(白鐵) 공저 『국문학전사(國文學全史)』이다. 학부생이 국문학사에 매력을 느껴 두 종류나 구입한 것이 아니라, 현대문학사와 고전문학사 시간의 교재가 서로 달랐기 때문이다.

2학년 1학기 현대문학사 강의실에 들어가자 소설가 박영준 선생이 "이병기·백철 공저의 『국문학전사』를 교재로 할 테니, 다들 구입하라"고 하셨다. 형님이 보던 『국문학전사』가 집에 있는 것도 모르고 나는 새 책을 구입했는데, 마지막 페이지 판권에 고전문학 전공의 이병기 선생 도장은 한글로 조그맣게 찍혀 있었고, 현대문학 전공의 백철 선생 도장은 한자로 크게 찍혀 있었다.

책은 크게 세 부분으로 나뉘어져 있었는데, 제1부 고전문학사(古典文學史, 17~205쪽), 제2부 신문학사(新文學史, 209~450쪽), 부록 국한문학사(國漢文學史, 453~553쪽)이었다. 앞부분의 서론에서 국문학의 개념, 국문학사의 연구방법, 국문학사의 시대구분이라는 세 항목은 두 분이 함께 쓰신 듯했고, 서문은 이병기 선생이, 발문은 백철 선생이 쓰셨다. 처음 책을 받아들고서 고전문학사가 이천년이라는 시간에 비해서 짧은 것이 이상했지만, 부록이 한문학사임을 보고 분량에 대한 의문이 풀렸다. 이병기 선생이 왜 한문학을 부록으로 삼아 뒷

부분에 편집했는지 잠시 의아하게 여겼지만, 학부 2학년 학생의 관심은 거기까지였다.

박영준 선생은 아무런 설명도 없이 교재 후반부인 백철 선생의 신문학사 첫 장을 펴라고 하셨다. 당시에 시를 쓰던 나는 이병기 선생의 고전문학사를 한 장도 펼쳐보지 않고 한 학기를 지냈다. 교련반대 데모를 몇 차례 하다가 휴교령까지 내려져, 현대문학사인 후반부도 제대로 읽지 못하고 한 학기가 끝났다.

2학년 2학기 고전문학사 강의실에 들어가면서, 나는 당연히 이병기·백철 공저 『국문학전사』를 가지고 들어갔다. 나뿐만 아니라 몇몇 학생이 이 책을 가지고 들어왔는데, 연민(淵民)선생께서 "도남 조윤제 선생의 『국문학사』를 교재로 할 테니, 다들 구입하라"고 하셨다. 몇몇 학생들이 문학사 교재가 두 권이라는 사실을 수긍하지 못해 의아해하자, 연민선생께서 이렇게 말씀하셨다.

"문학사는 사관(史觀)이 일관되어야 하니, 생각이 다른 두 사람이 문자도 다르고 사상적인 배경도 다른 이천년 문학사를 공동으로 쓸 수가 없다."

연민선생께서는 도남 선생의 『국문학사』도 전적으로 수긍하지는 않으셨다. 문학사가 하나의 나무처럼 위축, 소생, 육성될 수는 없다고 생각하셨던 것이다. 그래서 언젠가 문학사를 새로 쓰겠지만, 현재로서는 다른 방법이 없으니 도남 선생의 『국문학사』를 교재로 쓰자고 하셨다.

스무 살 대학 2학년생이 잠시 손에 들었던 이병기 선생의 『국문학전사』는 역설적으로 강의실에서가 아니라 책상 위에서 몇 십 년 동안 내가 사랑하는 책이 되었다. 나의 스승이 가르치지 않았던 책이었기에, 내가 나이들면서 오히려 자주 찾아볼 필요가 생긴 것이다.

2. 가람과 연민

　가람선생과 연민선생의 자호는 한글과 한자로 되어 있어 두 분의 학문이 지향하는 방향을 보여준다는 점에서 대비되는 이름이면서, 두 분이 지향하는 세계는 하나라는 점도 암시하는 이름이다.

　가람선생은 자신의 호인 '가람'의 유래를 이렇게 설명하였다.

> 　가람이란 것은 우리 말로서 江이나 湖水란 말로 『月印千江之曲』에도 「ᄃᆞ리 즈믄 ᄀᆞᄅᆞ매 비취욤」이라 하고 (줄임)
>
> 　나는 워낙 江湖를 좋아한다. 나도 江湖와 같은 몸이 되었으면 한다. 거기에 고기가 뛰놀든, 새가 와 날든, 달이 와 잠기든 배를 띄우든 혹은 바람이 불고 물결이 일어나든, 洪水가 나서 흙탕물이 밀려오든 그는 다 용납하여 솟칠 건 솟치고 가라앉힐 건 가라앉히며 뚫을 건 뚫고 부실 건 부수고 굽힐 데는 굽히고 바를 데는 바르고 흐리고 맑고 깊고 얕고 좁고 넓고 혹은 느리게 혹은 빠르게 앞으로 항상 그침이 없이 나아가는 것이다.
>
> 　그 뒤에는 源源한 샘이 있고 그 앞에는 羊羊한 바다가 있다. 이것이 곧 「가람」 이다.[1]

　가람선생은 용납할 것을 모두 용납하면서도 그침이 없이 나아가는 것을 '가 람'의 속성이라 보았기에 이를 자신의 호로 삼았다. 선생이 말한 '가람'은 모든 것을 용납하는 강호(江湖)인데, '源源한 샘'이 흘러와 모인 것이 가람이고, 가람 이 흘러가 모인 것이 '洋洋한 바다'이다. 가람이 살았던 시대에는 바람도 불고 물결도 일었으며, 홍수도 났다. 그럴 때마다 바람이나 물결, 홍수를 피한 것이 아니라 다 받아들여서 '솟칠 건 솟치고 가라앉힐 건 가라앉히며, 그침 없이

1　李秉岐, 「가람의 出典과 由來」, 『가람文選』, 1966, 211쪽.

나아가 바다로 이어 주셨다.

선생은 자신을 바다가 아니라 가람이라고 생각해, 다양한 제자들을 다 받아들여 바다로 보냈으며, 내치지 않았다. 학문하는 자세만 그런 것이 아니라, 제자 사랑도 그러하였다. 소설가였던 제자 이태준과 함께 『문장(文章)』지 편집에 참여한 것도 그렇지만, 해방공간과 서울 함락 시절에 제자들을 대하는 태도 또한 그러하였다.

조선어학회 사건 이후 낙향하여 농사를 짓던 가람은 1945년에 해방이 되자 10월에 서울로 올라와 조선어학회 회원들을 만났으며, 자연스럽게 미군정청의 편수관 자리를 얻고, 중학교 교과서 편수 책임을 맡았다.[2] 1946년 11월 1일에 김남천이 서울대 연구실로 찾아와 문학가동맹 부위원장으로 추천했으니 수락해 달라고 했는데, 가람은 그날 일기에서 "나는 許諾을 아니 했다."라고 써 놓았다.[3] 가람은 그 이후에도 문학가동맹 행사에 참여했으며, 1947년 4월 17일에는 박태원, 정지용, 안회남, 김기림 등을 만나 이야기하며 즐겼는데,[4] 이들은 한국전쟁 중에 피랍되거나 월북한 문인들로 가람을 따르던 후배들이다.

1950년 6월 25일에 한국전쟁이 일어나고 6월 27일에 정부가 피난하며 서울이 함락되자, 가람은 6월 29일 인민군 수중에 들어간 문리대의 임시 자치위원회 좌장으로 추천되어 개회 준비를 하였다. 제자 이명선이 짜놓은 계획에 따라 허울만의 좌장으로 떠올려지고 상임위원으로 피선된 것이다. 가람은 일기에서 "이는 臨時 文理大를 守護키 위하여 組織한 것이다"[5]라고 담담히 기록하였다. 변명한 것도 아니고, 옹호한 것도 아니라, 되어가는 그대로 받아들인 것이

---

2 같은 책, 144쪽.

3 같은 책, 147쪽.

4 같은 책, 148쪽.

5 같은 책, 156쪽.

다. 『가람문선』에는 7월 10일 이후 9월 26일 전까지의 일기가 실리지 않았는데, 이 기간의 확인할 수 없는 사실 때문에 가람은 서울대를 떠나야 했다.

서울이 수복된 9월 28일 일기에 "우리가 이 직장을 死守하고자 하는 건 우리 貴重한 圖書며 校舍와 그 設備다. 이런 때 潛蹤屛息하다가 泰平하면 나와 私利私慾 權利爭取나 한다면 우리 民族國家는 누구가 수호할 것인가?"[6]라고 자신의 입장을 옹호하였지만, 그가 걱정하던 대로 잠종병식(潛蹤屛息)하던 도강파에 의해서 문리대가 접수되고 가람은 그 동안의 행적을 심사받게 되었다.

서울 수복 이후에 문리대에서 지난 석 달 동안 서울을 떠나지 않았던 교수들에 대해 심사했는데, 가람은 10월 6일 일기에서 "나는 그 동안 捕虜가 된 죄로 집에서 謹愼하고 있었다. 오늘 文理大에 가서 臨時署理學長 李丙燾 敎授께 나는 아직 한동안 집에서 謹愼하고 있어 上部의 處分을 기다리겠다 하고 돌아왔다"[7]고 기록하였다. 그는 이날 일기에서 "나는 九.二八 이전 九十二日 동안 便同捕虜生活이었다"고 술회하였는데, '편동(便同)'이란 표현이 바로 모든 것을 받아들이고 가라앉던 가람의 인생관이다. 이명선, 김삼불 등 아끼던 제자들과 연관되어 잠시 상임위원을 맡았던 것도, 전세가 역전되어 제자들이 월북(越北)할 때에 따라가지 않고 서울에 남아 수모를 견뎌낸 것도 모든 것을 받아들였던 가람의 선택이 아니었을까?

노산(老山)은 퇴계 이황의 12대손인데, 그의 부친까지는 직계 종손이었다. 첫째와 둘째 형이 일찍 세상을 떠나자 셋째였던 노산(老山) 이중인(李中寅)이 살림을 맡았다. 연민선생이 태어나기 10년 전에 일본인들이 상계에 있는 종가를 불질러 서적을 다 태워버리자, 노산은 전라도로 피난갔다가 만년에 부친이 세운 고계정(古溪亭)으로 돌아와 글을 읽었다. 고계정 편액은 흥선대원군이 직

---

6 같은 책, 157쪽.
7 같은 책, 158쪽.

접 써서 준 것이다. 노산은 손자 가원에게 가학을 전수하려고 5세부터 한 방에 데리고 살았다. 가원(家源)이라는 이름도 "퇴계로부터 내려오는 가학(家學)의 연원(淵源)을 이으라"는 뜻으로 지어주었다.

노산은 '가학(家學)의 연원(淵源)'에서 더 나아가 '연민(淵民)'이라는 호를 지어 주었다. 연민선생은 첫 번째 문집인 『연연야사재문고(淵淵夜思齋文藁)』 서문에서 문집을 간행하게 된 배경을 이렇게 설명하였다.

> "나는 일찌기 여섯 살 때, 이미 글짓기를 대략 알았으나, 열세 살 때와 스물세 살 때의 두 차례나 文藁를 불사르고는, 國內의 名山·大都를 유람하고 몇 해 만에 돌아오니, 春秋 여든 일곱이신 王考 老山翁께서 小子에게 文藁 한 책을 주시면서, '이건 네가 지은 글인데, 너는 버리고자 하였지만, 나는 남기고 싶어서 너의 仲父와 아우들에게 명하여 번갈아 베껴 너에게 주노라. 할애비가 손자의 文藁를 수집한 것은 고금 천하에 내가 처음이야.' 하고 말씀을 하셨다. 그래서 小子는 감히 다시금 불사르지 못하였으니, 이것이 곧 이 『연연야사재문고(淵淵夜思齋文藁)』이다."
>
> 아아! 위의 글은 내가 一九四三년 夏曆 二월 十五일에 쓴 것이다.[8]

'가원(家源)'이라는 이름과 관련해 자를 '철연(悊淵)'이라 했으므로, 산강(山康) 변영만(卞榮晩)이 1943년에 「연생서실명(淵生書室銘)」을 짓고, 용전(龍田) 김철희(金喆熙)가 1944년에 「연연야사재기(淵淵夜思齋記)」를 지어 주었다. 노산은 손자의 호를 '연민(淵民)'이라 지어 주었는데, "겸허하고 깊이있는 사람이 되라"는 뜻이면서, "백성을 사랑하라[憐民]"이라는 뜻도 담겼다고 한다.

고향 안동 산골에서도 물가에 살았으므로, 연민선생의 젊은 시절 문고(文藁) 제목에는 '물 수(水)'자나 '삼 수(氵)'변이 많이 들어갔다. 1929년부터 1966년까

---

8 李家源, 『東海散藁』, 友一出版社, 1983, 343쪽.

지 지은 작품을 편집한 첫 번째 문집 『연연야사재문고(淵淵夜思齋文藁)』에는 해마다 당호(堂號)가 바뀌었는데, 그 가운데 온수각(溫水閣, 13세), 청음석각(淸吟石閣, 16세), 정여구범재(淨如鷗泛齋, 17세), 곡교농잔(曲橋農棧, 21세), 해금당(海琴堂, 22세), 청매자주지관(靑梅煮酒之館, 23세), 설류산관(雪溜山館, 24세), 연생서실(淵生書室, 28세), 귤우선관(橘雨仙館, 32세), 초량호동서옥(草梁衚衕書屋, 34세), 동해어장지실(東海漁丈之室, 35세), 옥류산장(玉溜山莊, 38세) 등, 절반 이상의 당호가 물과 관련이 있다. 서울 명륜동에 구입하신 주택에 옥류산장(玉溜山莊)이라는 당호를 붙이고 50년 가까이 사셨으니, 안동 고향의 고계정(古溪亭), 온수각(溫水閣)부터 서울에서 돌아가실 때까지 사셨던 옥류산장(玉溜山莊)까지 모두 물과 관계있는 이름들이다.

연민선생이 24세 때에 서울 가회동 하숙집의 당호를 설류산관(雪溜山館)이라 정하고 「설류서실기(雪溜書室記)」를 짓자 산강 변영만이 "소천(少泉)의 이 글은 마치 옛사람의 뜰을 짓밟는 듯하다[少泉此文, 居然躪古人之亭矣.]"고 하여, 이 시기에 '소천(少泉)'이라는 호를 사용하였음을 보여주는데, 소천 또한 물이다.

'가원(家源)'이라는 이름에서 '연(淵)'이라는 글자를 얻어, 연생(淵生), 연연(淵淵), 연민(淵民), 연재(淵齋), 연옹(淵翁) 순으로 연륜에 따라 글자를 바꾸긴 했지만, '연(淵)'이라는 글자는 끝까지 사용하셨다. 그렇지만 '강(江, 가람)'이라는 글자는 사용하지 않았다. '강(江, 가람)'을 자처하지 않으신 셈이다. '열상도공지실(洌上陶工之室, 61세)'의 열상(洌上)이 한강의 상류라는 뜻이긴 하지만 이천(利川)에 있는 도요(陶窯)를 찾아다니며 도자기를 굽던 시기였으므로 '열상'이라는 지명을 빌려 쓴 것이고, 몽두나강지실(夢逗娜江之實, 68세)은 유럽 여행을 다녀온 뒤에 프랑스 세느강의 아름다움을 꿈꾸던 시기를 표현한 이름이다.

예부터 요산요수(樂山樂水)라는 말을 즐겨 쓰는데, '지자요수(知者樂水)'라고 했듯이 학자는 물을 좋아하게 마련이다. 가람이 언제나 새로운 지식을 받아들여 그치지 않고 흐르면서 바다로 이어지는 학자라면, (소천을 거친) 연민은 언제나 새로운 지식을 받아들이면서 축적해 깊이가 느껴지는 학자라고 할 수 있을까.

가람선생이 좌익 제자들 때문에 한때 곤욕을 치렀던 것같이, 연민선생도 스승 김태준과 좌익 제자들 때문에 오랫동안 곤액을 치렀다. 1999년 10월 16일 자택에서 『민족문학사연구』 편집진들과의 대담에서, 연민선생은 스승 김태준에 대해 이렇게 회상하였다.

> 내가 우리 선배들 중에 가장 안타깝게 여기는 인물이 두 분 있는데, 그 중 한 분이 허균(許筠)이야. (줄임) 또 한 분이 김태준 선생이야. 선생께서 남로당 문화부장을 하지 않고 이가원, 정준섭이랑 학문을 했으면, 『조선문학사』가 이 가원의 손까지 내려오는 일은 없었을 거야. 김태준 선생은 우리나라 사상계에서 위대한 분이시지. 그러나 내 바램대로 되었으면 내가 조선문학사 때문에 덜 골탕을 먹었을 것이고, 책도 훨씬 더 좋은 게 나왔을 것이야. 그게 참 안타깝지. 동문을 묻는 데 정준섭이를 말한 것은, 그가 내 동기는 아니지만 김태준 선생의 심열성복(心悅誠服)하는 제자였고 애초에 선생의 영향으로 사회주의 사상을 갖게 되었기 때문이야.

연민선생은 명륜전문학원에 입학한 인연으로 김태준과 사제지간이 되었는데, 2학년 시험문제 답안지를 「순자의 사상과 성악설 비판(荀子思想及性惡說批判)」이라는 제목의 한문으로 써서 김태준의 인정을 받았다. 가장 친한 친구 정준섭의 예를 든 것처럼, 연민선생 또한 "김태준 선생의 심열성복(心悅誠服)하는 제자"였기에, "선생의 영향으로 사회주의 사상을 갖게 되었다." 연민선생이 중국문학이 아닌 국문학을 전공하게 된 것도 김태준의 권고에 따른 것이고, 조국 광복이 멀지 않았다는 사실을 남보다 먼저 알게 된 것도 김태준 덕분이었다. 그러나 해방공간에서 김태준이 정치적으로 좌익에 서서 협력을 요청하자, 분명하게 거절하였다.

그 후 선생이 연안에서 돌아온 후 나한테 어디로 오라는 통지를 보냈어요. 가보니 정판사였어요. 당시 정판사는 아주 권위가 있던 일본인 인쇄소였는데 조윤제 선생의 『조선시가사상(朝鮮詩歌史綱)』도 거기서 찍어냈었지. 당시엔 좌익들이 점령하고 있었어. 가니까 김태준 선생이 "자네 뒤에는 오백만 유림이라는 대단한 세력이 있네. 곧 사회주의 국가가 수립될 테니 자네가 오백만 유림을 이끌고 우리에게 협력을 해주게."하시는 거야. 나는 이틀 정도 말미를 청해서 곰곰이 생각해 봤지. 그리고 이틀 후에 "선생님, 저는 그걸 할 수가 없습니다. 아무리 생각해 봐도 그럴 능력이 없습니다. 저는 천생 학문이나 해서 앞으로 후배들을 양성해야겠습니다"고 말씀을 드렸어요. 그러면서 대한제국이 망한 후 최린이니 윤치호니 해서 유명한 지사들이 참 많지 않았느냐. 그러나 와중에는 일본인의 가혹한 고문을 못 이겨 그들의 주구(走狗)가 된 경우가 대부분이었으니, 그럴 바엔 애당초 안 하는 편이 더 낫다고 생각을 한 것이지요. 제 스스로 생각해 보니 그들의 혹독한 고문을 견뎌낼 자신이 없었어요. 김태준 선생은 한참 생각하시더니 "그것도 큰 역할이지" 하셨어. 그때 다른 사람이 그 바톤을 받았는데 얼마 안 가서 죽었어요.

　　연민선생이 적극적으로 좌익에 가담하지 않아 살아남았지만, 남로당 선전부장 김태준의 제자, 좌익 학자라는 굴레는 평생 따라다녔다. 영주농업고등학교에서 30세에 처음 교사생활을 했는데, 손자뻘의 이상헌 교장이 초빙했다. 십일사건 이후 좌우익 학생들 간에 대립이 심하던 시절이었는데, 싸움이 터지면 대부분 좌익 학생들이 붙들려 갔다. 연민은 경찰서장하고 아는 처지라서 학생들을 빼내왔는데, 우익학생들로부터 좌익선생으로 몰렸다. 결국 김천여중으로 좌천되었다가, 그곳에서도 좌익선생, 김태준 제자라는 명목으로 파면되었다. 동래중학교에서도 학생들에게 좌익으로 몰렸으며, 부산고등학교에 온 뒤까지도 꼬리가 달렸다. 6.25동란이 터지자 부산시민문화계 전체를 대표하는 환영위원장이라는 죄목으로 잡혀 들어가 몇 달 동안 구류를 살았다.

　　성균관대학교 교수 시절에도 총장이었던 김창숙 선생이 이승만박사 하야권

고문을 발표하자, 학교에서는 파면하고, 경찰서에서는 출두하라는 명령을 내렸다. 권고문을 연민이 썼다고 생각해서 좌익으로 몰고, 파면했던 것이다. 김창숙 선생과 조윤제 선생에게 출두명령이 내리자, 연민선생이 자진해서 대표로 출두하였다. 주준용 형사가 "당신은 도강도 하지 않았고, 부산에서는 이북군이 들어오자 환영을 주재했다는데…"라고 좌익으로 몰자, "동란 이전에 부산에 취직되어 동래중학, 부산중학, 부산고교에서 가르쳤는데 도강도 하지 않았다니… 도강도 이박사가 '수도를 사수하겠다'고 허위선전해서 일어난 문제 아니냐?"라고 따졌다.[9] 결국 1956년에 성균관대학교에서 파면되었는데, 김태준의 이름을 제대로 쓰지 못하고 '金○俊'이라고 쓰던 시절에도 연민선생은 김태준에게서 사회비판정신을 배웠다고 자랑스럽게 말하였다.

가람선생은 도강(渡江)하지 않아 곤욕을 치르고, 연민선생은 일찌감치 도강하고도 도강하지 않았다고 곤욕을 치렀다. 두 분 다 좌익이 될 수 없는 분들인데도 좌익으로 몰렸으며, 그에 대한 변명을 하거나 스승과 제자를 탓하지도 않았다. 그 또한 가람과 연민이라는 아호에서 비롯되는 두 분의 인품이라고 생각된다.

3. 문학하는 국학자

'문학한다'는 표현은 글을 짓는다, 창작한다는 뜻이고, '국문학한다'는 표현은 국문학을 연구한다는 뜻으로 사용된다. '문학한다'와 '국문학한다'는 표현의 차이는 바로 창작과 학문의 차이이기도 하다. 문학하는 시인 작가 가운데

---

9 허경진, 「연민 이가원 선생의 생애와 학문」, 『연민 이가원 선생의 생애와 학문』, 보고사, 2005, 27쪽.

국문학하는 학자가 없는 건 아니지만, 대부분 현대문학을 연구한다. 그들에게 있어서 문학이란 바로 현대문학이다. 나의 학부 시절 국문과 학생들은 대부분 문학하는 학생들이었고, 교수들도 소설가 박영준, 시인 박두진 선생처럼 문학하는 분들이었다.

고전문학에서 문학하는 학자를 찾기는 쉽지 않은데, '한시(漢詩)'를 이미 죽은 문학이라 생각하고, 한시를 발표할 지면도 거의 없기 때문이다. 이따금 공부삼아 한시를 짓는 학자는 있지만, 예전 시인들처럼 문학을 생활화하기는 쉽지 않다. 그런 가운데 국문학을 하면서 문학도 했던 학자들이 바로 국문학 1세대였던 가람선생과 연민선생이다.

연민선생은 이따금 '가람 노인' 이야기를 하셨다. '가람 노인'은 물론 이병기(李秉岐, 1891~1968) 선생을 가리키는데, 연민 이가원(李家源, 1917~2000) 선생보다 26년이나 선배셨으니 노인이라고 불릴 만하다. 두 분은 같은 학교를 다니신 적도 없고, 같은 학회에서 활동하신 적도 없는데다 고향까지 전라도와 경상도로 나뉘어서, 평생 가깝게 지내시지는 않으셨다. 시조(時調)와 한시(漢詩)라는 전공분야만큼이나 거리가 멀게 지내셨지만, 근세 국학(國學)에서 두 분이 차지하는 위상은 뜻밖에도 비슷하다. 그 출발은 바로 두 분이 문학을 하셨다는 점이다.

가람선생은 1891년 3월 5일 전라북도 익산군 여산면 원수리에서 태어나 조부의 영향 아래 8세부터 15세까지 한학(漢學)을 공부하다가 전주공립보통학교를 거쳐 1910년 관립한성사범학교에 진학하였다. 이때 주시경(周時經) 선생이 주재하는 조선어강습원에서 강의를 들으며, 한글운동에 관심을 가졌다.

연민선생은 1917년 4월 6일 경상북도 안동군 도산면 온혜동 353번지에서 통덕랑(通德郎) 이영호(李齡鎬)와 공인(恭人) 정중순(丁仲順) 사이에서 태어났다. 퇴계선생의 14대손으로, 조부 노산(老山) 이중인(李中寅)의 고계산방(古溪山房) 서당에서 5세부터 가학(家學)을 배우기 시작했다. 가원(家源)이라는 이름도 퇴계(退溪)로부터 내려오는 가학(家學)의 연원(淵源)을 이으라는 뜻으로 조부가 지어준 것이다. 연민선생은 왜놈의 교육을 받지 못하게 했던 조부의 교육방침 때문에 20세가 넘을 때까지 제도권의 학교 교육을 받지 않다가, 23세 되던 1939년에 명륜전문학원 연구과에 급비생(給費生)으로 선발되어 입학하였다.

두 분 모두 어린 시절에는 한학을 공부했는데, 이후의 교육에 따라 평생의 학문과 직장이 달라졌다. 가람선생은 관립학교를 다니고 한글운동에 관심을 가진 덕분에 서울대학과 전북대학 등의 국립대학 교수가 되고, 시조(時調)를 전공하였다. 그러나 연민선생은 20세가 넘어서야 사립학교를 다니고 한문만 배운 덕분에 성균관대학과 연세대학 등의 사립대학 교수가 되고, 한시를 전공하였다.

두 분이 평생 문학한 분이라는 것은 시조와 한시를 많이 지은 것뿐만 아니라, 문학을 생활화했다는 것만 보아도 알 수 있다. 조선시대 문인들은 일상생활을 모두 문자로 기록하였으며, 그렇게 지은 글들이 대부분 문집에 실렸다. 가장 대표적인 것이 시인데, 현대 시인처럼 어떤 주제나 감정만 시로 표현한 것이 아니라 태어나서 죽을 때까지, 관혼상제의 통과의례를 포함한 모든 일상생활이 시가 되고 문학이 되었다. 집 하나를 짓더라도 상량문(上樑文)부터 기(記), 제영(題詠), 주련(柱聯) 등의 다양한 형태로 글을 지었고, 친지가 세상을 떠나면 역시 다양한 형태의 제문(祭文), 비문(碑文), 행장(行狀)을 지었다.

가람선생은 평생 일기를 썼고, 연민선생은 수많은 편지를 썼다. 일기는 자신과의 대화이고, 편지는 타인과의 대화인데, 둘 다 자신의 모습을 기록하여 후세에 남기기 위해 지은 글이다. 가람선생은 우리 옛글의 문체를 세 가지로 나누면서 그 가운데 하나로 여성들의 편지투, 즉 내간체(內簡體)를 꼽을 정도로 편지를 중요한 문학 갈래로 평가하였다.

이희승, 백철, 이태극, 신석정, 고은, 최승범을 비롯한 12명의 편집위원이 『가람문선』을 편집하기 위해 "日記 四千餘枚, 隨筆·紀行文 五百餘枚, 時調

一六五篇, 時調論 千餘枚, 古典研究 五百餘枚, 雜攷 五百餘枚 등"약 7천 매에 가까운 원고를 모았는데, 편집회의에서 그 절반인 3천 5백 매로 줄여 선집으로 출간하였다.[10] 이 가운데 일기는 약 480여 편으로, 1920년 7월 31일부터 1966년 3월 25일까지 기록한 일기 가운데 일부가 실렸다. 편집위원회에서도 가람선생의 모습을 가장 잘 보여줄 수 있는 작품으로 그의 일기를 내세운 것이다.

연민선생이 편지를 쓸 때에는 반드시 부본(副本)을 남겼다. 쓰다가 틀린 글자가 있거나 한두 글자 고치는 경우가 많은데, 편지를 다 쓴 뒤에는 반드시 새로 옮겨 쓴 편지를 상대방에게 전달하고, 처음에 쓰던 초고(草稿)를 모아 두었다가 자신의 책에 실었다. 한문으로 쓴 편지는 해마다 문집을 엮을 때에 '서독(書牘)'이라는 문체로 분류해 실었으며, 한글 편지들도 어느 정도 분량이 모이면 『청이내금고(靑李來禽藁)』라는 편지집으로 출판하거나 『동해산고(東海散藁)』, 『잡동산이집』 등의 한글문집에 실었다. 편지 하나를 쓸 때에도 자신의 작품이라는 생각을 가지고 썼으며 후세에 전해질 것이라 생각하고 썼기 때문에, 늘 남에게 부끄럽지 않게 살게 되었다.

두 분은 여행을 좋아하셨는데, 단순한 유흥이나 관광이 아니라 문학 기행을 하셨다. 따라서 여행을 하면 반드시 여행에 관한 기록을 남기셨다.

가람선생은 일찍이 기행문을 문학의 중요한 갈래로 생각하여, 휘문고보 교사 시절에 학생 대상 현상문예 대회에서 이태준의 기행문 「부여행」을 1등으로 선발하면서 평생 문학의 사제(師弟)이자 동지(同志)로 인연을 맺었다. 『가람문선』에 실린 수필기행문이 19편이나 되었으며, 기행문 성격의 시조도 적지 않았다. 가람선생은 기행문을 시조 형식으로도 썼던 것이다.

연민선생도 국내외 여행을 즐겼는데, 단순한 기행문보다는 기행 한시를 즐

---

10 편집부, 「가람文選'이 나오기까지」, 李秉岐, 『가람文選』, 신구문화사, 1966.

겨 지었다. 절구 율시 형태의 기행시 수십 수를 짓는 것은 보통이고, 21세 되던 1940년에 금강산(金剛山)을 여행하며 지은 441운(韻) 588구(句)의 오언장편「동정편(東征篇)」은 조선시대 문인들에게서도 찾아보기 힘든 장편기행시이다. 고희(古稀)를 맞던 1977년에 중국 대륙을 3주 동안 여행하며 오언 칠언의 절구 100수를 지어「중화대륙기행 일백수(中華大陸紀行 一百首)」라는 제목을 붙였으니, 박지원이 중국 대륙을 여행하며『열하일기』를 쓴 지 이백년 뒤에 또 하나의 연행록이 나온 셈이다. 그러기에 문집 이름도『유연당집(遊燕堂集)』이라 하였다.

두 분은 기행문이나 기행시만 지은 것이 아니라, 조선시대 기행문을 문학의 최고봉에 올려놓았다. 가람선생은 일제 강점기에도『문장(文章)』잡지의 지면을 통해「(열하일기) 도강록(渡江錄)」(제11호~제22호),「요로원야화기(要路院夜話記)」(제21호) 등을 소개하여 조선문학의 방향을 세우고, 광복 이후에『의유당일기』(백양사, 1948.5),『요로원야화기』(을유문화사, 1949.5) 등의 기행문을 주석 출판하였다.

연민선생은 박사학위논문으로『연암소설연구(燕巖小說研究)』를 집필하면서 박지원의 청나라 기행문『열하일기(熱河日記)』도 함께 번역 출판하였는데, 이 또한 자신이 즐겨 쓰는 기행(紀行)을 학문으로까지 연결시킨 결과이다.

4. 조국을 위해 학문하다

두 분이 국문학을 시작하던 시대는 국문학(조선문학)을 공부해서 좋은 직장을 잡기가 힘든 시절이었다. 그러나 두 분 다 젊은 시절에 청나라 문인 양계초(梁啓超, 1873~1929)의『음빙실문집(飮氷室文集)』을 읽고 깨우친 바 있어 세계 속의 조선의 실상을 인식하고, 평생 나라 위한 학문에 투신하였다. 을사보호조약

(을사늑약) 이후 한일합방 직전까지 신채호, 박은식, 장지연, 홍필주, 주시경 등이 양계초의 사상을 적극적으로 소개하고, 도산 안창호가 평양 대성학교에서 양계초의『음빙실문집』을 강의하는 등, 양계초의 글과 사상은 몇 십 년 동안 신문 잡지에 널리 소개되어 젊은이들에게 자극을 주었는데, 가람선생과 연민선생도 양계초의 글을 읽으면서 자연스럽게 국문학 연구의 길로 들어섰던 것이다.

『가람문선』끝부분에 실린「가람에 대하여」에는 다음과 같은 내용이 있다.

> 가람 年譜를 들추어보면 一八九二年 全北 益山郡 礪山面 源水里라는 寒村에 태어나 八歲 때부터 十八歲 때까지 十年동안 書堂에서 漢文을 수학하다가, 梁啓楚의 飮氷室文集을 읽게 되자 怳然히 깨우친 바 있어 新時代의 밀물을 타고 들어온 新思潮에 눈을 뜨게 되어, 鄕里의 普通學校를 거쳐 서울 漢城師範學校에 입학하게 되었다. 한편 周時經先生의 門下에서『朝鮮語文法』을 受講하면서부터 國文學研究에 대한 決意를 세워 그대로 이 荊棘의 길을 선택했었던 것이다.[11]

가람선생의 국학 연구는 양계초의『음빙실문집』을 읽게 되면서 출발하였고, 주시경선생 문하에서『조선어문법』을 수강하면서 자연스럽게 국문문학(國文文學) 연구에 들어서게 되었다. 당시까지도 문학이라면 당연히 한문학(漢文學)을 생각하던 시대였기 때문에, 주시경선생의 조선어문법 강의를 듣지 않더라면 가람선생도 한문학을 전공하게 되었을 가능성이 있다. 최승범은『음빙실문집』가운데 "가람에게 큰 자극을 준 것은「중국 학술사상 변천의 대세」라는 논문이었다."[12]고 설명하였다.

---

11 李秉岐,「가람에 대하여」,『가람文選』, 신구문화사, 1966, 507쪽.
12 최승범,『스승 가람 이병기』, 범우사, 2001, 42쪽.

오늘날은 단지 양대 문명이 존재할 뿐으로, 하나는 태서(泰西) 문명으로 구미 각국을 말하고, 하나는 태동(泰東) 문명으로 우리 중국을 이른다. 20세기는 곧 양대 문명의 결혼 시대이다. 나는 우리 동포가 장막에 등촉을 밝히고 술을 마련해 가지고 수레로 문 밖으로 마중을 나가 신중하고도 공경한 태도로 환영식을 벌여 서방의 미인을 며느리로 받아들임으로써 우리 집안에 뛰어난 아이가 탄생하도록 하고, 이를 잘 돌보아 기름으로써 우리 집안의 대들보로 삼고 싶은 것이다.[13]

양계초가 서구의 것을 받아들여 중국의 것을 구축해간 것처럼 가람 역시 서구의 것을 받아들여 조선적인 것을 구축해야 할 필요를 느꼈다. 가람이 전통을 찾아내어 재정비하거나 고전문학 발굴작업을 하는 등 서지학에 관심을 기울인 것은 조선의 근대를 어떻게 형성할 것인가 하는 문제의식에서 비롯되었다. 양계초는 언론매체를 통해 평이한 '신문체'를 정립하고, 이로써 계몽 선전성이 강한 신문체 산문을 성행시켜 '문학혁명'을 이뤄냈는데, 이 신문체문장의 중요한 특징 중 하나가 '정감의 적극적인 표출'이었다. 양계초가 내세운 문학혁명은 호적(胡適)의 백화문(白話文)·백화시(白話詩) 운동으로 발전하였는데, 가람선생은 백화시 운동을 시조 부흥운동으로 연결시켰다.

近作의 新進英才인 胡適 氏는 또한 문학혁명을 주창하여 이른바 白話文·白話詩가 盛行하게 되었다. 우리도 적이 朝鮮文學을 건설하자 하면 시조도 변환케 하여야 한다. 그러자면 그 내용을 새롭게 충실케 하여야 한다. 또한 그러자면 여기에 관련한 온 淹傳한 학식도 있어야 하며, 詩才인 天質과 人格도 있어야 하며, 많은 素養과 修練도 있어야 한다. 이리하여 獨創的 傑作品도 많이 내야 할 것이다.[14]

---

13 위의 책, 43쪽.
14 李秉岐, 「시조란 무엇일고」, 『동아일보』, 1926.11.24~12.13(이태극 편, 『시조연구논총』, 을유문

연민선생의 조부 노산(老山)은 연민에게 진부한 선비가 되지 말라고 거듭 강조하였다. "쓸데없이 설월(雪月)이나 풍월(風月)만 읊는 문인보다는 오히려 효행이 돈독한 농사꾼이 더 나으며, 기화(琪花) 요초(瑤草)를 가꾸는 것보다 고추나 배추를 심어서 눈앞의 생리(生利)를 얻는 것이 오히려 낫다"고 가르쳤다. 연민선생은 이때부터 망국(亡國)의 원인을 생각하며, 가학의 연원에 따라 남인(南人) 학자들의 책을 많이 읽었다.

성호 이익의 『성호문집』과 『사설(僿說)』, 다산 정약용의 『여유당전서』, 담헌 홍대용의 『담헌서』, 연암 박지원의 『연암집』, 『열하일기』 등을 읽었다. 당시 유림들은 아직도 중국의 사서삼경(四書三經)만을 읽던 시대였는데, 연민선생은 안동(安東) 산골에 들어앉아서도 우리나라 실학자의 저서를 읽었던 것이다.

연민선생의 서재에서 가장 찾기 쉬운 책꽂이에 청판(淸版) 『음빙실문집(飲氷室文集)』이 꽂혀 있고, 한문 문법을 정리한 『한문신강(漢文新講)』(신구문화사, 1960)에 양계초의 「청대학술개론자서(淸代學術槪論自序)」를 실어서 학부생들이 강독하게 한 것도 양계초가 자신을 근대 학문의 길에 들어서게 한 선생이라고 여겼기 때문이다.

가람선생은 1919년 기미독립선언을 듣고 외국에 망명할 뜻을 품고 상경했다가, 상해와 미국으로의 망명 시도는 실패하였으나 '조선어연구회'를 결성하여 국어 연구에 매진하였다. 연민선생도 안동 산골에서 시대에 맞지 않는 한문 공부를 하고 있다가 20세가 넘으면서 답답한 생각이 들어, 처음에는 친구 송지영과 함께 북경으로 가려 했지만 외조모께 얻은 5원은 서울 여비로 다 떨어져 결국 못갔다. 그 당시 명륜전문학원(성균관대학교 전신)이 세워졌는데, 본과는 신학문을 배운 중학교 졸업자들이 입학하고, 연구과는 한문 실력만으로 입학할 수 있었다. 출신 도별로 급비생(장학생)을 뽑았는데, 연민은 1939년에 홍두

화사, 1965, 140~141쪽.)

원(洪斗源)과 함께 경상북도 급비생으로 뽑혔다. 시국에 휩쓸리지 않고 5년 동안 독서에만 전념할 수 있게 된 것이다.

연민선생은 뒷날 연구성과를 한데모아 『연민국학산고(淵民國學散藁)』를 간행하면서, 그 서문에서 국학(國學)에 종사하는 자세를 이렇게 설명하였다.

> 이 누리에 겨레와 祖國이 없는 人類는 없을 것이다. 그러나 아무리 繁榮한 겨레와 光氣 어린 祖國을 지닌 人類일지라도 學이 없다면 이는 性靈을 잃은 허수아비요, 形態만이 남은 돌하루방에 지나지 못할 것이다.
> 우리는 무한한 內憂와 外患을 겪었고, 잃어버렸던 祖國을 돌려찾은 지도 오라지 않는 터수이다. 奚暇에 〈族學〉이니, 또는 〈國學〉이니 하고 云謂할 수 있겠는가.[15]

이 글에서는 "이 汗漫되고 細瑣한 原藁 나부랭이를 〈國學〉이라 일컫는 자체가 우스꽝스러운 일"[16]이라고 겸손하게 표현했지만, 본문에서는 "이 마음과 육신이 티끌 세상의 혼란한 중에 쪼들려서 극도로 피로할 때에 이 시구를 한번 읊으면 〈이 겨레와 사회를 위해서 일을 하여야 한다〉는 의지와 용기가 소용돌이를 치곤 한다"[17]고 다짐하였다. "이에는 우주가 있고, 인생이 있고, 사회도 있고, 극도로 평범한 가운데에 극도로 雄大한 애국사상이 스며들어 있는 까닭"[18]이라고 설명했으니, 연민선생의 문학과 학문 밑바탕에도 조국 사랑이 있었던 것이다.

중국으로 가지 못한 두 분은 결국 국문학 연구에 전념하여 조국이 광복된

---

15 李家源, 『淵民國學散藁』, 동서문화사, 1977, 3쪽.
16 같은 곳.
17 李家源, 「개암나무」, 『淵民國學散藁』, 동서문화사, 1977, 129쪽.
18 같은 곳.

이후에 수많은 제자를 길러낼 수 있었다. 기약없는 식민지 시기에 곁눈을 돌리지 않고 국문학 연구에만 전념했던 이 시대 국학자들의 조국 사랑을 확인할 수 있다.

5. 재산을 모으지 않고 책을 모으다

두 분의 공통점 가운데 하나는 넉넉지 않은 살림에서 방대한 분량의 고서를 수집하고, 활발한 주석서 간행을 통하여 여러 학자들과 지적재산을 공유했으며, 개인 재산으로 치부하지 않고 대학도서관에 문고(文庫)로 기증하여 사회에 환원했다는 점이다. 그 많은 소장본 가운데 선조로부터 물려받은 장서가 없고, 대부분 자신이 수집했다는 것 또한 공통점이다. 고서에 대한 안목이 높았기에, 많은 돈을 들이지 않고도 귀한 책을 살 수 있었던 것 또한 두 분의 공통점이다.

가람선생은 1919년 3.1운동 이후 서울에서 형사들에게 잡혀 고초를 당한 직후부터 고서(古書)에 관심을 가지게 되었다. 『가람일기』 중에서 고서 거래 관련 기사가 가장 빈번히 등장하고 있는 시기가 1920년대 중반부터 1940년대 전반부까지이다. 교사가 된 후 차츰 그의 생활이 안정되어 가자 그는 고서수집에 더 많은 관심을 기울이게 되었다. 계동 시절에 그가 구입한 고서적만 해도 수천 권이 넘었다. 휘문고보 교사였던 20년 동안 가장 활발히 고서 수집과 거래를 하며 살았던 것이다.[19]

가람선생은 휘문고보 교사 시절에 80원 월급으로 살림하면서 책을 구입하던 시절의 어려움을 이렇게 회상하였다.

---

19 이민희, 「서지학자로서의 가람 이병기 연구」, 『한국학연구』 37, 2011, 219쪽.

나는 그 후 혹은 貿易商과 奉天도 두어 번 가보고 후는 시골도 가 있다 도로 서울로 와 中學敎師가 되어 二十여 년을 보내는 동안 나의 뜻하던 바 古書籍 몇 千卷을 모았다. 내가 처음 十八圓 月給을 받았으나 그 돈의 半 以上은 冊을 샀었다. 나는 이걸 한 娛樂으로 여기려니와, 보다도 우리 國學에 당한 貴重한 文獻을 蒐集하자던 것이었다. 그러나 내게는 사고픈 冊을 살만 한 돈이 없었다. 妻子와 함께 糊口하기에도 不足한 그 月給을 가지고 하고픈 대로 될 수 있었던 가. 中學校 月給은 좀 나으나 씀씀이가 더 많아지니 항상 곤란하긴 전과 같았다. 자식에겐 맛있는 果實 한 개를 못 사다 주고 아내에겐 반반한 치마 한 벌도 못 해 입혔다. 그래도 좀먹고 썩은 冊은 나의 방으로 모여든다.[20]

가람선생이 도서를 구한 과정은 매매에 한정되지는 않았다. 이민희는 『가람일기』를 통해 고서수집 과정을 분석했는데[21]

　1. 서점이나 도서관 또는 개인 집을 직접 찾아가 열람하는 것

　2. 고서를 기증받거나 무상으로 얻는 것

　3. 고서를 빌려보거나 빌려주는 것

　4. 직접 돈을 주고 고서를 구매하는 것

　5. 직접 베껴 쓰거나 타인에게 부탁하는 것 등의 방식으로 나타난다.

가람선생이 서울대학교에 기증한 도서는 총 3,477책인데, 고서와 근대서로 나뉘어서 서울대학교 중앙도서관과 규장각 한국학연구원에 소장되었다. 서울 대학교 중앙도서관의 소장 도서는 "가람"이라는 청구기호로 따로 보관되어 있 는데, 모두 1,314권이다. 가람문고 가운데 고문헌은 규장각 한국학연구원에 "가람古"라는 청구기호로 보관되어 있는데, 모두 702종 1,612책이며, 이 가운 데 56종이 귀중본이다.

20　李秉岐, 「해방 전후기」, 『가람文選』, 신구문화사, 1966, 203~204쪽.
21　이민희, 같은 글, 193쪽.

가람선생은 귀중본을 수집만 한 것이 아니라, 1930년대부터 『문장』에 소개했으며, 광복 이후에는 『역대시조선』(박문서관, 1946), 『인현왕후전』(박문서관, 1946), 『한중록』(백양사, 1947), 『의유당일기』(백양사, 1948), 『근조내간선』(국제문화관, 1948), 『요로원야화기』(을유문화사, 1949), 『가루지기타령』(국제문화관, 1949), 『어유야담』(국제문화관, 1949)과 같은 다양한 주석서들을 편찬하였다. 원본은 모두 1963년에 서울대에 기증하여 사회에 환원하였다.

연민선생의 증조부까지 퇴계의 종손이었기에 종가에 고문헌이 많았지만, 연민선생이 태어나기 10년 전에 왜놈들이 종가를 불지르는 바람에 모두 불타 없어졌다. 연민선생은 명륜전문학원 급비생으로 서울에 올라와 책을 사 모으기 시작하여, 연세대학 교수 월급과 연구비, 원고료, 인세 등으로 책을 늘렸다. 연민선생은 고서를 구입하는 이유를 이렇게 설명하였다.

학문을 하는 선비가 책을 구입하고 가까이 하며 이를 소중히 여기는 것은 당연한 일이다. 이는 농부가 새로운 토지를 사 농토를 갈고 거름을 주며 비옥한 토지로 만드는 것과 다름이 없을 것이다.

古書를 모으기 시작한 것은 二○여세 때부터였다. (줄임) 一九五○년 六.二五 동란으로 인해 미처 소장자의 손길이 닿지 못한 古書들이 때로는 엿장수의 수레에, 더러는 고물장수의 등바구니 속에서 발견되면 가던 걸음을 멈추고 바구니 속을 뒤지던 일도 한두 번이 아니었다.

그 후부턴 고물장수들이 지나가면 만사 제쳐놓고 그들의 짐을 일일이 들춰보기도 했지만, 그것도 한때의 일, 이렇게 해서 모은 책들이 상당하다. (줄임)

이들 燕巖선생의 책들 외에도 많은 원본을 갖고 있지만, 현재는 비록 나 개인의 것이었으나, 결코 끝까지 개인의 것이 될 수는 없을 것이다.[22]

---

22 李家源, 「燕巖 朴趾源의 薰本과 逸書」, 『東海散藁』, 友一出版社, 1983, 338~340쪽.

연세대 교수직에서 정년하기 전인 1982년 11월 20일에 이 글을 쓰며 이미 사회 환원을 생각하다가, 1986년 12월 8일부터 2000년 10월 31일까지 모두 130차에 걸쳐 고문헌을 비롯한 골동서화를 단국대학교에 기증하였다. 현재 "연민문고에 소장되어 있는 고서는 판본(板本) 945종(목판본 941종, 석판본 4종), 활자본(活字本) 625종(금속활자본 36종, 목활자본 133종, 신연활자본 456종), 석인본(石印本) 1176종, 유인본(油印本) 3종, 검인본(鈐印本) 14종, 탁본(拓本) 42종, 필사본(筆寫本) 441종, 모사본(模寫本) 2종, 등사본(謄寫本) 20종, 영인본(影印本) 344종 등 총 3,621종에 이른다. 특히 연민문고에는 총 372종에 달하는 귀중고서를 따로 모아 놓은 〈동장귀중본(東裝貴重本)이 포함되어"[23] 있다. 이 가운데 180종의 해제가 『단국대 소장 연민문고 동장귀중본 해제집』(문예원, 2012)으로 출판되었다.

교사나 교수 월급으로 방대한 분량의 고문헌을 수집하고, 주석서를 간행하여 동학들과 지적재산을 공유하며, 대학 도서관에 기증하여 사회에 환원한 것까지, 두 분의 고문헌 수집은 공통점을 가지고 있다.

6. 매화서옥에서 문학사를 정리하다

두 분 다 난초와 매화를 좋아하셨는데, 서재에는 '난초'가 아니라 '매화'라는 이름을 붙이셨다. 세파에 휩쓸리지 않고 고결하게 살려는 의지를 꽃으로 표현하신 것이다. 가람선생은 '국립대학안'으로 좌우 대립이 심하던 1946년 12월 31일 계동 집에 '매화옥'이라는 편액을 달고 자신을 '매화옥주인'으로 표기하였

---

23 정재철, 「연민문고 소장 고서의 학술적 가치」, 『연민 이가원 선생이 만난 선비들』, 단국대학교 석주선기념박물관, 2013, 176쪽.

「매화노옥지도(梅華老屋之圖)」. 연민선생께서 명륜동 자택에서
『조선문학사』를 집필하시는 모습을 이종상 교수(서울대)가 1996
년에 그렸다. 그림 위에는 연민선생께서 시를 쓰셨다.

다. 연민선생 집안의 매화 사랑은 훨씬 오래 되어 퇴계선생부터 연민선생에 이르기까지 가화(家花)로 전승되었는데, 59세 때에 당호를 벽매산관(碧梅山館)이라 하더니, 연세대학교에서 교수직을 정년하던 65세에 매화서옥(梅華書屋)을 새로 짓고 '이곳에서 생을 마치겠다'는 뜻을 붙였다.

가람선생은 서울대학교 교수직을 사임하고 고향으로 돌아와 전북대학에 3년 6개월 재직하다 정년하신 뒤에, 역시 비도강파(非渡江派)로 함께 수난을 겪었던 백철과 공동으로 『국문학전사』 집필에 전념하셨다. 연민선생은 고서 구입하는 이유를 "국문학사를 쓰기 위해서"라고 설명할 정도로 국문학사 집필에 애착을 가지셨는데, 1993년 9월 병석에서 필생의 사업으로 여겼던 『조선문학사(朝鮮文學史)』 집필을 시작하셨다. 두 분 다 후학들을 위한 국문학사 집필을 필생의 사업으로 여기셨던 것이다.

두 분 다 방대한 분량의 연구 논문과 저서, 역서가 있지만 대표작을 하나만 꼽으라면 나는 서슴치 않고 두 분의 문학사를 꼽는다. 컴퓨터와 복사기, 영인본이 없던 시대에 방대한 문헌을 몸소 섭렵하시고 대가(大家)의 안목으로 문제점을 짚어내시며, 대표작을 선정하여 그 시대를 설명하셨기 때문이다. 학계의 연구업적이 축적되면서 새로운 논문이 나오면 선학들의 논문은 대부분 읽혀지지 않지만, 지금도 어떤 글을 쓰려고 할 때에 가장 먼저 들쳐보는 책은 역시 두 분의 문학사이다. 국문학의 모든 것이 담겨져 있는 이 책에서, '이 어른들은 이 문제를 어떻게 생각하셨는지' 궁금하기 때문이다.

두 분은 당시까지 남들이 보지 못하던 방대한 분량의 고문헌을 바탕으로 실증적인 연구를 하셨다. 최원식은 가람선생의 학문을 "민족주의적 국학과 실증적 조선학"[24]을 아우른 행위였다고 평가했으며, 심경호는 "연민 이가원

---

24 최원식, 「고전비평의 탄생—가람 이병기의 문학사적·지성사적 위치」, 『민족문학사연구』 49, 2012.

선생은 바로 전통 한학의 방법을 근대적 연구에 접목시켜 주신 분"[25]이라고 평가했다.

가람선생은 15세까지 한학(漢學)을 공부하다가 20세에 관립한성사범학교에 진학하고, 주시경(周時經) 선생이 주재하는 조선어강습원에서 강의를 들으며, 한글운동에 관심을 가졌다. 그랬기에 시조(時調)를 짓고, 자연스럽게 국문문학을 전공하였다. 연민선생은 20세가 넘도록 집에서 한학만 배우고, 명륜전문학원 연구과에 입학했지만 국문을 제대로 배울 기회가 없었다. 그랬기에 주로 한시(漢詩)를 짓고, 자연스럽게 한문학을 전공하였다.

가람선생이 시조 시인으로 널리 알려졌지만, 삼십대 젊은 시절에는 당시 지식인들을 따라 한시도 지었다. 가람선생의 일기에 보면 33세 되던 1923년 7월 25일부터 8월 10일까지 석전(石顚) 박한영(朴漢永), 춘원(春園) 이광수(李光洙) 등과 금강산 기행을 하였는데, 8월 5일 백운대에서 한시를 지었다.

> 산 기운이 해맑아 거울 펼친 듯한데
> 석양에 사람들과 백운대에 섰네.
> 절벽 수천 척을 굽어다 보니
> 이 몸이 하늘 위에라도 오른 듯해라.
> 山氣宕明一鏡開. 夕陽人立白雲臺.
> 俯看絶壁數千尺, 怳若此身天上來.[26]

중향성(衆香城)과 여러 봉우리가 첩첩이 쌓여 있는 경치를 백운대에서 즐기며 가람선생은 "참 좋은 경치다. 백운대, 참 좋은 경치다"라고 거듭 감탄하더

---

25 심경호, 「연민선생의 문학연구방법론에 관한 규견(窺見)」, 『淵民學志』 17집, 2012, 224쪽.
26 이날의 일기는 『가람文選』에 실려 있지 않아, 최승범의 『스승 가람 이병기』에서 한시를 인용하고, 필자가 번역하였다.

니, 위의 한시와 더불어 아래의 시조도 지었다.

첩첩한 청산은 사방에 둘렀고
여러 골 시냇물은 소리쳐 흐르도다
석양에 백운대에 올라 돌아갈 줄 몰라라.

가람선생은 여행을 즐겨 기행문을 많이 썼는데, 흥겨우면 시조를 읊었고, 한시 짓는 분들과 어울리면 한시까지 지었다. 8월 1일 백천(百川)에서 박한영이 운자(韻字)를 부르자 "솔숲에서 잠자다 백천에 이르러[宿廬松林到百川]"라는 구절로 한시를 읊기 시작하였다. 이 시의 제목이 따로 없다는 점이 바로 여행하다 흥겨우면 시도 짓고 시조도 지었던 가람선생의 풍류를 보여준다. 기행문과 한시, 시조가 모두 합쳐져 하나의 기행문이 되고, 하루의 일기가 되는 것이다.

가람선생의 시조가 다 아름답지만, 한동안 국민들에게 사랑받던 노래 「별」은 우리말의 아름다움을 더욱 잘 드러내준다.

바람이 서늘도 하여 뜰 앞에 나섰더니
서산머리에 하늘은 구름을 벗어나고
산뜻한 초사흘달이 별과 함께 나오더라

달은 넘어가고 별만 서로 반짝인다
저별은 뉘별이며 내 별 또 어느 게요
잠자코 홀로 서서 별을 헤어 보노라

이 시조에 작곡가 이수인 선생이 곡을 붙여, 우리 학창시절에 많은 국민들에게 널리 불려졌다. 가람선생의 시조 가운데 애틋하지 않은 작품이 없건만, 가을 밤에 부르고 싶은 노래 가운데 이만한 가사는 없다.

연민선생은 학교를 다니지 않아 맞춤법을 제대로 몰랐기에, 광복 뒤에「동아일보」에 한글 원고를 투고했다가, 편집자로부터 붉은색 교정 투성이의 원고를 돌려받았다. "시옷과 쌍시옷도 구별 못하는 자가 무슨 원고를 쓰느냐?"는 모욕을 당하자, 곧바로『우리말본』을 사다가 한 주일만에 외워서 한글 문법을 터득하였다. 그 뒤로는 한시뿐만 아니라 시조도 많이 지으셨다.

『동해산고(東海散藁)』(우일출판사, 1983) 목차 첫 부분의 문학갈래가 '가송(歌頌)'이고, 그 첫 갈래가 바로 '시조(時調)'인데, 1945년에 지은「백월비부(白月碑跋)」부터 1979년에 지은「외로움」까지 11편 26곡을 실었다. 가람이 시조를 독서물로 생각한 것과는 달리 연민은 곡(曲), 즉 노래로 생각했는데,「은주에게」,「그리운 임에게」,「봄편지」,「장미첩(薔薇帖)」등의 사랑 노래가 주류이다. 그러나 이승만대통령의 독재에 항거해 데모를 하다가 총탄을 맞고 피를 흘리며 쓰러진 학도들의 넋을 위로하며 지은「그대들은 고이 잠 드시라」(3곡)을 4월 13일에 지은 것을 보면, 이승만대통령 하야 성명서를 발표했다가 성균관대학 교수직에서 파면당했던 연민이 비분강개하던 시기에도 시조를 생활화했다는 생각이 든다.

난초와 매화를 사랑하며 문학을 생활화하였던 국학자들이 이제는 더 이상 우리 곁에 없지만, 젊은 학자들이 컴퓨터로 문집총간(文集叢刊)을 검색하여 논문을 입력하는 시대에도 가람선생의『국문학전사』와 연민선생의『조선문학사』는 여전히 학자들의 책상 위에 꽂혀서 국학이 나아가야 할 방향을 가르쳐 줄 것이다.

6

『실학연구지자(實學研究之資)』의
자료적 가치

『실학연구지자(實學硏究之資)』는 연민선생이 실학 연구에 필요한 자료들을 모은 10책 분량의 자료집이다. 이 자료집이 아직까지 학계에 제대로 소개되지 않았기에 우선 만들어진 과정과 그 내용을 소개하고, 그 자료적 가치와 앞으로의 활용방안에 대해 살펴보기로 한다.

1. 『실학연구지자』가 만들어진 과정

'실학연구지자(實學硏究之資)'란 말뜻은 글자 그대로 '실학을 연구하기 위한 자료'이다. 책의 성격이나 집필 동기를 분명하게 밝히는 글이 서문인데, 이 자료집에는 서문이 따로 없다. 집필계획을 다 세워 놓은 뒤에 저술을 시작한 것이 아니라, 조선문학사(朝鮮文學史)를 집필하겠다고 결심한 뒤부터, 오랜 기간에 걸쳐 이에 관련되는 자료가 눈에 뜨일 때마다 베껴 써 두었기 때문이다. 그래서 자료집을 만들게 된 구체적인 동기나 그 성격이 분명하게 밝혀지지는 않았다. 그러나 연민선생은 기회가 있을 때마다 이 자료집에 관해 언급했기 때문에, 그 과정을 간접적으로 살펴볼 수는 있다.

연민선생은 전통적인 유학자 집안에 태어났기 때문에 어려서부터 글을 읽었다. 연민선생은 글을 읽는 이유를 다음과 같이 설명하였다.

인간에 있어서 독서는 始條理인 金聲이요, 著書는 終條理인 玉振일 것이 아니겠는가. 나와 같이 이 세상에 태어나자 곧 外敵의 쇠사슬에 얽혀서 암담한 생활을 했던 불우한 학구로서는 실로 글을 읽어서 곧장 有用의 지위를 얻기에는 거의 절망적인 일이었던 것도 사실이다.[1]

식민지시대에 태어났기 때문에 한문을 배워도 쓸 데가 없었으니, 일찍이 과거시험을 위한 독서가 아니라 '저서(著書)하기 위한 독서(讀書)'로 목표를 세웠다. 어린 시절 고향 서당에서 글을 배울 때에는 한문으로 문장을 짓기 위해 다독(多讀)·다송(多誦)·다작(多作)을 원칙으로 했지만, 서울로 유학오면서 글 읽는 목적과 방법이 달라졌다.

나는 어렸을 때부터 인간으로서 가장 고귀한 것이 著書라는 생각이 자꾸만 머리에 떠오르곤 하였다. 이는 내가 나의 자신을 돌보아서도 文學과 宿緣이 굳게 얽혀져서 잘 가볍게 떠나지 못하게 되었음을 깨달았었다.

그리하여 一九三九년 이후의 독서는 크게 목청을 울려서 읽는 독서이기보다 著書를 하기 위해서 鈔書와 분류와 『카드』 작성의 공부가 짙은 讀書의 경력을 쌓기로 하였다. 文·史·哲의 수많은 著籍을 閱讀하여 그 淵海같이 깊고 넓으며 叢林처럼 삼렬된 속을 스며들어 百름을 맛보고 萬彙를 뽑아내어 저술의 자료를 갖추었다.

어떤 논문이나 저서에도 기본적인 자료가 부족됨이 없을만큼 되었다. 때를 따라 새로 발굴된 자료만을 보충작업한다면 아니될 것이 없으리라 自負한다.[2]

1939년부터 글 읽는 방법이 달라진 이유는 소학교나 중학교 같은 정규교육 과정을 거치지 않고 명륜전문학교에 특별장학생으로 직접 입학하면서 새로운 학문세계에 눈을 떴기 때문이다. 1941년에는 서재 이름도 '희담실학지재(憙譚

1 李家源, 「나의 讀書遍歷」, 『東海散薰』, 우일출판사, 1983, 245쪽.
2 같은 글, 246쪽.

退溪文集

○退溪先生文集卷四十九卷二十五冊○又月餘一冊

題林士遂閒西行餘後二首 榮卯

⑯

換閒書謂沃子屠寄客軍雲愛在公方未歸此第雲屧
于城籍海疆淚病攻夫操訊荒城雲開鬼路鶯忙豪吟白看
凌雲氣物向何拈餓在拍

④

狂胡射用虛宗室壯士據兵馬浪塘指顧威靈鞍佛鈞風
流搓袞書詩表海航病仍却重軍江園岑底豪子屋唑手
功名昉燕鎖太平宗家我岑邊搓以元帥位子宣愁兵開西八萬馬距

但壯遊墙氣我馬氣琭塘峁宣商
夜色金碎嶠光芒入臨手揎嫋花珠望天平富鈞因青張堂

四奉

迆林士遂以迆訪使位子赳秋來三首乙巳○謹迆二宗湖

⑥

四奉贈圭廣宗留家以吟包使赳家甲辰

湖陰軍力紅九昇中華威書傳五章參卿使子豈天畫

当以病季死乃別是抵貴根通
大宙雨百路程差赳壯甖

⑥

詩老西迆語使川一時逛了盡夢英溪濱獅君天恩重○夕

湖陰軍力紅九昇千歲疹得奇

空季威悵情恩許高志川　　　

㐲㟦西瑢瑭拍
㐲浪嶼兩㟦佳況朝贈筆可無人料知搖眼枌神處一笑

實學之齋)'라고 할 정도로, 실학(實學) 연구에 몰두하였다. 학자로서 망국의 설움을 씻고 힘을 기르는 방법은 실학연구 밖에 없다고 생각한 것이다. 그 뒤에도 계속 한문으로 문장을 지어 독보적인 위치에 올랐지만, 조선문학사를 써야겠다는 목적에서 새로운 글쓰기 작업을 준비하기 시작했다. 그는 문학자였으므로, 실학과 조선문학사를 하나로 생각하였다. 그때부터는 목청을 크게 울려서 독서하는 것이 아니라, 저술에 이용할 자료가 눈에 뜨일 때마다 카드에 초서(鈔書)하기 위해 독서하였다. 초서는 전통적인 저술 방식 가운데 하나였다.

> 著書란 참 용이하지 않은 일이다. 聖神의 경지에 이른 孔子도 일찌기 『述而不作』이란 말씀을 남기지 않았던가. 우리의 소위 저서란 茶山이 이른바 『細瑣하고도 보잘 것 없는 學說』, 『陳腐하고도 새롭지 못한 이야기』를 면치 못한 것들임을 생각할 때에 실로 우스꽝스러운 일이 아니겠는가.[3]

술이부작(述而不作)을 성현의 가르침으로 받들었던 조선시대 학자들의 저술방식에 견주어보면, 전문학교 신입생 연민선생의 저술계획은 자신이 생각해도 보잘 것 없고 우스꽝스러웠다. 그러나 독서하는 틈틈이 저술에 필요하다고 생각되는 자료를 뽑아 카드에 베껴 썼는데, 이러한 방법은 일찍이 다산(茶山)이 두 아들에게 보낸 편지에서도 설명한 바가 있다.

> 책을 가려 뽑는[鈔書] 방법은 나의 학문에 먼저 주관이 서야 한다. 그런 뒤에라야 옳고 그름을 판단할 수 있는 저울이 마음속에 생겨서, 여러 내용들을 어렵지 않게 취하고 버릴 수가 있다. (줄임) 언제나 책을 읽으면서 학문에 보탬이 될 만한 것이 있으면 뽑아 모으고, 그렇지 않은 것에는 눈을 붙이지 말아야 한다. 이렇게 한다면 비록 책이 백 권이나 있다 하더라도 열흘 공부에 지나지 않을

---

3 같은 곳.

것이다.

　이렇게 여러 해 동안 필요한 자료를 뽑아 카드에 베껴 두었지만 진도가 크게 나아가지 못했는데, 1956년부터 갑자기 진도가 빨라졌다. 성균관대학교 교수로 재직하며 자유당 독재를 규탄하다 김창숙 총장과 함께 「이승만대통령 하야 권고문」을 썼다는 이유로 파면당하자, 날마다 남산 국립중앙도서관 고서실에 출근해 아침부터 저녁까지 수많은 문집과 잡록을 뒤적이며 조선문학사 집필자료를 뽑아 베껴쓰기 시작하였다. 당시에 파면당하면 다른 곳에 취직할 수 없었으므로, 일제강점기에 기약없이 독서하던 심정으로 다시 독서와 초서(鈔書) 작업에 들어간 것이다. 1956년 4월 18일 성균관대학교 조교수 직에서 사면한 뒤에 1958년 3월 7일 연세대학교 전임대우교수로 발령받고 이듬해인 1959년 3월 1일에 연세대학교 조교수로 발령받기까지, 3년 동안 초서에 몰두하였다. 낮에는 도서관에서 카드에 쓰고, 카드가 적당히 쌓이면 밤에 명륜동 자택으로 돌아와 노트에 옮겨 썼다. 『실학연구지자』가 마무리되던 1960년에는 서재 이름을 '무동선관(撫童嬋館)'이라고 했는데, 연세대학교에 부임한 뒤부터 도와준 제자의 이름을 담은 것이다.[4] 동선(童嬋)이라는 제자가 공책에 필사하는 것을 도와주었는데, 지금도 두어 책에 동선의 글씨로 필사한 부분이 남아 있다.

　사륙배판 크기의 200쪽 조금 넘는 공책 첫 장에 목차를 쓰고, 다음 장부터 홀수는 왼쪽 어깨, 짝수는 오른쪽 어깨에 ①②③으로 쪽수를 썼는데, 대개 200쪽에서 끝냈다. 출전을 제목삼아 먼저 쓰고 한 책에서 여러 항목을 베꼈는데, 작은 제목마다 카드번호를 ①②③으로 썼다. 필사본 경우에는 그냥 옮겨 썼지만, 간본 경우에는 항목 앞, 또는 뒤에 "卷五二 雜錄 張五六"식으로 출전을

4　童嬋者, 淵之女弟子也. 貌如玉雪, 神如秋水, 爲余助寫實學研究之資, 應對機警, 筆墨姸麗, 眞天下之奇才也, 淵甚愛之. -『淵淵夜思齋文藁』, 통문관, 1967, 306쪽.

밝혔다.

같은 책이 나중에 다시 인용된 경우가 있긴 하지만, 카드에 초서(鈔書)하는 작업이 웬만큼 끝난 다음에 출전별로 분류하여 공책에 옮겨 쓰기 시작하였다. 연민선생의 명륜동 서재에는 도서관 목록함이 몇 개 있어서 만여 장의 카드가 유형별로 들어 있었으며, 논문을 쓸 때마다 그 주제에 관련된 카드를 수십 장 꺼내어 순서별로 정리한 뒤에, 자료 앞뒤에 자신의 논지를 전개하는 방식으로 논문을 썼다.

그렇다고 해서 조선문학사, 또는 실학에 관련된 자료만 뽑아서 베껴 쓴 것은 아니다. 이따금 빈 칸에 '淵民丁巳閏二月十五日丑時生'이라는 사주(四柱)를 써놓고 풀기도 했으며, 개인적으로 만들어 사용하던 인명사전, 저서 기증자명단 등등을 써 두기도 했다. 글자 그대로 잡동산이이다. 특이한 것은 7책 200~2쪽에 실린 「연민호보(淵民號譜)」인데, 자신의 당호(堂號)와 자호(自號)를 포함해 150여 개의 호를 기록했다. 필자는 「연민선생의 한시에 대하여」라는 논문을 쓰면서 13세에 썼던 온수각(溫水閣)부터 80세에 썼던 동정용음지실(洞庭龍吟之室)까지 68개의 당호(堂號)를 소개한 적이 있는데, 이외에도 상황에 따라 수많은 호를 썼음을 알 수 있다.

2. 실학자들의 유서 집필 전통에 따른 자료의 취사 선택

연민선생은 잡동산이라는 말을 무척 좋아하였다. 1979년에 『한국문학연구소고(韓國文學研究小攷)』를 간행할 때에도 책 이름을 '잡동산이'라 할까 생각하였다. 그 머리말에서 "나에게 앞서 安鼎福은 軼聞·奇事를 엮어 『雜同散異』라 하였다"고 전례까지 소개했지만, "너무 怪僻할 것 같아서 이 通俗的인 것을 내세워 보았다"고 아쉬워했는데, 결국 1987년에 간행한 문집 이름을 『잡동산이집(雜笑散異集)』이라고 하였다. 잡다한 형식으로 썼던 글들을 모은 이 책의 서문에서 책 이름의 뜻을 이렇게 설명했다.

'섞으면 같고, 흩으면 다르다'는 우리말을 漢字로 바꾼다면 '襍笑散異'가 된다. 이제 이 拙藁를 가론『襍笑散異集』이라 한다. 그 내용을 엿보기 전에 이미 짐작할 수 있을 것이다.

연민선생이 가장 자주 이용하던 유서(類書)는 실학자 안정복이 기록한 53책 분량의『잡동산이(雜同散異)』이다.『실학연구지자』의 유서적 성격을 이해하기 위해, 안정복의『잡동산이』영인본에 실린 이이화 선생의 해제를 인용한다.

순암 안정복(1712~1791)이 지은 類書로 책이름이 뜻하듯이 잡다한 여러 가지 事項을 모은 雜記이다.

책이름「雜同散異」는 한글의「잡동사니」에서 取音하여 쓴 것으로 보이는데, 이 책의 내용이 다분히「잡동사니」와 같은 성격의 것이다.

五三책이라는 방대한 著述이기는 하나 未完成 또 未整理의 草稿로 보인다. 順菴은 많은 著述을 남겼는데, 그중에서도 東史綱目이 대표적인 것으로 꼽힌다. 東史綱目은 우리나라의 通史로 朝鮮朝 후기 史學의 里程標가 되어 왔고 이후의 歷史學 발전에 큰 영향을 끼쳐 왔다. 東史綱目의 草稿는 一七五九年(英祖三二)에 이루어졌으며 이의 修正·補完은 一七七八年(正祖八)에 마쳤다. 무려 二十여년이 걸린 셈이다. 또 스승인 星湖 李瀷의「星湖僿說」을 스승의 부탁으로 편집·정리하였는데, 상당한 세월을 이에 쏟은 것으로 알려 졌다. 원래「星湖僿說」은 저술로서 기록된 것이 아니고 弟子들의 질문에 답한 것을 모은 단편적인 것이어서 體系가 잡혀 있지 않았다. 順菴은 이것을 번잡한 것은 削除하여 類別로 나누어 이용하기에 편리하게 하였다. 이와 같이 順菴은 자기의 著述이나 他人의 著述에도 體系를 중시하였다. 그런데도 이 책이 잡다하고 무질서하게 엮어진 것은 未完成의 것임을 알려주는 것이다. 그리고 이 책 속에 東史綱目

의 序文이 수록되어 있는 것으로 보아 이 책의 著作時期는 東史綱目의 修正·補完이 끝난 뒤의 晩年, 즉 正祖年間으로 보이며「星湖僿說」과「東史綱目」에서 담지 못한 내용들을 隨錄한 것으로 짐작되는 것이다. (p. iii)

이상에서 알아본 대로 이 책은 整理가 덜 되었으므로 저자가「星湖僿說」을 類選한 것과 같이 再編輯·分類하여 影印·刊行하는 것이 옳을 것이다. 그러나 이것은 단순한 作業이 아닌 硏究事業에 속하므로 出版社에만 미룰 수 없는 일일 것이다. 앞으로 뜻있는 學者들의 손에 의해 이 作業이 이루어졌으면 한다. (p. vi)

안정복의 『잡동산이』는 체제가 갖춰지지 않아서 '잡동사니'라고 이름 붙였다. 그러나 안정복은 본디 체제가 갖춰지지 않은 학자는 아니다. 그의 스승 이익(李瀷)은 40세 전후부터 책을 읽다가 느낀 점이 있거나 흥미로운 사실이 있으면 그때그때 기록해 두었으며, 제자들의 질문에 대답한 내용도 단편적으로 모아 두었는데, 80세가 되자 집안 조카들이 정리하여 30책 3,007항목 분량의 『성호사설(星湖僿說)』이라는 책을 만들었다. 그러나 이 책은 체계가 갖춰지지 않아 독자들이 찾아보기 힘들었으므로, 제자 안정복이 체계를 세우고 분류 재편집하여 독자들이 읽기 쉽고 찾기 쉽도록 10권 10책 분량의 『성호사설유선(星湖僿說類選)』을 만들었다. 안정복은 그만큼 편저(編著)에 뛰어난 학자이다. 언젠가는 자신의 유서 『잡동산이』도 체계를 세우려고 했을 것이다. 그러나 잡다한 상태로 지금까지 전해진 것을 보면 미완성의 저서이건만, 다른 유서 못지않게 널리 이용되고 있다.

그런 의미에서는 『실학연구지자』도 미완성의 저서이다. 간행되지 않고 연민선생의 친필 상태로 전해질 뿐만 아니라, 난외(欄外)에 짤막한 제목만 붙어 있고 다른 설명은 없다. 그러나 다산(茶山)의 말을 거꾸로 인용한다면 연민선생의 "주관이 선 뒤에 여러 책에서 가려 뽑은 것"이므로, 이제 남은 일은 안정복같은 제자가 나서서 체제를 갖춰 분류하는, 즉 유선(類選)하는 일만 남았다. 이것은 연민선생의 몫이라기보다 그에게서 배운 제자들의 몫이라고 생각된다.

3. 『실학연구지자』의 내용과 분량

　분량은 200쪽 공책으로 10책인데, 1쪽에 26자씩 17줄을 만년필로 썼다. 한 책에 88,000자이니, 모두 880,000자 분량이다.

　연민선생은 책마다 첫 장에 출전을 밝혔는데, 대략적인 내용은 아래 도표와 같다.

『실학연구지자(實學研究之資)』 총 10권 목록

권수	제목		
제1권	退溪先生文集	退溪先生文集 別集	退溪先生言行錄
	湛軒書	北學議	跣齋集
	淸朝文獻通考	退溪先生文集 外集	退溪先生年譜
	藫庭叢書	朱子大全	栗谷全書
	湖西錄		
제2권	與猶堂全書	席帽山人未完艸	靑莊館全書
	林下筆記	熊川邑誌	旌善邑誌
	肅宗實錄	奎章閣本 熱河日記	雜同散異
	薑山初集	松南雜識	燕巖 手澤本 熱河日記
	安城邑誌	鳳山邑誌	서울大本 熱河日記
	順菴集		
제3권	明美堂集	省菴別集	
제4권	正宗實錄	鶴泉文集	訥隱文集
	風木齋存稿	大山文集	記言
	芝峰類說	雅亭遺稿	澹人文集
	栲溪遺藁	御定詩韻	洛下生稿

제4권	問菴文藁	松菴文集	艮翁文集
	觀復菴詩稿	息菴遺稿	息菴別稿
	息山文集	水色集	頤齋遺稿
	頤齋續稿		
제5권	鶴山樵談	警修堂集	申紫霞詩集
	潛谷遺稿	雷淵集	眞一齋遺集
	滄溪集	梧里文集	錦石集
	近齋集	樊巖集	餘窩集
	沆瀣丙函	金三品	錦帶詩文鈔
	錦帶殿策	東田潛士遺稿	俟菴先生年譜
	褧齋集		
제6권	五洲衍文長箋散稿	游燕藁	碩齋稿
	碩齋別稿	楓皐集	順菴集 稿本
	澹寧謏錄	北軒遺藁	埜隱逸稿
	石梧集	槐園集	北征錄
	嘉林四稿	艮齋文集	健菴日錄
	家傳	百家衣	野譚
	鍾山集	靑邱秘史	夢囈集
	十玄談要解	星湖文集	驪州李氏世譜
	保晩齋集	悒所覆瓿藁	朴氏選書
제7권	純宗實錄	憲宗實錄	哲宗實錄
	高宗實錄	文化柳氏世譜	貞山詩稿
	貞山雜著	震澤集	修堂遺書
	金陵居士文集	穎翁續稿	歸恩堂集
	月潭逸稿	釣臺寃稿	東樊集
	錦湖遺稿		
제8권	泠齋集	泠齋書種	古芸堂筆記
	老稼齋集	南麓遺稿	覆瓿
	隨見雜錄	海東文獻通攷	日記及雜書
	東諺雜纂	漢源集	
제9권	燕巖集	阮堂全集	雅亭遺稿
	擇里志	梅泉集	老稼齋燕行日記
	山康齋文鈔	潘南朴氏系譜	
제10권	貞山雜著	惠寰雜著	弘齋全書

선생은 어린 시절에 할아버지 노산(老山) 이중인(李中寅)의 고계산방(古溪山房)에서 함께 지냈는데, 노산은 연민선생에게 진부한 선비가 되지 말라고 거듭 강조하였다. "쓸데없이 설월(雪月)이나 풍월(風月)만 읊는 문인보다는 오히려 효행이 돈독한 농사꾼이 더 나으며, 기화(琪花) 요초(瑤草)를 가꾸는 것보다 고추나 배추를 심어서 눈앞의 생리(生利)를 얻는 것이 오히려 낫다"고 가르쳤다. 연민선생은 이때부터 망국의 원인을 생각하며, 가학의 연원에 따라 남인(南人) 학자들의 책을 많이 읽었다.

『실학연구지자(實學研究之資)』 제1책이 퇴계(退溪) 중심으로 시작하여 제10권을 『정산잡저(貞山雜著)』·『혜환잡저(惠寰雜著)』·『홍재전서(弘齋全書)』만으로 끝낸 것만 보아도, 남인 학자의 안목에서 자료를 취사선택했음을 알 수 있다. 그러나 남인 학자의 저술만 이용한 것은 아니어서, 책 이름 그대로 연암과 담헌을 비롯한 실학자들의 저술이 상당히 선택되었다. 영주에 사는 서주(西洲) 김사진(金思鎭)이라는 성리학자가 상투를 틀고도 세계정세를 파악하고 있었는데, 어린 시절의 연민선생에게 연암을 읽으라고 권했다. 연민선생은 그때부터 노론 계열의 실학자 저술까지도 읽기 시작했으며, "실학자 가운데 화(華)와 실(實)을 겸한 학자는 연암과 다산"이라고 꼽게 되었다.

연민선생은 성호 이익의 『성호문집』과 『성호사설』, 다산 정약용의 『여유당전서』, 담헌 홍대용의 『담헌서』, 연암 박지원의 『연암집』, 『열하일기』 등을 주로 읽었다. 당시 유림들은 아직도 중국의 사서삼경만을 읽던 시대였는데, 연민선생은 안동 서당에 들어앉아 우리나라 실학자들의 저서를 읽었던 것이다. 현대 학자들이 집필한 대부분의 문학사는 문학작품 위주로 저술되지만, 연민선생은 제자들에게 늘 "13경을 바탕으로 문학공부를 하라"고 권면하였다. 그러한 기준으로 초서(鈔書)한 결과물이 바로 『실학연구지자(實學研究之資)』 10책이며, 이를 바탕으로 하여 새로운 연구성과를 반영한 선생의 마지막 저술이 바로 77세부터 2년 7개월 동안 병마와 싸워가며 집필한 『조선문학사』 3책이다.

4. 『실학연구지자』를 연구자료로 이용한 예

연세대학교 중앙도서관 귀중본실에 소장된 홍길주(洪吉周, 1786~1841)의 저서는 『현수갑고(峴首甲藁)』 8권 4책, 『표롱을첨(縹礱乙幨)』 16권 7책, 『항해병함(沆瀣丙函)』 10권 7책의 3부작으로 이루어져 있는데, 홍길주 문장의 중요성을 인식하면서도 논문이나 저서에서 제대로 인용되지 않았다. 귀중본실에 소장되어 있기 때문에, 접근하기가 힘들었던 것이다. 이 자료들은 최근에야 허경진의 해제 3편과[5] 박무영 등의 번역으로[6] 출판되어 널리 알려졌다. 그러나 연민선생은 이보다 30년 전에 이미 이 저서들을 학회지에 논문으로 일부 소개하여그 중요성을 알렸는데, 그 출전이 바로 『실학연구지자(實學研究之資)』이다.

> 『沆瀣丙函』은 아직 藁本으로, 刊行되지 않은 著籍이다. 필자가 일찌기 燕巖의 文學을 研究하는 도중에 발굴한 것으로서 『實學研究之資』 第四冊에 收錄된것이다. 한 사람의 기록 중에서 특히 어떤 한 사람의 것을 흥미롭게 다루었다는것은 실로 그의 思想, 또는 여러 가지에 깊이 알지 못하고는 잘 되기엔 어려울것이다. 이는 비록 짧고도 散漫된 기록이었으나, 이에서 燕巖의 一面을 잘 엿볼수 있으므로 鄭重히 소개하는 바이다.[7]

선생은 『도서』 제8호에 완당(阮堂)의 명호(名號)와 영인(鈐印) 및 관지(款識) 220과(顆)를 소개했는데, 그 출전을 또한 『실학연구지자』로 밝혔다.

> 위에서 列擧한 阮堂의 名號 鈐印 및 款識 二百二十顆는 내 일찌기 無號 李漢福氏가 蒐錄한 九十五顆를 權輿로 삼고는, 또 옛 國學研究會 同人 石艸 申應植,

---

5   연세대학교 국학연구원 편, 『고서해제Ⅱ』, 평민사, 2004.

6   『현수갑고』 상·하, 『표롱을첨』 상·중·하, 『항해병함』 상·하, 태학사, 2006.

7   李家源, 「〈睡餘瀾筆〉 중에 介紹된 燕巖」, 『韓國漢文學研究』 제1집, 1979, 94쪽.

民樹 李興求 諸兄이 언급한 몇 顆와, 茶初酒半에 문득 阮藝에 神醉한 당세 譚藝家들의 정중한 紹介와, 古肆陳舖·荒林破塚의 殘楮와 片拓에서 스스로 過眼한 것들을 끼침이 없이 접책에 적었던 것을 恣意로 列書하여 「實學硏究之資」第六冊에 실은 것이 바로 지난 丁酉年 首夏였다.[8]

이 글에서 220과를 차례로 수집해 기록한 정유년은 1957년이니, 선생이 성균관대학교에서 파면되어 국립중앙도서관에 날마다 다니며 귀중한 기록들을 뽑아 기록하던 바로 그 시기이다. 지금까지 완당의 인보는 180개를 소개한 것이 가장 많았지만,[9] 연민선생은 자신이 완당의 도장을 수십 개 가지고 있었으므로 220과를 확실하게 소개할 수 있었던 것이다.

새로운 논문이나 저서를 발표할 때에도 물론 『실학연구지자(實學硏究之資)』가 가장 중요한 출전이었는데, 1981년 『여한전기(麗韓傳奇)』를 간행할 때에 실린 머리말에 그 예가 나타난다.

痴淵이 우리나라 漢文小說의 연구에 관심을 지닌지가 어언 半世紀의 광음이 흘렀다. 그 사이에 발굴 내지 수집한 작품이 『實學硏究之資』를 비롯한 雜散된 藁本 속에 실려 있는 것을 뽑아서 第一次로 公開하였으니, 이것이 곧 一九六一년 民衆書館에서 발간된 『李朝漢文小說選』이다.

이렇게 『실학연구지자(實學硏究之資)』를 바탕으로 간행된 주석서 『이조한문소설선(李朝漢文小說選)』은 20여년 동안 20여판이나 재판을 찍어 학계에 이바지했다.

---

8 李家源, 「阮堂金正喜名號鈐印及款識攷」, 『圖書』 제8호, 을유문화사, 1965, 38쪽.

9 박혜백의 『완당인보』에 실려 있는 완당의 도인은 무려 180개나 된다. 이는 오세창이 『근역인수(槿域印藪)』를 편집하면서 완당의 도장으로 수록한 것이 70개에 불과하다는 사실에 비추어 볼 때 얼마나 많은 양인가를 알 수 있다. -유홍준, 『완당평전』 2, 학고재, 2002, 445쪽.

이 『李朝漢文小說選』에 수록된 작품은 元昊의 〈夢遊錄〉으로부터 卞榮晚의 〈施賽傳〉에 이르기까지 모두 六二편에 譯과, 注와, 解題와, 作者와, 原典의 五者가 갖추어졌고, 또 總解說이 붙여졌으므로 크게 讀者의 환영을 받은지 역시 二〇년의 광음이 흐름에 따라 印版의 頻度도 二〇餘에 이르렀다.

5. 『실학연구지자』 연구의 필요성

연민선생은 안정복의 『잡동산이』를 연구자료로 자주 이용하였는데, 다음과 같은 실례를 들어 자료 정리의 중요성을 강조하였다.

> 金台俊은 일찍이 安鼎福의 『雜同散異』를 이끌어서 다음과 같이 말하였다. "『雜同散異』에는 '許筠이 南原 黃孫奉의 집에서 『喬山小說』을 지었다'고 하였으나 인제는 散軼하여 볼 수가 없다."-『朝鮮小說史』〈第三章『洪吉童傳』과 許筠의 藝術〉
>
> 이제 이르러서는 비단 『喬山小說』이 散軼되어 볼 수 없을 뿐 아니라 『雜同散異』마저 散軼되어 『喬山小說』에 관한 原典을 상고할 수 없게 되었다.[10]

허균이 『홍길동전』 외에도 『교산소설』을 썼다는 기록은 『잡동산이』에만 실렸는데, 이제는 교산소설은 물론 잡동산이마저 잃어버려 원전을 상고할 수 없게 되었다고 했다. 『잡동산이』는 아세아문화사에서 '조선총독부취조국(朝鮮總督府取調局)' 판심(版心) 용지의 등사본을 대본으로 해서 1981년에 4책 분량의 영인본을 냈는데, 이 영인본에는 『교산소설』에 관한 기록이 없다. 『잡동산이』라는 이름의 책이 여러 본 전하는데, 어느 것이 정본인지 확실치 않다. 서울대

---

10 『朝鮮文學史』 中册, 태학사, 1997, 753~4쪽.

학교도서관에 반초서체(半草書體)로 쓴 42책 분량의 고서에 '안정복인(安鼎福印)'이라는 도서가 찍혀 있어 저자의 수택본이라 생각되는데, '조선총독부취조국(朝鮮總督府取調局)' 판심(版心) 용지(用紙)의 등사본이 이와 같은 내용이라 여겨져 영인 대본으로 삼았다고 한다.[11] 반초서보다는 행서로 필사한 책이 읽기 편하기 때문이다. 영인되지 않은 어느 이본엔가 김태준이 인용한 『교산소설』 이야기가 실렸을 가능성이 있지만, 1차자료를 중시하던 연민선생 자신도 그 기록을 찾지 못해 김태준의 기록을 인용할 수 밖에 없었다. 앞으로는 『교산소설』에 관해 언급하는 학자들이 원전도 보지 못하고 논문을 쓰거나, 『실학연구지자(實學研究之資)』를 인용하는 수밖에 없게 되었다.

연민선생은 『조선문학사』 상책 492~4쪽에 「만분가」라는 제목으로 조위(曹偉, 1454~1503)가 지은 가사의 원문을 소개하고 "『雜同散異』〈제사십사책〉"이라고 출전을 밝힌 다음 원본 도판을 신고 "안정복수적만분가(安鼎福手蹟萬憤歌)"라고 설명까지 덧붙였다. 이 작품은 우리 문학사에서 가장 초기에 지어진 가사이다. 그러나 현재 이 도판의 출전을 찾지 못해, 2차 자료인 『실학연구지자(實學研究之資)』가 원전이 되고 말았다.

우리나라 한문학의 대표작 가운데 하나가 『열하일기』이다. 중고등학교 국어시간에 배우기 때문에, 온 국민이 알게 되었다. 그러나 『열하일기』는 정본이 아직 확정되지 않았다. 금서(禁書)로 거론되어 박지원 생전에는 물론, 사후에도 출판될 수 없었기 때문이다. 일제강점기에 친일파 거두였던 박영철이 자신의 업적으로 내세우기 위해 활자본으로 간행했지만, 빠지거나 틀린 부분이 너무 많아서 연구자료로는 적절치 않다. 국내에서 한글로 완역된 책도 연민선생이 40년 전에 한 것뿐이다. 연민선생이 나름대로의 정본 작업을 최초로 시도하면서 번역하였다. 그러한 작업이 가능했던 것은 박지원의 현손 박영범(朴泳範)

---

11 이이화 해제, p.vi

이 집안에 전해지던 『열하일기』 필사본과 관련 자료들을 연민선생에게 기증했고, 연민선생이 그 전부터 여러 도서관에 소장된 열하일기를 대조 분석해왔기 때문이다.

몇 해 동안이나 고생 끝에 여러 차례 원고를 수정해 가며 一九六二년 『燕巖小說研究』를 발표, 박사학위를 받았었다.

몇 해가 지난 후 朴老丈이 나의 書齋를 찾아 왔다. 그간 보관해 왔던 많은 책들이 난리 중에 흩어진 것도 있고 또 계속 보관하기가 어려우니, 燕巖 할아버지를 연구하는 학자며, 전문가인 내가 맡는 것이 좋지 않겠느냐는 것이었다.

이러한 기회가 다시는 없을 것이라는 생각에 무리를 하면서 인수하게 됐는데, 『燕巖集』이나 『熱河日記』에도 게재되지 않은 것들이 많이 있었다. 그때 기증받은 것들이 燕巖書 藁本과 逸書·逸文 및 未刊된 부록 등이었다.

燕巖은 웅대하고 거침이 없는 그의 문장력으로 中國에까지 이름을 떨치기도 했었다. 이들 중 〈楊梅詩話〉는 연암의 手寫本으로 그가 북경의 楊梅書街에서 俞世琦·高棫生·初彭齡·凌野·王晟·馮乘健 등 중국의 학자와 문답한 漢詩話의 초본이다.

燕巖은 自序에 『그 談艸가 당시에 이미 많이 흩어졌으므로 급기야 돌아온 날에 행장을 점검하니, 一○에서 겨우 三·四가 남았을 뿐이다.』라고 말하고 있는 未完成書다.

표제의 大題에는 〈孔雀館集〉으로 되어 있고 小題는 『熱河日記』라 했으나, 다시 小題는 〈楊梅詩話〉라고 기록돼 있는데, 이는 현행 『燕巖集』이나 『熱河日記』 諸本 중에 모두 書目만이 남아 있는 책이다. 『元本中落漏謄入次』라는 기록을 보아서 후에 끼워 넣으려 했으나 끝내 누락된 것 같다.

三韓의 글들을 모아 적은 『三韓叢書』는 〈古文尙書〉로부터 李懷玉에 이르기까지 一백 四八종으로 돼 있다. 『千字文』순으로 기록, 상당히 방대하리라고 짐작돼지만, 지금은 〈耽羅見聞錄〉과 〈紀年兒覽〉·〈北學議〉와 〈熱河避暑錄〉 등 四권만이 남아 있고, 그 내용이 叢書인 만큼 한 사람이 지은 것은 아니다.

〈熱河避暑錄〉에는 燕巖의 손자 朴珪壽가 표제에 『避暑錄手稿半卷』이라 기록했는데, 그것은 『熱河日記』에 실려 있는 〈熱河避暑錄〉과는 다른 것이기도 하다.

그 밖에 燕巖선생의 수필본으로 〈沔陽雜錄〉이 있는데, 이는 그가 면천군수로 가 있을 때에 쓴 것으로 신변의 잡사·고사 등으로서 군수로서 백성을 다스리는 일을 손에 닿는대로 기록한 것이다. 모두 八권으로 돼있는데, 현재는 一권과 五권이 손실되고 六권이 남았으며, 더러는 남에게 대필시킨 것으로 보인다.[12]

연민선생이 소장했던 박지원의 저술들이 단국대학교에 기증된 뒤에 아직 공개되지 않아, 전공하는 학자들도 열람할 수가 없다. 대부분의 학자들은 2차 자료를 보고 연구해왔다. 지금으로선 여러 종류의 『열하일기』 필사본에서 중요한 부분들을 뽑아 기록한 『실학연구지자(實學硏究之資)』를 참조할 수밖에 없다. 단국대학교에 기증한 책들이 나중에 공개되더라도, 박지원이 기록한 자료들은 체제가 없이 잡다하게 쓴 것들이라 줄거리를 잡기가 힘들다. 그때에도 『실학연구지자』는 여전히 중요한 자료가 될 것이다.

선생이 우리나라 시화를 정리한 『옥류산장시화(玉溜山莊詩話)』도 특별한 체제가 없었다. 1972년 을유문화사에서 118쪽 분량의 활자본으로 간행했지만, 787관(款)의 방대한 시화가 '序·Ⅰ.緒言·Ⅱ.本論〈其一〉·Ⅲ.本論〈其二〉·Ⅳ結語·跋'이라는 형태로 지극히 단순하게 분류되어 있었을 뿐이다. 허경진은 이 한문 저술을 한글로 번역하면서 시기별로 나누고 작가별로 작은 제목을 붙여 출판했는데, 연민선생은 그 머리말에서 이 번역서를 소개하며 다음과 같이 평가하였다.

더우기 두께가 적지도 않은 一,二一五페이지에 달하는 방대한 분량을 조금도

---

12 李家源, 「燕巖 朴趾源의 藁本과 逸書」, 『東海散藁』, 우일출판사, 1983, 338~340쪽.

빠뜨림이 없이 一七四제(題)·七八七관(款)으로 나누어 정리한 그 업적은 실로 대규모(大規模)에 세심법(細心法)을 구사한 노작(勞作)이 아닐 수 없으리라.[13]

『실학연구지자(實學研究之資)』 역시 체제가 갖춰지지 않은 채로 남아 있는 고본(藁本)이지만, 앞으로 유형별로 분류하고 크고 작은 제목으로 나누어 체제를 갖추면 많은 학자들에게 연구자료로 널리 사용되리라 생각된다.

6. 맺음말

선생은 고희(古稀)를 맞던 1986년에 이미 평생의 연구업적과 한시문(漢詩文) 및 번역작품을 22권 분량의 전집과 색인 1권으로 정리하여 정음사에서 출판하고, 국내외 제자와 학자 및 연구기관에 무상으로 나눠 주었다. 그 이후에도 제23권 『잡동산이집(雜소散異集)』(단국대학교출판부, 1987), 제24집 『퇴계시 역주(退溪詩譯注)』(정음사, 1987), 제25집 『퇴계학급기계보적연구(退溪學及其系譜的研究)』(퇴계학연구원, 1989), 제26집 『벽매만고(碧梅漫藁)』(태학사, 1991), 제27집 『유연당집(游燕堂集)』(단국대학교출판부, 1990), 제28집 『삼국유사 신역(三國遺事新譯)』(태학사, 1991), 제29~30집 『퇴계전서(退溪全書)』1~2(퇴계학연구원, 1991), 제31집 『병화집(瓶花集)』(태학사, 1994), 제32집 『조선문학사 상』(태학사, 1995), 제33집 『조선문학사 중』(태학사, 1997), 제34집 『조선문학사 하』(태학사, 1997), 제35집 『만화제소집(萬花齊笑集)』(단국대학교출판부, 1998), 제36집 『유교반도허균(儒敎叛徒許筠)』(허경진 역, 연세대학교출판부, 2000) 등의 저작들이 전집으로 순서를 매김하며 간행되었다.

---

13 李家源 著, 許敬震 譯, 『玉溜山莊詩話』, 연세대학교출판부, 1980, p.i.

세상을 떠나던 해에 간행된 『유교반도허균(儒教叛徒許筠)』까지 36책이 모두 정리되었는데, 아직까지 간행하지 못하고 친필 초고 상태로 남아 있는 저술은 『실학연구지자(實學研究之資)』 10책뿐이다. 선생은 수많은 저술 가운데 이 책을 가장 아껴서, 77세가 되기까지는 아무에게도 내주지 않았다. 병마에 시달리며 더 이상 다른 저술이나 논문을 쓰지 못하게 되자, 필생의 과업이었던 조선문학사를 집필하기 위해 옆에서 도와주던 6명의 제자(정현기·허경진·윤덕진·전수연·민긍기·유재일)에게 복사하여 나눠 주고, 10책 분량의 원본은 2000년에 단국대학교에 기증하였다.

연민선생의 다른 저술이 모두 출간 정리되었으니, 이제는 이 책을 영인하여 학계에 널리 소개할 때가 되었다. 『연민학지』 제11집(2004년)에 제1책이, 『연민학지』 제12집(2005년)에 제2책이 영인되어 단편적으로 소개되었지만, 앞으로는 이 책을 유선(類選)하여 후학들에게 연구자료로 제공할 필요가 있다. 『성호사설(星湖僿說)』을 『성호사설유선(星湖僿說類選)』으로 만든 방법이 그 좋은 선례이다. 이 책이 번역 출판되면, 이 책을 자료로 하여 후학들의 수많은 연구업적이 나오리라고 생각된다. 이것이 바로 선생이 생전에 22권의 전집을 학계에 무상으로 나눠 주고, 그 이후에도 14권의 저술을 전집으로 편찬한 뜻에 부응하는 길이다.

허경진

1952년 피난지 목포 양동에서 태어났다. 연민선생이 문천(文泉)이라는 호를 지어 주셨다.

1974년 연세대 국문과를 졸업하면서 시 〈요나서〉로 연세문화상을 받았다. 1989년에 연세대 대학원에서 연민선생의 지도를 받아 『허균 시 연구』로 문학박사학위를 받고, 목원대학교 국어교육과를 거쳐 연세대 국문과 교수로 재직중이다. 열상고전연구회 회장, 서울시 문화재위원 등으로 활동하고 있다.

『허난설헌시집』, 『허균 시선』을 비롯한 한국의 한시 총서 50권, 『허균평전』, 『사대부 소대헌 호연재 부부의 한평생』, 『중인』 등을 비롯한 저서 10권, 『삼국유사』, 『서유견문』, 『매천야록』, 『손암 정약전 시문집』 등의 역서 10권이 있으며, 요즘은 조선통신사 문학과 수신사, 표류기 등을 연구하고 있다.

연민선생과 나

2017년 4월 7일 초판 1쇄 펴냄

저 자 허경진
발행인 김흥국
발행처 보고사

책임편집 황효은
표지디자인 손정자

등록 1990년 12월 13일 제6-0429호
주소 경기도 파주시 회동길 337-15 보고사 2층
전화 031-955-9797(대표)
    02-922-5120~1(편집), 02-922-2246(영업)
팩스 02-922-6990
메일 kanapub3@naver.com / bogosabooks@naver.com
http://www.bogosabooks.co.kr

ISBN 979-11-5516-659-8 03810
ⓒ 허경진, 2017

정가 15,000원